全国教育科学"十一五"规划课题研究成果

Visual FoxPro 数据库应用
Visual FoxPro Shujuku Yingyong

实验指导与习题
Shiyan Zhidao yu Xiti

刘 容 杜小丹 主编

李 丹 苏长明 淡 艳 副主编

高等教育出版社·北京
HIGHER EDUCATION PRESS　BEIJING

内容提要

本书是与《Visual FoxPro 数据库应用教程》(杜小丹、刘容主编,高等教育出版社 2010 年出版,以下简称主教材)配套的辅助教材,由作者根据 10 多年来从事数据库应用课程的教学经验,并兼顾计算机等级考试大纲(二级 Visual FoxPro)的要求编写而成。

本书的主要内容包括三个部分:第一部分实验指导、第二部分习题集及参考答案、第三部分上机操作题及参考答案。

本书既是与主教材配套的辅助教材,也可作为 Visual FoxPro 程序设计课程的教学参考书,还可供计算机等级考试(二级 Visual FoxPro)的考生及数据库应用系统开发人员阅读参考。

图书在版编目(CIP)数据

Visual FoxPro 数据库应用实验指导与习题 / 刘容,
杜小丹主编. —北京:高等教育出版社,2010.2
 ISBN 978-7-04-028840-7

Ⅰ.①V… Ⅱ.①刘… ②杜… Ⅲ.①关系数据库-
数据库管理系统,Visual FoxPro-高等学校-教学参考资
料 Ⅳ.①TP311.138

中国版本图书馆 CIP 数据核字(2010)第 011507 号

策划编辑	刘 茜	**责任编辑**	焦建虹	**封面设计**	张雨微	**版式设计**	范晓红
责任校对	王效珍	**责任印制**	陈伟光				

出版发行	高等教育出版社	购书热线	010-58581118
社　　址	北京市西城区德外大街 4 号	咨询电话	400-810-0598
邮政编码	100120	网　　址	http://www.hep.edu.cn
总　　机	010-58581000		http://www.hep.com.cn
		网上订购	http://www.landraco.com
经　　销	蓝色畅想图书发行有限公司		http://www.landraco.com.cn
印　　刷	涿州市京南印刷厂	畅想教育	http://www.widedu.com
开　　本	787×1092　1/16	版　　次	2010 年 2 月第 1 版
印　　张	17.25	印　　次	2010 年 2 月第 1 次印刷
字　　数	410 000	定　　价	18.90 元

本书如有缺页、倒页、脱页等质量问题,请到所购图书销售部门联系调换。

前　　言

　　Visual FoxPro 6.0 是一款优秀的小型数据库管理系统软件，在我国具有广泛的应用基础和用户群，该软件不仅可以用来开发小型数据库系统，还可以作为大型数据库的前端开发工具。

　　在 Visual FoxPro 程序设计课程教学中的一种常见的现象是学生理解讲课内容并不困难，但上机实验时却感到无从下手，或做习题时错误百出。为此，作者根据 10 多年来从事数据库应用课程的教学经验，结合作者编写的《Visual FoxPro 数据库应用教程》（高等教育出版社，2010 年出版），并兼顾计算机等级考试二级考试大纲（Visual FoxPro 程序设计）的要求编写了本书。

　　本书的主要内容包括三个部分：第一部分实验指导、第二部分习题集及参考答案、第三部分上机操作题及参考答案。

　　上机实验是 Visual FoxPro 程序设计课程教学中必不可少的一个环节，本书在第一部分安排了 13 个实验，每个实验与《Visual FoxPro 数据库应用教程》各章具有紧密的对应关系。学生做完所有实验后，可以建成一个完整的数据库应用系统。每个实验都提供了详细的操作步骤或提示。

　　在第二部分编写了与《Visual FoxPro 数据库应用教程》配套的习题，主要包括选择题、填空题两类题型，同时给出了所有习题的参考答案。

　　在第三部分编写了多套上机操作题，并给出了详细的解题方法和步骤。

　　本书由刘容、杜小丹任主编，李丹、苏长明、淡艳任副主编。第一部分和第二部分由杜小丹、刘容编写，第三部分由李丹、苏长明、淡艳编写。

　　由于编者水平有限，书中不足之处在所难免，请广大读者批评指正。

编者
2009 年 9 月

目　录

第一部分　实　验　指　导

第二部分　习题集及参考答案

I

第三部分　上机操作题及参考答案

第一部分 实验指导

实验 1 Visual FoxPro 使用初步

1.1 实验目的

1. 熟悉 Visual FoxPro 的窗口组成。
2. 掌握 Visual FoxPro 的启动和退出方法。
3. 掌握默认工作目录的设置方法。
4. 掌握项目管理器的使用方法。

1.2 实验内容

1. 用两种方法启动和退出 Visual FoxPro。
2. 浏览 Visual FoxPro 的主菜单项及其子菜单。
3. 掌握 Visual FoxPro 的窗口、工具栏、对话框的操作。
4. 练习打开和隐藏命令窗口。
5. 在 E 盘上建立"学生管理"文件夹,并将其设置为默认的工作目录。
6. 在"学生管理"文件夹下建立一个项目文件,命名为"学生管理.pjx"。熟悉项目管理器的使用。

1.3 解答与提示

1. 用两种方法启动和退出 Visual FoxPro。
(1) 启动的方法如下。
方法 1:选择"开始"→"程序"→ "Microsoft Visual FoxPro 6.0"。
方法 2:双击桌面上的 Visual FoxPro 图标。
(2) 退出的方法如下。
方法 1:选择"文件"→"退出"菜单命令。

方法 2：单击标题栏最右端的"关闭"按钮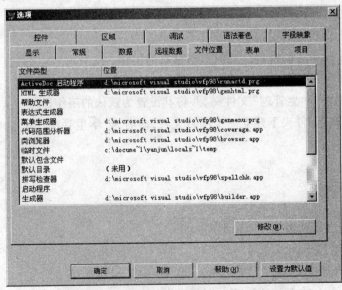。

方法 3：按 Alt+F4 组合键。

方法 4：在命令窗口中输入 QUIT 命令，按 Enter 键。

方法 5：单击标题栏最左端的控制按钮，打开下拉菜单，选择"关闭"命令。

2．（略）。

3．（略）。

4．练习打开和隐藏命令窗口。

（1）打开命令窗口的方法如下。

方法 1：选择"窗口"→"命令窗口"菜单命令。

方法 2：按 Ctrl+F2 组合键。

方法 3：当桌面上无命令窗口时，单击常用工具栏上的"命令窗口"按钮。

（2）隐藏命令窗口的方法如下。

方法 1：选择"窗口"→"隐藏"菜单命令。

方法 2：按 Ctrl+F4 组合键。

方法 3：当桌面上有命令窗口时，单击常用工具栏上的"命令窗口"按钮。

5．在 E 盘上建立"学生管理"文件夹，并将其设置为默认的工作目录。

其操作步骤如下：

① 双击"我的电脑"，双击"E 盘"，右键单击空白位置，选择"新建"→"文件夹"菜单命令，将新建的文件夹命名为"学生管理"。

② 在 Visual FoxPro 中，选择"工具"→"选项"菜单命令，打开"选项"对话框。

③ 选择"文件位置"选项卡，如图 1-1 所示。

图 1-1　"选项"对话框中的"文件位置"选项卡

④ 在列表框中选中"默认目录",单击"修改"按钮,出现"更改文件位置"对话框,如图 1-2 所示。

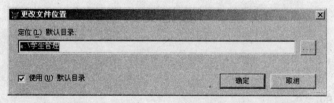

图 1-2 "更改文件位置"对话框

⑤ 在对话框中选择"使用默认目录"复选框,然后在"定位默认目录"文本框中输入"e:\学生管理"(或打开浏览窗口,选择 E 盘的"学生管理"文件夹),单击"确定"按钮,返回"选项"对话框。

⑥ 在"文件位置"选项卡中,可看到"默认目录"的"位置"已被设置为"e:\学生管理",单击"设置为默认值"按钮,再单击"确定"按钮,就把该目录设置为用户的工作目录。

6. 在"学生管理"文件夹下建立一个项目文件,命名为"学生管理.pjx"。熟悉项目管理器的使用。

① 单击常用工具栏上的"新建"按钮□,打开"新建"对话框。

② 选择"项目"单选按钮,单击"新建文件"按钮,打开"创建"对话框。

③ 输入项目的名称"学生管理",单击"保存"按钮,项目被保存在刚才建立的默认目录"e:\学生管理"下,并自动打开"项目管理器-学生管理"窗口。

提示:项目文件建立后,会同时生成一个扩展名为.pjt 的项目备注文件。

实验2　数据及数据运算

2.1　实验目的

1. 掌握常量、变量、数组的使用方法。
2. 掌握运算符和表达式的使用方法。
3. 掌握常用函数的使用方法。

2.2　实验内容

1. 常量的使用。执行表1-1中的操作并显示结果。

表1-1　常　　量

操　　作	结　　果
? 368.9，{^2007-3-5}，.T.	
? 2.3E6，2.3E-6	
?"good"+"night　"，"good"－"night　"	
? {//}，{//:}	

2. 变量和数组的使用。
按顺序执行以下命令序列,观察主窗口显示的结果。

```
x1 = 10
x2 = CTOD( "03/12/07" )
STORE "Visual FoxPro" TO x3
LIST MEMORY LIKE x?
DIME a(4, 5)
? a(3, 1)
a(11) = 100
? a(3, 1)
? a(5)
```

3. 运算符和表达式的使用。执行表1-2中的操作并显示结果。

表 1-2　运算符和表达式

操　　　作	结　　　果
? CTOD("03/12/07")+23.45	
? "hello" =="he", "hello" = "he"	
? "he" =="hello", "he" ="hello"	
? ('a'+'cd'>'fd' OR 7+3-9<=0) AND NOT .F.	
? (10<12 OR 10>23) AND NOT 10<>9	
? 9+12>13 OR 8>10 AND NOT "dd" $ "dadd"	

4. 字符函数的使用,执行表 1-3 中的操作并显示结果。

表 1-3　字 符 函 数

函　　　数	操　　　作	结　　　果
宏替换	A="52.5" ? &A+120	
求 ASCII 码	? ASC("ABC"), ASC("abc")	
求子串位置	? AT("天", "天天向上", 2)	
	? AT("中", "天天向上")	
求字符串长度	? LEN("二级 Visual FoxPro")	
生成空格	? LEN(SPACE(3)-SPACE(2))	
将字符转换成大写	? UPPER("HeLLo")	
将字符转换成小写	? LOWER("HeLLo")	
从左边截取字符	? LEFT("中国人民",LEN("He"))	
从右边截取字符	? RIGHT("HeLLo", 3)	
从中间截取字符	? SUBSTR("中国人民", 3, 4)	
子串替换	? STUFF("aaaaa", 2, 3, "bb")	
	? STUFF("aaaaa", 2, 0, "bb")	
	? STUFF("aaaaa", 2, 3, "")	
	? STUFF("aaaaa", 5, 3, "bb")	
删除前导空格	? LEN(LTRIM(" abc "))	
删除尾部空格	? LEN(TRIM(" abc "))	
删除首尾的所有空格	? LEN(ALLTRIM(" abc "))	
字符串匹配	? LIKE("a*","abc"),LIKE("a?","abc")	
	? LIKE("abc","a*"),LIKE("abc","a?")	

5. 数值函数的使用,执行表1-4中的操作并显示结果。

表1-4 数值函数

函 数	操 作	结 果
取整	? INT(-18.6)	
求绝对值	? ABS(-200.6)	
求最大值和最小值	? MAX(2,10),MIN("李","杜")	
四舍五入	? ROUND(20.57,1),ROUND(20.57,-1)	
求平方根	? SQRT(INT(ABS(-20)))	
求余数	? MOD(35,6),MOD(-35,-6)	
求余数	? MOD(-35,6),MOD(35,-6)	
求 e 为底的自然对数	? LOG(30)	
求正弦	? SIN(155)	
求符号	? SIGN(20)	
圆周率	? PI( )	

6. 日期函数的使用,执行表1-5中的操作并显示结果。

表1-5 日期函数

函 数	操 作	结 果
求系统日期	? DATE( )	
求系统时间	? TIME( )	
求系统日期时间	? DATETIME( )	
取某日期的年份	? YEAR(DATE( ))	
取某日期的月份	? MONTH(DATE( ))	
取某日期的天数	? DAY(DATE( ))	
取某日期的星期数(结果用数字表示)	? DOW({^2007-05-01})	
取某日期的星期数(结果用英文表示)	? CDOW({^2007-05-01})	

7. 数据类型转换函数的使用,执行表1-6中的操作并显示结果。

表1-6 数据类型转换函数

函 数	操 作	结 果
根据 ASCII 码值求字符	? CHR(110)	
字符串转换成日期	? CTOD("05/20/07")	
日期转换成字符串	? DTOC(DATE( ))	
日期时间转换成字符串	? TTOC({^2006-07-11 8:40:34})	

6

函　数	操　作	结　果
数值转换成字符串	? STR(25.856, 8,2)	
	? STR(25.856, 3,2)	
	? STR(25.856, 2, 1)	
	? STR(25.856, 1)	
字符串转换成数值	? VAL("100.4a56")	
	? VAL("100.4E2")	

8. 测试函数的使用,执行表1-7中的操作并显示结果。

表 1-7　测 试 函 数

函　数	操　作	结　果
测试是否为空	? EMPTY(0), EMPTY(" ")	
	? EMPTY(10), EMPTY(CTOD(" "))	
空值测试	? ISNULL(0), ISNULL (" ")	
	? ISNULL (10), ISNULL (CTOD(" "))	
值域测试	? BETWEEN (15, 10, 20)	
	? BETWEEN (15, NULL, 20)	
测试表达式的数据类型	x = "567" y = NULL ? TYPE("x"),TYPE("y"), TYPE("x/3")	
测试表达式的数据类型	x = "567" y = NULL ? VARTYPE("x"), VARTYPE("y") ? VARTYPE(x), VARTYPE(y)	
条件测试	? IIF(10<9, 100, 200)	

2.3　解答与提示

本实验的所有内容均可以上机运行,在命令窗口中输入相应内容,在主窗口即可得到运行结果。读者可以先计算出函数或表达式的结果,再上机验证。

实验 3　自由表的建立和操作

3.1　实验目的

1. 掌握自由表结构的建立和记录的输入方法。
2. 掌握表的打开和关闭、显示和修改、浏览操作方法。
3. 掌握记录的定位与显示、增加与修改、删除与恢复方法。
4. 掌握文件管理命令的使用方法。
5. 掌握索引的建立和索引查询方法。
6. 掌握表的统计操作命令的使用方法。
7. 掌握表的连接和表的临时关联方法。

3.2　实验内容

1. 按表 1-8 的结构和内容建立自由表 xs.dbf(后面改名为"学生登记表"),按表 1-9 的结构和内容建立自由表 cj.dbf。

表 1-8　xs.dbf 的结构和内容

学号 C(8)	姓名 C(8)	性别 C(2)	出生日期 D	入校总分 N(3,0)	团员 L	照片 G	备注 M
sh030001	李红梅	女	07/12/1986	487	F	略	略
sh030002	张　海	男	11/10/1985	498	T	略	略
sh030003	刘一铭	男	12/21/1984	510	T	略	略
sh030004	金　鑫	男	02/22/1987	575	T	略	略
sh030005	高小天	女	02/28/1986	490	F	略	略
sh030006	杨晨曦	男	10/04/1986	536	F	略	略
sh030007	杜　明	男	07/23/1985	545	T	略	略
sh030008	颜冰雪	女	04/22/1985	465	F	略	略
sh030009	曾　星	女	01/09/1984	432	T	略	略
sh030010	江子开	男	10/18/1983	416	F	略	略

8

表 1-9 cj. dbf 的结构和内容

学号 C(8)	语文 N(6,2)	数学 N(6,2)	政治 N(6,2)	英语 N(6,2)	平均分 N(6,2)	总分 N(6,2)
sh030001	75	87	65	65		
sh030002	65	98	85	58		
sh030003	85	85	69	54		
sh030004	52	74	84	69		
sh030005	52	52	75	54		
sh030006	74	65	46	50		
sh030007	85	52	85	42		
sh030008	65	65	51	35		
sh030009	67	85	40	87		
sh030010	68	74	60	90		

2. 将 xs.dbf 中的所有女生记录复制到 xs1.dbf 中。

3. 在 xs1.dbf 中,先逻辑删除学号为"sh030008"和"sh030009"的记录,再恢复学号为"sh030009"的记录且物理删除学号为"sh030008"的记录,然后再将学号为"sh030008"的记录插入到学号为"sh030001"的记录之前。

4. 将 xs.dbf 中的所有记录复制到 xs2.dbf 中,在 xs2.dbf 中建立以下 4 个索引(前两个为单索引,后两个为复杂索引,即多字段索引):学号(候选索引,命名为学号)、出生日期(普通索引,命名为出生日期)、性别与入校总分(普通索引,命名为 xbzf)、性别与出生日期(普通索引,命名为 xbrq)。

5. 在 xs2.dbf 中,分别用 LOCATE(顺序查询)和 SEEK(索引查询)命令,逐条查询女生名单。

6. 分析并验证以下命令序列的执行结果。

```
USE xs2
? RECCOUNT( )
GO TOP
DISP
SKIP -1
? RECNO( ), BOF( ), EOF( )
GO 6
? RECNO( ), BOF( ), EOF( )
GO BOTTOM
DISP
? RECNO( ), BOF( ), EOF( )
SKIP
? RECNO( ), BOF( ), EOF( )
```

```
SET ORDER TO TAG 出生日期
GO TOP
DISP
GO BOTTOM
DISP
SET ORDER TO
GO TOP
DISP
GO BOTTOM
DISP
COPY TO xs3
USE xs3
? RECCOUNT( )
ZAP
? RECCOUNT( )
USE
```

7. 将 xs.dbf 中的所有记录复制到 xs3.dbf 中,然后分别计算 xs3.dbf 中男生和女生的入校总分之和,将计算结果保存在 xs33.dbf 中。

8. 在 cj.dbf 中,计算并填入各学生的总分与平均分。

9. 将 cj.dbf 中的所有记录复制到 cj2.dbf 中,不包括"总分"和"平均分"两个字段。

10. 按学号将 xs.dbf 和 cj.dbf 连接为 xscj.dbf,要求只包含"学号"、"姓名"、"语文"、"数学"、"政治"、"英语"6 个字段。

11. 以 xs.dbf 为父表、cj.dbf 为子表,按学号建立两个表的临时关联,然后同时浏览两个表中的有关记录。

3.3　解答与提示

1. 按表 1-8 的结构和内容建立自由表 xs.dbf,按表 1-9 的结构和内容建立自由表 cj.dbf。

① 建立工作目录"e:\学生管理",建立方法见 1.3 节。

② 单击常用工具栏上的"新建"按钮,打开"新建"对话框。选择"表"单选按钮,单击"新建文件"按钮,打开"创建"对话框。

③ 在对话框中输入表的名称"xs",单击"保存"按钮,打开表设计器。如图 1-3 所示,在表设计器中输入 xs.dbf 的结构和内容。

④ 输入完成后,单击"确定"按钮,出现询问"现在输入数据记录吗?"的提示框,单击"是"按钮,可在编辑窗口中输入该表的内容,如图 1-4 所示。输入的内容会自动存盘。

⑤ 用相同的方法建立 cj.dbf(也可以选择用命令或表向导的方法创建表,创建的过程不再赘述)。

提示:如果表中有备注型或通用型字段,在生成表文件时,会生成一个相同文件名而扩展名为 .fpt 的表备注文件。在本例中,文件建立完成后,文件夹中会有 xs.dbf、xs.fpt、cj.dbf 共 3 个

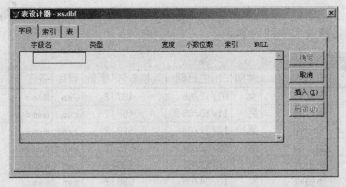

图 1-3　自由表的表设计器

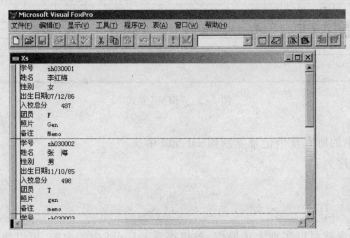

图 1-4　输入表的内容（"编辑"方式）

文件。

其中，备注型字段的输入方法是：在窗口中双击该字段，打开一个文本编辑窗口，即可在其中输入备注型字段的内容。如果备注型字段有内容，则 memo 的首字母会变成大写，即显示为 Memo。

通用型字段的输入方法是：在窗口中双击该字段，打开通用型字段输入窗口，选择"编辑"→"插入对象"菜单命令，打开"插入对象"对话框。如果图片文件已经存在，可以选择"由文件创建"单选按钮，然后从"浏览"窗口中找到文件并插入。如果通用型字段有内容，则 gen 的首字母会变成大写，即显示为 Gen。

如果记录未输入完成就退出了如图 1-4 所示的窗口，可以选择"文件"→"打开"菜单命令，打开相应的表文件，再选择"显示"→"浏览"菜单命令，再次进入该窗口，但此时无法向表中输入记录。若需要输入记录，需要选择"显示"→"追加方式"菜单命令，便可继续在表的结尾增加若干条记录。

默认情况下，输入记录时的窗口状态为"编辑"，即每行显示一个字段（参见图 1-4），还可以选择"浏览"方式来输入或编辑记录，"浏览"方式下，每行显示一条记录，如图 1-5 所示。可以选

11

择“显示”→“浏览”或“编辑”菜单命令切换显示方式。在任何一种方式下，都可以滚动记录、查找指定的记录或直接修改表中的内容。

Xs

学号	姓名	性别	出生日期	入校总分	团员	照片	备注
sh030001	李红梅	女	07/12/86	487	F	Gen	Memo
sh030002	张 海	男	11/10/85	498	T	gen	memo
sh030003	刘一铭	男	12/21/84	510	T	gen	memo
sh030004	金 鑫	男	02/22/87	575	T	gen	memo
sh030005	高小天	女	02/28/86	490	F	gen	memo
sh030006	杨晨曦	女	10/04/86	536	F	gen	memo
sh030007	杜 明	男	07/23/85	545	T	gen	memo
sh030008	颜冰雪	女	04/22/85	465	F	gen	memo
sh030009	曾 星	女	01/09/84	432	T	gen	memo
sh030010	江子开	男	10/18/83	416	F	gen	memo

图 1-5 “浏览”方式

2. 将 xs. dbf 中的所有女生记录复制到 xs1. dbf 中。

使用以下命令序列：

```
USE xs
COPY TO xs1.dbf  FOR 性别="女"
```

通常这两个命令就可以实现上述操作，若想查看 xs1. dbf 中的内容，可以使用以下命令：

```
USE xs3
LIST
```

结果如图 1-6 所示。

记录号	学号	姓名	性别	出生日期	入校总分	团员	照片	备注
1	sh030001	李红梅	女	07/12/86	487	.F.	Gen	Memo
2	sh030005	高小天	女	02/28/86	490	.F.	gen	memo
3	sh030006	杨晨曦	女	10/04/86	536	.F.	gen	memo
4	sh030008	颜冰雪	女	04/22/85	465	.F.	gen	memo
5	sh030009	曾 星	女	01/09/84	432	.T.	gen	memo

图 1-6 xs1. dbf 的内容

3. 在 xs1. dbf 中，先逻辑删除学号为“sh030008”和“sh030009”的记录，再恢复学号为“sh030009”的记录且物理删除学号为“sh030008”的记录，然后再将学号为“sh030008”的记录插入到学号为“sh030001”的记录之前。

使用以下命令序列：

```
USE xs1
DELE FOR 学号 = " sh030008 " OR 学号 = " sh030009 "          && 逻辑删除
RECA FOR 学号 = " sh030008 "                                && 恢复记录
PACK                                                       && 物理删除作了逻辑删除标志的记录
LOCA FOR 学号 = " sh030001 "
INSERT BEFORE BLANK
REPL 学号 WITH " sh030009 ",  姓名 WITH " 曾  星 ", 性别 WITH " 女 ",;
   出生日期 WITH {^1984-01-09}, 入校总分 WITH 432, 团员 WITH .T., 备注 WITH " 班长 "
APPEND GENERAL 照片 FROM 曾星.bmp                           && 为曾星增加照片,此前曾星.bmp 应准
                                                          && 备好
BROW                                                       && 此时"照片"字段显示为 Gen
USE
```

4. 将 xs.dbf 中的所有记录复制到 xs2.dbf 中,在 xs2.dbf 中建立以下 4 个索引(前两个为单索引,后两个为复杂索引,即多字段索引):学号(候选索引,命名为学号)、出生日期(普通索引,命名为出生日期)、性别与入校总分(普通索引,命名为 xbzf)、性别与出生日期(普通索引,命名为 xbrq)。

① 使用以下命令序列建立新表 xs2 并打开:

```
USE xs
COPY TO xs2.dbf
USE xs2
```

② 选择"显示"→"表设计器"命令,进入 xs2 的表设计器。选择"字段"选项卡,在"学号"字段的"索引"下拉列表框中选择"升序"(或"降序");在"出生日期"字段的"索引"下拉列表框中选择"升序"(或"降序")。

③ 选择"索引"选项卡,可以看到 xs2 已建立两个普通索引,且索引名自动为字段名。选择"学号"索引的"类型"下拉列表框中的"候选索引"项,将"学号"索引设置为候选索引。

④ 在"索引名"文本框中输入"xbzf",在"类型"下拉列表框中选择"普通索引",在"表达式"文本框中输入"性别+STR(入校总分)",建立两个字段的索引,表明首先按性别排列,性别相同时再按入校总分排列。

⑤ 在"索引名"文本框中输入"xbrq",在"类型"下拉列表框中选择"普通索引",在"表达式"文本框中输入"性别+DTOC(出生日期,1)",建立两个字段的索引,表明首先按性别排列,性别相同时再按出生日期排列。

⑥ 单击"确定"按钮,保存所做的修改。

提示:4 个索引是不同的索引项。为表建立索引后,会自动生成同名的 .cdx 索引文件。

说明:建立多字段索引时,若组成表达式的字段类型不同,必须使用函数对字段类型进行转换。一般都将相应的字段转换成 C 型数据,STR( ) 函数可将 N 型数据转换成 C 型数据,DTOC( ) 函数可将 D 型数据转换成 C 型数据。对 DTOC( ) 函数,添加参数"1"可以保证按正确的日期顺序进行比较。

也可以使用命令建立索引,参考命令序列如下:

```
USE xs2
INDEX ON 学号 TAG 学号                              && 建立"学号"索引标识
INDEX ON 出生日期 TAG 出生日期                      && 建立"出生日期"索引标识
INDEX ON 性别+str(入校总分) TAG xbzf               && 建立"性别与入校总分"索引标识
INDEX ON 性别+dtoc(出生日期,1) TAG xbrq            && 建立"性别与出生日期"索引标识
USE                                                && 关闭表文件
```

5. 在 xs2.dbf 中,分别用 LOCATE(顺序查询)和 SEEK(索引查询)命令,逐条查询女生名单。

(1) 用 LOCATE/CONTINUE 命令实现,参考命令序列如下:

```
USE xs2
LOCA   for 性别="女"          && 找到第 1 条满足条件的记录
DISP                          && 显示找到的记录
CONT                          && 继续查找满足条件的第 2 条记录
DISP                          && 显示找到的记录
CONT                          && 继续查找满足条件的第 3 条记录
…                            && 重复执行 DISP、CONT 命令,直到状态栏显示"已到定位范围末尾"
USE
```

(2) 用 SEEK 命令实现,参考命令序列如下:

```
USE xs2
INDEX ON 性别 TAG xb          && 建立"性别"索引标识,该索引自动为主控索引
SEEK "女"
DISP                          && 显示找到的第 1 条记录
SKIP                          && 继续查找满足条件的第 2 条记录
DISP                          && 显示找到的第 2 条记录
SKIP                          && 继续查找满足条件的第 3 条记录
…                            && 重复执行 DISP、SKIP 命令,直到显示的记录的性别不为"女"
USE
```

6. 分析并验证以下命令序列的执行结果。

```
USE xs2                          && 打开 xs2.dbf
? RECCOUNT( )                    && 显示 xs2.dbf 的记录数:10
GO TOP                           && 将记录指针移到首记录
DISP                             && 显示首记录的内容
SKIP −1                          && 将记录指针移到第 1 条记录之前,即表文件的开头
? RECNO( ),BOF( ),EOF( )        && 1 .T. .F.
GO 6                             && 将记录指针移到第 6 条记录
? RECNO( ),BOF( ),EOF( )        && 6 .F. .F.
GO BOTTOM                        && 将记录指针移到末记录
DISP                             && 显示末记录的内容
```

```
? RECNO( ),BOF( ),EOF( )            && 10 .F. .F.
SKIP                                && 将记录指针移到末记录之后,即表文件的结尾
? RECNO( ),BOF( ),EOF( )            && 11 .F. .T.
SET ORDER TO TAG 出生日期           && 设置已有的"出生日期"索引项为主控索引
GO TOP
DISP                                && 此时显示姓名为"江子开"的记录内容
GO BOTTOM
DISP                                && 此时显示姓名为"金 鑫"的记录内容
SET ORDER TO                        && 取消主控索引
GO TOP
DISP                                && 按输入的物理顺序显示首记录即"李红梅"的记录内容
GO BOTTOM
DISP                                && 按输入的物理顺序显示末记录即"江子开"的记录内容
COPY TO xs3                         && 将 xs2 的内容全部复制到 xs3.dbf 中
USE xs3
? RECCOUNT( )                       && 显示为 10
ZAP                                 && 一次性物理删除 xs3.dbf 中的所有记录
? RECCOUNT( )                       && 显示为 0
USE                                 && 关闭 xs3.dbf
DELETE FILE xs3.dbf                 && 删除表文件 xs3.dbf
```

7. 将 xs.dbf 中的所有记录复制到 xs3.dbf 中,然后分别计算 xs3.dbf 中男生和女生的入校总分之和,将计算结果保存在 xs33.dbf 中。

使用以下命令序列:

```
USE xs
COPY TO xs3                             && 将 xs 的内容全部复制到 xs3.dbf 中
USE xs3
INDEX ON 性别 TAG xb                    && 按关键字段"性别"建立索引
TOTAL ON 性别 TO xs33 FIELDS 入校总分    && 分类汇总,生成一个新的表文件 xs33
```

8. 在 cj.dbf 中,计算并填入各学生的总分与平均分。

执行以下命令序列:

```
USE cj
REPL ALL 平均分 WITH (语文+数学+政治+英语)/4     && 计算并填入平均分
REPL ALL 总分 WITH 语文+数学+政治+英语           && 计算并填入总分
USE
```

9. 将 cj.dbf 中的所有记录复制到 cj2.dbf 中,不包括"总分"和"平均分"两个字段。

执行以下命令序列:

```
USE cj
COPY TO cj2 fields 学号,语文,数学,政治,英语
```

10. 按学号将 xs. dbf 和 cj. dbf 连接为 xscj. dbf,要求只包含“学号”、“姓名”、“语文”、“数学”、“政治”、“英语”6 个字段。

执行以下命令序列：

```
SELE 1
USE xs                    && 在 1 号工作区打开 xs. dbf
SELE 2
USE cj                    && 在 2 号工作区打开 cj. dbf
JOIN WITH xs TO xscj FOR 学号=xs. 学号;
  FIELDS xs. 学号, xs. 姓名, 语文, 数学, 政治, 英语
```

11. 以 xs. dbf 为父表、cj. dbf 为子表,按学号建立两个表的临时关联,然后同时浏览两个表中的有关记录。

执行以下命令序列：

```
USE xs                          && 在 1 号工作区打开主表
SELE 2
USE cj                          && 在 2 号工作区打开子表
INDEX ON 学号 TAG xh            && 在子表中为关键字段建立索引
SELE 1
SET RELA TO 学号 INTO B
BROW FIEL 学号, 姓名, 性别, B. 语文, B. 数学, B. 政治, B. 英语, B. 平均分, B. 总分
```

结果如图 1-7 所示。

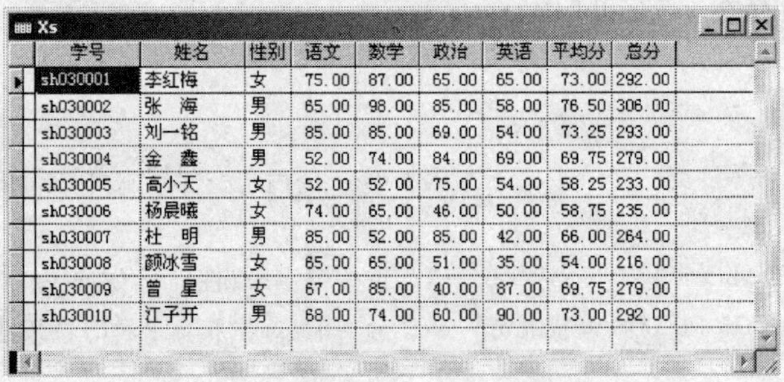

学号	姓名	性别	语文	数学	政治	英语	平均分	总分
sh030001	李红梅	女	75.00	87.00	65.00	65.00	73.00	292.00
sh030002	张　海	男	65.00	98.00	85.00	58.00	76.50	306.00
sh030003	刘一铭	男	85.00	85.00	69.00	54.00	73.25	293.00
sh030004	金　鑫	男	52.00	74.00	84.00	69.00	69.75	279.00
sh030005	高小天	女	52.00	52.00	75.00	54.00	58.25	233.00
sh030006	杨晨曦	女	74.00	65.00	46.00	50.00	58.75	235.00
sh030007	杜　明	男	85.00	52.00	85.00	42.00	66.00	264.00
sh030008	颜冰雪	女	65.00	65.00	51.00	35.00	54.00	216.00
sh030009	曾　星	女	67.00	85.00	40.00	87.00	69.75	279.00
sh030010	江子开	男	68.00	74.00	60.00	90.00	73.00	292.00

图 1-7　表的临时关联

实验4 数据库和数据库表的操作

4.1 实验目的

1. 掌握数据库的创建方法。
2. 掌握数据库表结构的建立和记录的输入方法。
3. 掌握表索引的建立和使用方法。
4. 掌握数据库表的有效性规则的设置方法和表之间永久关系的建立方法。

4.2 实验内容

1. 在"学生管理.pjx"项目中创建一个数据库,取名为"学生.dbc"。

2. 将自由表 xs.dbf 加入"学生"数据库中,并改名为"学生登记表.dbf"。在"学生"数据库中再创建两个数据表:"课程登记表.dbf"和"学生成绩表.dbf",其结构和内容如表1-10、表1-11所示。其中,"学生成绩表.dbf"的内容未输入完整,读者可自行补全。

表1-10 课程登记表

课程编号 I	课程名称 C(12)
1	计算机基础
2	大学英语
3	数学建模
4	计算机网络
5	高等数学
6	思想品德

表1-11 学生成绩表

学号 C(8)	课程编号 I	成绩 N(3,0)	学号 C(8)	课程编号 I	成绩 N(3,0)
sh030001	1	87	sh030001	6	65
sh030001	2	98	sh030002	1	52
sh030001	3	85	sh030002	2	65
sh030001	4	74	sh030002	3	85
sh030001	5	52	sh030002	4	74

学号 C(8)	课程编号 I	成绩 N(3,0)	学号 C(8)	课程编号 I	成绩 N(3,0)
sh030002	5	89	sh030003	6	74
sh030002	6	90	sh030004	1	85
sh030003	1	75	sh030004	2	65
sh030003	2	65	sh030004	3	67
sh030003	3	85	sh030004	4	68
sh030003	4	52	sh030004	5	98
sh030003	5	52	sh030004	6	90
…	…	…	…	…	…

3. 为数据库表设置属性。

（1）为"学生登记表"的"性别"字段建立有效性规则,规则和提示信息为"性别只能为男或女"。该字段的默认值为"男"。

（2）为"学生成绩表"的"成绩"字段建立有效性规则,规则和提示信息为"成绩在 0～100 之间"。该字段的默认值为 0。

4. 建立索引。为"学生登记表"的"学号"字段建立主索引,为"课程登记表"的"课程编号"字段建立主索引,为"学生成绩表"的"学号"和"课程编号"分别建立普通索引。

5. 建立表之间的永久关系。为"学生登记表"与"学生成绩表"建立一对多关系,为"课程登记表"与"学生成绩表"建立一对多关系。

6. 设置参照完整性规则。要求:在"学生登记表"和"学生成绩表"之间以及"课程登记表"和"学生成绩表"之间,定义删除规则为"级联",更新和插入规则为"限制"。

4.3 解答与提示

1. 在"学生管理.pjx"项目中创建一个数据库,取名为"学生.dbc"。

① 建立工作目录"e:\学生管理",建立方法可参阅本书 1.3 节。

② 打开"学生管理.pjx"项目,选择"数据"选项卡中的"数据库"选项,单击"新建"按钮,单击"新建数据库"按钮,打开"创建"对话框。

③ 在对话框中输入数据库的名称"学生",单击"保存"按钮,项目被保存在刚才建立的默认目录"e:\学生管理"下,并自动打开数据库设计器。

④ 关闭数据库设计器回到项目管理器中。

提示:数据库文件建立后,会同时生成与之相关的另外两个文件,它们是扩展名为.dbt 的数据库备注文件和扩展名为.dcx 的数据库索引文件。

2. 将自由表 xs.dbf 加入"学生"数据库中,并改名为"学生登记表.dbf"。在"学生"数据库中再创建两个数据表:"课程登记表.dbf"和"学生成绩表.dbf"。

① 展开项目管理器的"数据"选项卡中的"数据库"选项,再展开刚才建立的"学生"数据库,

选择"表"选项,单击"添加"按钮,在"添加表"对话框中单击 xs.dbf,单击"确定"按钮,xs.dbf 就被添加到"学生"数据库中了。

② 右键单击项目管理器中的 xs 表,从快捷菜单中选择"重命名"命令,打开"重命名文件"对话框,如图 1-8 所示,在"到"文本框中将 xs.dbf 改名为"学生登记表.dbf"。

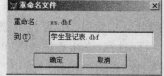

提示:改名时注意不要修改文件的扩展名。通过这种方法将表文件改名后,与之相关的如.fpt、.cdx 文件均会自动修改。

③ 单击"学生"数据库下的"表"选项,单击"新建"按钮,再单击"新建表"按钮,打开"创建"对话框。在对话框中输入创建

图 1-8 "重命名文件"对话框

的表文件"课程登记表",单击"保存"按钮,打开表设计器,如图 1-9 所示。在表设计器中输入"课程登记表.dbf"的结构和内容。下面的操作与自由表的建立完全一样,不再赘述。

提示:可以看出,自由表与数据库表的表设计器有所不同,数据库表可以进行更多的规则设置。

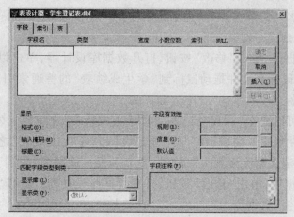

图 1-9 数据库表的"表设计器"对话框

④ 用相同的方法建立"学生成绩表"。

3. 为数据库表设置属性。

(1) 为"学生登记表"的"性别"字段建立有效性规则,规则和提示信息为"性别只能为男或女"。该字段的默认值为"男"。

① 选择"学生登记表",单击"修改"按钮,打开"学生登记表"的表设计器。

② 单击"字段"选项卡,选择"性别"字段,在"字段有效性"选项组的"规则"文本框中输入"性别="男" OR 性别="女""。在"信息"文本框中输入"性别只能为男或女",在"默认值"文本框中输入"男"。

③ 单击"确定"按钮,关闭表设计器。

(2) 为"学生成绩表"的"成绩"字段建立有效性规则,规则和提示信息为"成绩在 0~100 之间"。该字段的默认值为 0。

① 选择"学生成绩表",单击"修改"按钮,打开"学生成绩表"的表设计器。

② 单击"字段"选项卡,选择"成绩"字段,在"字段有效性"选项组的"规则"文本框中输入

"成绩>=0 AND 成绩<=100",在"信息"文本框中输入"成绩只能在 0～100 之间"。在"默认值"文本框中输入 0。

③ 单击"确定"按钮,关闭表设计器。

4. 建立索引。为"学生登记表"的"学号"字段建立主索引,为"课程登记表"的"课程编号"字段建立主索引,为"学生成绩表"的"学号"和"课程编号"分别建立普通索引。

① 选择"学生登记表",单击"修改"按钮,打开"学生登记表"的表设计器。单击"字段"选项卡,在"学号"字段的"索引"下拉列表框中选择"升序"(或"降序")。

② 单击"索引"选项卡,选择"学号"索引的"类型"下拉列表框中的"主索引"项,将"学号"索引设置为主索引。

③ 用相同的方法建立"课程登记表"的主索引。

④ 选择"学生成绩表",单击"修改"按钮,打开"学生成绩表"的表设计器。单击"字段"选项卡,在"学号"字段的"索引"下拉列表框中选择"升序"(或"降序"),在"课程编号"字段的"索引"下拉列表框中选择"升序"(或"降序")。单击"确定"按钮,关闭表设计器。

5. 建立表之间的永久关系。为"学生登记表"与"学生成绩表"建立一对多关系,为"课程登记表"与"学生成绩表"建立一对多关系。

① 选择"学生"数据库,单击"修改"按钮,打开数据库设计器,单击以选中"学生登记表"中的主索引"学号",按住鼠标左键并拖动鼠标到"学生成绩表"的普通索引"学号"上,鼠标箭头会变成小矩形状,释放鼠标。

② 用同样的方法可以建立"课程登记表"和"学生成绩表"之间的永久关系。

6. 设置参照完整性规则。要求:在"学生登记表"和"学生成绩表"之间以及"课程登记表"和"学生成绩表"之间,定义删除规则为"级联",更新和插入规则为"限制"。

① 选择"学生"数据库,单击"修改"按钮,打开数据库设计器。选择"数据库"→"清理数据库"菜单命令,清理"学生"数据库。

② 右键单击"学生登记表"与"学生成绩表"之间的连线,从快捷菜单中选择"编辑参照完整性"命令,打开如图 1-10 所示的对话框。利用对话框中的 3 个选项卡为两个永久关系设置相应的规则。

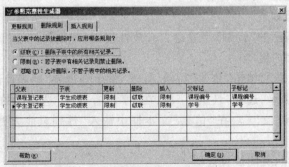

图 1-10　设置表之间的参照完整性

实验 5　查询和视图

5.1　实验目的

1. 掌握查询设计器的使用方法。
2. 掌握视图设计器的使用方法。

5.2　实验内容

1. 建立一个包含"学号"、"姓名"、"性别"、"年龄"、"平均分"、"总分"6 个字段的查询。要求按总分的降序输出查询的结果,且查询结果中只包含平均分大于等于 75 分的学生,查询文件取名为"平均分和总分.qpr"。平均分和总分是根据"学生成绩表"中每个学生的各门课程的成绩计算而得出的。

2. 利用"学生"数据库中的 3 个表,建立一个包含"学号"、"姓名"、"性别"、"课程名称"、"成绩"5 个字段的视图,要求按成绩的降序排序,视图的名称为"学生成绩"。

3. 建立一个参数视图,可以修改某一门课程的成绩。视图的输出字段为"学号"、"姓名"和"成绩",视图的名称为"修改成绩"。

5.3　解答与提示

1. 建立"平均分和总分.qpr"查询文件。

操作步骤如下:

① 设置工作目录"e:\学生管理",打开"学生管理"项目。

② 在"数据"选项卡中选择"查询"选项,单击"新建"按钮,在"新建查询"对话框中单击"新建查询"按钮。在"添加表或视图"对话框中将"学生登记表"和"学生成绩表"添加到查询设计器中。

③ 在"字段"选项卡中将"学号"、"姓名"、"性别"3 个字段添加到"选定字段"列表框中。

④ 单击"函数与表达式"框的 … 按钮,打开"表达式生成器"对话框,在"表达式"列表框中输入"YEAR(DATE( )) – YEAR(学生登记表.出生日期) AS 年龄"。单击"确定"按钮后,再单击"添加"按钮,将生成的新字段"年龄"添加到"选定字段"列表框中。

⑤ 仿照第④步的方法,生成"平均分"和"总分"两个新字段,在"表达式"列表框中输入的表达式分别是"AVG(成绩) AS 平均分"和"SUM(成绩) AS 平均分"。

⑥ 在"排序依据"选项卡中将"选定字段"列表框中的"SUM(成绩) AS 平均分"添加到"排序条件"列表框中,在"排序选项"选项组中选择"降序"单选按钮。

⑦ 在"分组依据"选项卡中,将"学生登记表.学号"字段添加到"分组字段"列表框中。

⑧ 单击"满足条件"按钮,打开"满足条件"对话框,输入条件"平均分>=75"。

⑨ 单击"查询"菜单中的"运行查询"命令,或单击常用工具栏上的"运行"按钮 ⚡ ,查看查询结果。

⑩ 按 Ctrl+S 键,保存查询,取名为"平均分和总分"。

2. 建立"学生成绩"视图。

操作步骤如下:

① 打开"学生管理"项目,单击"数据"选项卡中的"学生"数据库,选择"本地视图"选项,单击"新建"按钮,再单击"新建视图"按钮。在"添加表或视图"对话框中将"学生登记表"、"课程登记表"和"学生成绩表"添加到视图设计器中。

② 在"字段"选项卡中将"学号"、"姓名"、"性别"、"课程名称"、"成绩"5 个字段添加到"选定字段"列表框中。

③ 在"排序依据"选项卡中,将"选定字段"列表框中的"成绩"字段添加到"排序条件"列表框中,在"排序选项"选项组中选择"降序"单选按钮。

④ 按 Ctrl+S 键,保存视图,取名为"学生成绩"。

3. 建立"修改成绩"视图。

操作步骤如下:

① 打开"学生管理"项目,单击"数据"选项卡中的"学生"数据库,选择"本地视图"选项,单击"新建"按钮,再单击"新建视图"按钮。在"添加表或视图"对话框中将"学生登记表"和"学生成绩表"添加到视图设计器中。

② 在"字段"选项卡中将"学号"、"姓名"、"成绩"3 个字段添加到"选定字段"列表框中。

③ 单击"筛选"选项卡,设置筛选条件"学生成绩表.课程编号 = ? 课程编号"。其中,在"实例"文本框中输入"? 课程编号",表示"课程编号"是一个参数,其值在运行视图时提供。

④ 按 Ctrl+S 键,保存视图,取名为"修改成绩"。

该视图在浏览时,会要求用户输入"课程编号",如图 1-11(a)所示。输入一个课程编号,例如,本例输入 5,会打开如图 1-11(b)所示的"浏览"窗口。

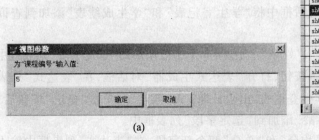

(a)　　　　　　　　　　　(b)

图 1-11　"视图参数"对话框和"浏览"窗口

实验 6　SQL 命令使用

6.1　实验目的

1. 掌握 SQL 数据定义的功能。
2. 能使用 SQL 创建数据表的结构和添加、修改、删除数据。
3. 熟练掌握 SQL 的各种查询功能。

6.2　实验内容

1. "教师管理"数据库包含 3 个表，其结构和内容分别如表 1-12、表 1-13 和表 1-14 所示。

表 1-12　"教师.dbf"的结构和内容

教师号 C(5)	姓名 C(8)	性别 C(2)	职称 C(8)	工资 N(7, 2)	政府津贴 L
t1101	张伟	男	教授	3500.00	T
t1102	刘英	女	讲师	1800.00	F
t1103	杨申	男	副教授	2400.00	F
t1104	吴冰	女	教授	3200.00	T
t1105	金玲	女	讲师	1500.00	F

表 1-13　"授课.dbf"的结构和内容

教师号 C(8)	课程号 C(4)
t1101	c110
t1102	c150
t1102	c160
t1103	c120
t1103	c140
t1103	c160
t1104	c130
t1105	c120
t1105	c140
t1105	c160

表 1-14　"课程.dbf"的结构和内容

课程号 C(4)	课程名 C(10)	课时 N(2)
c110	计算机基础	80
c120	大学英语	60
c130	数学建模	80
c140	计算机网络	60
c150	高等数学	70
c160	思想品德	50

表 1-12 和表 1-13 可用菜单方法创建并输入数据。为表 1-12 中的"教师号"字段建立主索引,为表 1-13 表中的"教师号"和"课程号"字段建立普通索引。用 SQL 语句完成下列操作。

(1) 创建"课程"表("课程号"为主索引)。

(2) 向"课程"表中输入数据。

(3) 在"教师"表中增加一条记录(t1106,江东,男,副教授,2000)。

(4) 将"教师"表中工资小于或等于 1 500 元的讲师的工资提高 20%。

(5) 删除"江东"教师的记录。

(6) 查询工资前 3 名教师的姓名、职称和工资。

(7) 查询"教师"表的全部信息。

(8) 查询享受了政府津贴的教师的姓名。

(9) 查询副教授以上职称的教师的姓名和职称。

(10) 查询女教授的姓名和工资。

(11) 查询工资在 2 000～3 000 元之间的教师的姓名和职称。

(12) 查询课程号为"c110"或"c140"的任课教师号。

(13) 统计职称为教授的人数。

(14) 统计所有教师的平均工资。

(15) 统计男女教师的人数。

(16) 查询各种教师职称的平均工资。

(17) 查询每个教师的任课数量,并降序排列。

(18) 查询"刘英"教师所讲授的课程名称。

(19) 用子查询的方式查询与"刘英"教师职称相同的教师的姓名、性别及职称。

(20) 查询比所有女教师的工资都高的男教师的姓名和工资。

(21) 统计教师号为"t1101"和"t1102"的教师的授课门数,将查询的结果合并成一个结果集。

(22) 将每个教师所授的课程输出到"教师任课"数据表中。

2. 在"教材订购"数据库中有 3 个表,其表名和结构分别如下:

教材(书号 C(6),书名 C(20),作者 C(8),出版社 C(20),价格 N(6,2))

班级(班级编号 C(2),班名 C(10))

教材订购(书号 C(6),班级编号 C(2),数量 N(10))

用 SQL 语句完成下列操作:

(1) 创建一个"教材订购"数据库。

(2) 创建"教材"数据表。其中,"书号"为主键,值不能为空;"书名"不能为空;"价格"的取值范围在 0～100 之间。

(3) 创建"班级"数据表。其中,"班级编号"为主键,值不能为空;"班名"不能为空,且值必须是唯一的。

(4) 创建"教材订购"数据表。其中,"书号"和"班级编号"值不能为空;"数量"的取值范围在 0～100 之间;定义"书号"和"班级编号"为"教材订购"表的外部键。

(5) 在"教材"数据表中,增加一个字段:"出版社地址"C(20)。

(6) 在 3 个数据表中分别输入若干记录。

(7) 查询每个班订购的教材的书名及数量。

(8) 在"教材订购"数据库中查询任一个班级编号的班级订购的教材的书名。

(9) 在"教材订购"数据库中查询每个班级的平均订书数量。

(10) 在"教材订购"数据库中查询每个班级所有订书数量,并由高到低排序。

(11) 在"教材订购"数据库中查询比某个出版社出版的教材价格都高的书名和价格。

(12) 在"教材订购"数据库中查询订购了 3 种以上教材的班级编号和订购的教材品种数。

3. 在"人才管理"数据库中有 3 个表,其表名和结构分别如下:

基本情况(编号 C(6),姓名 C(8),性别 C(2),出生年月 D,工资 N(5))

专业(编号 C(6),专业名称 C(10),职称 C(10))

成果(编号 C(6),成果类别 C(8),成果名称 C(20))

用 SQL 语句完成下列操作:

(1) 创建"人才管理"数据库。

(2) 创建"基本情况"数据表。其中,"编号"为主键,值不能为空;"姓名"不能为空;"工资"的取值范围在 2 000～20 000 之间。

(3) 创建"专业"数据表。其中,"编号"值不能为空;"专业名称"不能为空;建立"专业"表与"基本情况"表之间的联系。

(4) 创建"成果"数据表。其中,"编号"值不能为空;建立"成果"表与"基本情况"表之间的联系。

(5) 在 3 个数据表中分别输入若干记录。

(6) 在"基本情况"数据表中增加一个字段:"联系电话"C(8)。

(7) 将"基本情况"数据表中的"性别"字段的默认值设为"男"。

(8) 将工资未超过 3 000 元的人员的工资提高 20%。

(9) 查询每个人的成果类别和成果名称。

(10) 统计教授的人数。

(11) 列出年龄在 40 岁以下的教授的姓名。

(12) 查询由计算机专业人员开发的、成果类别为软件的成果名称。

(13) 查询比所有教授工资低的人员的姓名和工资。

(14) 查询成果在 3 项以上的人员的姓名和成果数,并按降序排列。

（15）查询每个人的姓名及成果数，并将结果存放到一个新的数据表"成果统计"中。

6.3 解答与提示

1. 创建"教师管理"数据库和"教师"表及"授课"表的方法略。下面介绍相关的 SQL 命令。
（1）创建"课程"表（"课程号"为主索引）。

```
CREATE TABLE 课程；
    （课程号 C（4）  PRIMARY KEY NOT NULL，；
    课程名 C（10）  NOT NULL，；
    课时 N（2））
```

（2）向"课程"表中输入数据。

```
INSERT INTO 课程；
    VALUE（'c110'，"计算机基础"，80）
```

以上语句会在"课程"表中插入一条记录，用类似的命令，可以输入全部记录。
（3）在"教师"表中增加一条记录（t1106，江东，男，副教授，2000）。

```
INSERT INTO 教师（教师号，姓名，性别，职称，工资）；
    VALUE（'t1106'，"江东"，"男"，"副教授"，2000）
```

（4）将"教师"表中工资小于或等于 1 500 元的讲师的工资提高 20%。

```
UPDATE 教师 SET 工资＝1.2＊工资；
    WHERE 职称＝"讲师" AND 工资＜＝1500
```

（5）删除"江东"教师的记录。

```
DELETE FROM 教师；
    WHERE 姓名＝"江东"
```

（6）查询工资前 3 名教师的姓名、职称和工资。

```
SELECT TOP 3 姓名，职称，工资 FROM 教师 ORDER BY 工资 DESC
```

（7）查询"教师"表的全部信息。

```
SELECT ＊ FROM 教师
```

（8）查询享受了政府津贴的教师的姓名。

```
SELECT 姓名 FROM 教师 WHERE 政府津贴
```

（9）查询副教授以上职称的教师的姓名和职称。

```
SELECT 姓名，职称 FROM 教师 WHERE "教授" $ 职称
```

（10）查询女教授的姓名和工资。

```
SELECT 姓名，工资 FROM 教师 WHERE 性别＝"女" AND 职称＝"教授"
```

（11）查询工资在 2 000～3000 元之间的教师的姓名和职称。

SELECT 姓名，职称 FROM 教师 WHERE 工资 BETWEEN 2000 AND 3000

（12）查询课程号为"c110"或"c140"的任课教师号。

SELECT 教师号 FROM 授课 WHERE 课程号 IN("c110","c140")

（13）统计职称为教授的人数。

SELECT COUNT(*) FROM 教师 WHERE 职称="教授"

（14）统计所有教师的平均工资。

SELECT AVG(工资) AS 平均工资 FROM 教师

（15）统计男女教师的人数。

SELECT 性别，COUNT(*) AS 人数 FROM 教师 GROUP BY 性别

（16）查询各种教师职称的平均工资。

SELECT 职称，AVG(工资) AS 平均工资 FROM 教师 GROUP BY 职称

（17）查询每个教师的任课数量，并降序排列。

SELECT 教师号，COUNT(*) AS 课程数 FROM 授课 GROUP BY 教师号；
   ORDER BY 课程数 DESC

（18）查询"刘英"教师所讲授的课程名称。

SELECT 姓名，课程名 FROM 教师，授课，课程 WHERE 教师.教师号=授课.教师号；
   AND 授课.课程号=课程.课程号 AND 姓名="刘英"

（19）用子查询的方式查询与"刘英"教师职称相同的教师的姓名、性别及职称。

SELECT 姓名，性别，职称 FROM 教师 WHERE 职称=；
   (SELECT 职称 FROM 教师 WHERE 姓名="刘英")

（20）查询比所有女教师的工资都高的男教师的姓名和工资。

SELECT 姓名，工资 FROM 教师 WHERE 工资>；
   (SELECT MAX(工资) FROM 教师 WHERE 性别="女")

（21）统计教师号为"t1101"和"t1102"的教师的授课门数，将查询的结果合并成一个结果集。

SELECT 教师号，COUNT(*) AS 授课门数 FROM 授课；
   WHERE 教师号="t1101" GROUP BY 教师号；
UNION；
   SELECT 教师号，COUNT(*) AS 授课门数 FROM 授课；
   WHERE 教师号="t1102" GROUP BY 教师号

（22）将每个教师所授的课程输出到"教师任课"数据表中。

SELECT 姓名,课程名 FROM 教师,授课,课程 WHERE 教师.教师号=授课.教师号 ;

　AND 授课.课程号=课程.课程号 INTO TABLE 教师任课

2. 用 SQL 语言完成下列操作。

(1) 创建一个"教材订购"数据库。

CREATE DATABASE 教材订购

(2) 创建"教材"数据表。其中,"书号"为主键,值不能为空;"书名"不能为空;"价格"的取值范围在 0 ~ 100 之间。

CREATE TABLE 教材;

　(书号 C(6) NOT NULL PRIMARY KEY,;

　书名 C(20) NOT NULL,;

　作者 C(8),;

　出版社 C(20),;

　价格 N(6,2) CHECK(价格>=0 AND 价格<=100))

(3) 创建"班级"数据表。其中,"班级编号"为主键,值不能为空;"班名"不能为空,且值必须是唯一的。

CREATE TABLE 班级;

　(班级编号 C(2) NOT NULL PRIMARY KEY,;

　班名 C(10) NOT NULL UNIQUE)

(4) 创建"教材订购"数据表。其中,"书号"和"班级编号"值不能为空;"数量"的取值范围在 0 ~ 100 之间;定义"书号"和"班级编号"为"教材订购"表的外部键。

CREATE TABLE 教材订购;

　(书号 C(6) NOT NULL,;

　班级编号 C(2) NOT NULL,;

　数量 N(10) CHECK(数量>= 0 AND 数量<=100),;

　FOREIGN KEY 书号 TAG 书号 REFERENCES 教材,;

　FOREIGN KEY 班级编号 TAG 班级编号 REFERENCES 班级)

(5)在"教材"数据表中,增加一个字段:"出版社地址"C(20):

ALTER TABLE 教材;

　ADD;

　出版社地址 C(20)

(6) 在 3 个数据表中分别输入若干记录。例如,在"教材"表中输入一条记录:

INSERT INTO 教材;

　(书号,书名,作者,出版社,价格);

　VALUES('100100','C 语言','谭浩强','高教',18)

(7) 查询每个班订购的教材的书名及数量。

28

SELECT 班名,书名,数量 FROM 教材,班级,教材订购;
　　WHERE 教材.书号=教材订购.书号 AND 班级.班级编号=教材订购.班级编号

（8）在"教材订购"数据库中查询班级编号为"G1"的班级订购的教材的书名。

【操作1】SELECT 书名 FROM 教材 WHERE 书号 IN;
　　　　　（SELECT 书号 FROM 教材订购 WHERE 班级编号="G1"）
【操作2】SELECT 书名 FROM 教材,教材订购;
　　　　　WHERE 教材.书号=教材订购.书号 AND 班级编号="G1"

（9）在"教材订购"数据库中查询每个班级的平均订书数量。

SELECT 班名,AVG（数量）FROM 班级,教材订购;
　　WHERE 班级.班级编号=教材订购.班级编号;
　　GROUP BY 教材订购.班级编号

（10）在"教材订购"数据库中查询每个班级所有订书数量,并由高到低排序。

SELECT 班名,SUM（数量）AS 总订书量 FROM 班级,教材订购;
　　WHERE 班级.班级编号=教材订购.班级编号;
　　GROUP BY 教材订购.班级编号;
　　ORDER BY 总订书量 DESC

（11）在"教材订购"数据库中查询比"清华"出版社出版的教材价格都高的书名和价格。

【操作1】SELECT 书名,价格 FROM 教材 WHERE 价格>ALL;
　　　　　（SELECT 价格 FROM 教材 WHERE 出版社="清华"）
【操作2】SELECT 书名,价格 FROM 教材 WHERE 价格>;
　　　　　（SELECT MAX（价格）FROM 教材 WHERE 出版社="清华"）

（12）在"教材订购"数据库中查询订购了3种以上教材的班级编号和订购的教材品种数。

SELECT 班级编号,COUNT（＊）FROM 教材订购;
　　GROUP BY 班级编号 HAVING COUNT（＊）>=3

3. 用 SQL 语句完成下列操作。

（1）创建"人才管理"数据库。

CREATE DATABASE 人才管理

（2）创建"基本情况"数据表。其中,"编号"为主键,值不能为空;"姓名"不能为空;"工资"
的取值范围在 2 000～20 000 之间。

CREATE TABLE 基本情况;
　（编号 C(6) NOT NULL PRIMARY KEY,;
　姓名 C(8) NOT NULL,;
　性别 C(2),;
　出生年月 D,;
　工资 N(5) CHECK（工资>=2000 AND 工资<=20000））

(3) 创建"专业"数据表。其中,"编号"值不能为空;"专业名称"不能为空;建立"专业"表与"基本情况"表之间的联系。

```
CREATE TABLE 专业;
    (编号 C(6)NOT NULL,;
    专业名称 C(10)NOT NULL,;
    职称 C(10),;
    FOREIGN KEY 编号 TAG 编号 REFERENCES 基本情况)
```

(4) 创建"成果"数据表。其中,"编号"值不能为空;建立"成果"表与"基本情况"表之间的联系。

```
CREATE TABLE 成果;
    (编号 C(6) NOT NULL,;
    成果类别 C(8),;
    成果名称 C(20),;
    FOREIGN KEY 编号 TAG 编号 REFERENCES 基本情况)
```

(5) 在 3 个数据表中分别输入若干记录。例如,在"基本情况"数据表中增加一条记录。

```
INSERT INTO 基本情况;
    (编号,姓名,性别,出生年月,工资);
    VALUES('T100101','张明天','男',{^1962-02-12},2500)
```

(6) 在"基本情况"数据表中增加一个字段:"联系电话"C(8)。

```
ALTER TABLE 基本情况;
    ADD;
    联系电话 CHAR(8)
```

(7) 将"基本情况"数据表中的"性别"字段的默认值设为"男"。

```
ALTER TABLE 基本情况;
    ALTER 性别;
    SET DEFAULT "男"
```

(8) 将工资未超过 3 000 元的人员的工资提高 20%。

```
UPDATE 基本情况;
    SET 工资=1.2 * 工资;
    WHERE 工资<=3000
```

(9) 查询每个人的成果类别和成果名称:

```
SELECT 姓名,成果类别,成果名称 FROM 基本情况,成果;
    WHERE 基本情况.编号=成果.编号
```

(10) 统计教授的人数。

```
SELECT COUNT( * ) FROM 专业;
   WHERE 职称="教授"
```

（11）列出年龄在 40 岁以下的教授的姓名。

```
SELECT 姓名 FROM 基本情况,专业;
   WHERE 基本情况.编号=专业.编号;
   AND YEAR(DATE( ))-YEAR(出生年月)<=40 AND 职称="教授"
```

（12）查询由计算机专业人员开发的、成果类别为软件的成果名称。

```
SELECT 姓名,成果名称 FROM 基本情况,专业,成果;
   WHERE 基本情况.编号=专业.编号 AND 基本情况.编号=成果.编号;
   AND 专业名称="计算机" AND 成果类别="软件"
```

（13）查询比所有教授工资低的人员姓名和工资。

```
SELECT 姓名,工资 FROM 基本情况 WHERE 工资<;
   (SELECT MIN(工资) FROM 基本情况,专业 WHERE 基本情况.编号=专业.编号
   AND 职称="教授")
```

（14）查询成果在 3 项以上的人员姓名和成果数,并按降序排列。

```
SELECT 姓名,COUNT( * ) AS 成果数 FROM 基本情况,成果 WHERE 基本情况.编号=成果.编号;
   GROUP BY 成果.编号 HAVING COUNT( * )>=3;
   ORDER BY 成果数 DESC
```

（15）查询每个人的姓名及成果数,并将结果存放到一个新的数据表"成果统计"中。

```
SELECT 姓名,COUNT( * ) AS 成果数 INTO TABLE 成果统计 FROM 基本情况,成果;
   WHERE 基本情况.编号=成果.编号;
   GROUP BY 成果.编号
```

实验 7　结构化程序设计

7.1　实验目的

1. 熟悉 Visual FoxPro 命令文件的建立和执行方法。
2. 掌握结构化程序设计的一般方法。
3. 熟练掌握条件语句和循环语句的使用方法。

7.2　实验内容

1. 编写程序,判断输入的年份是否是闰年(建议用 IF 语句实现,输入用交互式语句,输出用？命令)。

提示:闰年是能被 4 整除但不能被 100 整除,或能被 400 整除的年份。

2. 编写程序,判断输入的字符是字母、数字或特殊符号(建议用 DO CASE 语句实现,输入和输出用格式语句)。

提示:本程序中判断的数字是字符型数字,与数值型数字类型不同。

3. 编写程序,显示"学生登记表"中入校总分在 550 分以上的学生记录(建议用 DO WHILE 语句实现)。

4. 编写程序,实现验证密码正确后浏览"学生登记表"的内容的功能,密码设为"OK",最多只能输入 3 次,密码错误或输入超过 3 次给出提示(建议用 FOR 循环语句)。

提示:本程序中因为输入的密码不能在屏幕上显示,所以在输入语句前后需要下列两条语句:

SET CONSOLE OFF　　&& 输入语句的内容不显示在屏幕上

SET CONSOLE ON　　&& 恢复输入语句内容的屏幕显示

另外,需要提示输入信息的语句(格式输入语句)应放在 SET CONSOLE OFF 语句之前,否则提示信息不会显示,最好是将格式输入语句和输入语句分为两条语句,分别放在 SET CONSOLE OFF 语句的前后。

5. 编写程序,统计"学生登记表"中男、女生的人数(建议用 SCAN 循环语句)。

6. 编写程序,根据输入的姓名,计算学生的平均成绩,并显示成绩等级。

提示:① 等级计算如下:

$$90 \leqslant 平均成绩 \leqslant 100　　优$$

$$80 \leqslant 平均成绩 \leqslant 90　　良$$

$$70 \leqslant 平均成绩 \leqslant 80　　中$$

$$60 \leqslant 平均成绩 \leqslant 70　　及格$$

平均成绩≤60　　　　　不及格

② 由于姓名和成绩要涉及"学生登记表"和"学生成绩表",需要分别在两个工作区中打开两个表。根据输入的姓名,从"学生登记表"中取得相应的学号,再根据学号在"学生成绩表"中计算出平均成绩。通过等级的计算方法,计算出学生成绩的等级,最后输入学生的平均分和成绩等级。

7. 编写程序,实现能根据输入的姓名,查找并显示学生各门课程的成绩的功能,要求能反复查找。

提示:① 为了实现反复查找的功能,在这里需要用一个循环语句和是否退出循环语句来控制。

```
ANS = "Y"
DO WHILE .T.
    …
    WAIT "是否继续查找(Y/N)?" TO ANS
    IF UPPER(ANS) = "Y"
        LOOP
    ELSE
        EXIT
    ENDIF
ENDDO
```

② 此程序也涉及两个表的操作,具体过程参照上题。

③ 此程序要用两个循环,外循环见①。内循环用于对应于一个学号的多门课程成绩的循环显示。

8. 编写程序,对任意输入的 10 个数,按从小到大的顺序进行排列(要求输出排序前后的数据)。

提示:① 要定义一个一维数组,用于存放输入的 10 个数。

② 用两个 FOR 循环分别输出排序前后的数据。

③ 排序要用到 FOR 循环的嵌套,其中需要用到一个中间变量进行两个数据的交换。

7.3　解答与提示

1. 程序编写提示:

① 用交互式输入语句 INPUT 输入年份。

② 用 IF 语句进行判断是否是闰年,并给出信息。

提示:判断一个数 X 是否被 Y 整除,可用下列表示:

　　X/Y = INT(X/Y)　　　结果为.T. 即能整除;结果为.F. 即不能整除

参考程序见图 1-12。

2. 程序编写提示:

① 用格式输入语句@ …SAY…GET…READ 输入字符。

提示:所使用的变量在格式输入语句之前要根据变量的类型赋初值,本题是字符型数字,所以赋值为空格。

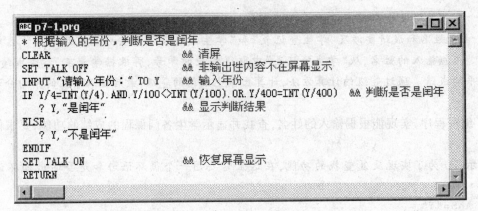

图 1-12　程序 P7-1. PRG

② 用多分支语句进行判断是否是字母、数字或特殊符号,并用格式输出语句@…SAY…给出信息。

参考程序见图 1-13。

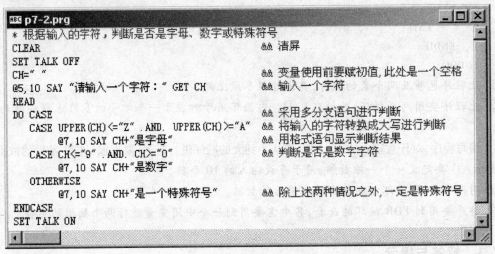

图 1-13　程序 P7-2. PRG

3. 程序编写提示:

① "学生登记表"应在当前文件夹中,如果不在当前文件夹中应给出路径,如:

　　USE E:\VF 练习\学生登记表

其中"E:\VF 练习"是路径。

② 入校总分在 550 分以上的学生记录可能有多条,这里要使用循环语句:

　　DO WHIEL .NOT. EOF()

循环的条件是记录指针没有指向文件尾,即表明已找到记录。

CONTINUE 语句用于继续定位满足条件的下一条记录。

参考程序见图 1-14。

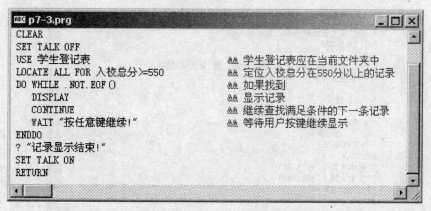

图 1-14　程序 P7-3. PRG

4. 程序编写提示：

① FOR 循环语句给出 3 次输入密码的机会。

② 格式输入语句用 @ …SAY… 实现，输入语句用 ACCEPT 实现，它们分别放在 SET CON-SOLE OFF 语句前后，以达到显示输入提示信息，而不显示输入内容的目的。

参考程序见图 1-15。

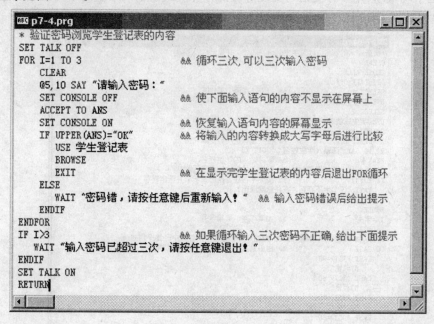

图 1-15　程序 P7-4. PRG

5. 程序编写提示：

① 用 SCAN 循环语句逐条统计男、女生的人数。

② 输出男、女生的人数。

参考程序见图 1-16。

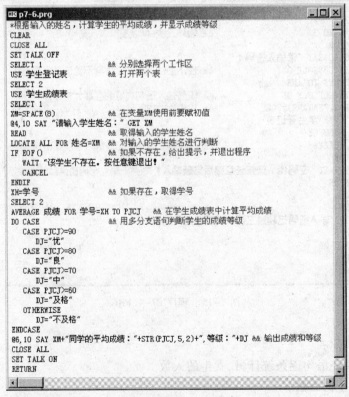

```
ABC p7-5.prg                                          _ □ ×
* 统计学生登记表中男、女生的人数
SET TALK OFF
CLEAR
STORE 0 TO MN,WN      && 在统计数之前,变量赋初值
USE 学生登记表
SCAN
      IF 性别="男"
          MN=MN+1
      ELSE
          WN=WN+1
      ENDIF
ENDSCAN
?"男生人数:"+STR(MN)
?"女生人数:"+STR(WN)
SET TALK ON
RETURN
```

图 1-16   程序 P7-5.PRG

6. 程序编写提示:

① 需要打开"学生登记表"和"学生成绩表",在"学生登记表"中找到输入的姓名对应的学号,然后在"学生成绩表"中根据学号计算出平均成绩。

② 根据平均成绩,用多分支语句实现等级的计算。最后输入学生的平均成绩和等级。

参考程序见图 1-17。

```
ABC p7-6.prg                                                    _ □ ×
*根据输入的姓名,计算学生的平均成绩,并显示成绩等级
CLEAR
CLOSE ALL
SET TALK OFF
SELECT 1                  && 分别选择两个工作区
USE 学生登记表             && 打开两个表
SELECT 2
USE 学生成绩表
SELECT 1
XM=SPACE(8)               && 在变量XM使用前要赋初值
@4,10 SAY "请输入学生姓名:" GET XM
READ                      && 取得输入的学生姓名
LOCATE ALL FOR 姓名=XM    && 对输入的学生姓名进行判断
IF EOF()                  && 如果不存在,给出提示,并退出程序
   WAIT "该学生不存在。按任意键退出!"
   CANCEL
ENDIF
XH=学号                   && 如果存在,取得学号
SELECT 2
AVERAGE 成绩 FOR 学号=XH TO PJCJ  && 在学生成绩表中计算平均成绩
DO CASE                   && 用多分支语句判断学生的成绩等级
   CASE PJCJ>=90
        DJ="优"
   CASE PJCJ>=80
        DJ="良"
   CASE PJCJ>=70
        DJ="中"
   CASE PJCJ>=60
        DJ="及格"
   OTHERWISE
        DJ="不及格"
ENDCASE
@6,10 SAY XM+"同学的平均成绩:"+STR(PJCJ,5,2)+",等级:"+DJ && 输出成绩和等级
CLOSE ALL
SET TALK ON
RETURN
```

图 1-17   程序 P7-6.PRG

36

7. 程序编写提示：

① 需要打开"学生登记表"和"学生成绩表"，在"学生登记表"中找到输入的姓名对应的学号，然后在"学生成绩表"中根据学号找出学生各门课程的成绩。

② 本程序用 DO WHILE .T.循环来实现反复查找，根据用户的回答来决定是否继续查找。参考程序见图1–18。

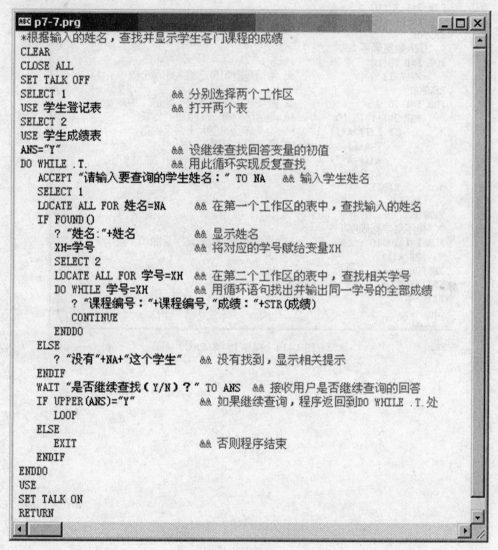

```
ABC p7-7.prg                                                          _□×
*根据输入的姓名，查找并显示学生各门课程的成绩
CLEAR
CLOSE ALL
SET TALK OFF
SELECT 1                      && 分别选择两个工作区
USE 学生登记表                  && 打开两个表
SELECT 2
USE 学生成绩表
ANS="Y"                       && 设继续查找回答变量的初值
DO WHILE .T.                  && 用此循环实现反复查找
   ACCEPT "请输入要查询的学生姓名：" TO NA    && 输入学生姓名
   SELECT 1
   LOCATE ALL FOR 姓名=NA       && 在第一个工作区的表中，查找输入的姓名
   IF FOUND ()
      ? "姓名:"+姓名            && 显示姓名
      XH=学号                  && 将对应的学号赋给变量XH
      SELECT 2
      LOCATE ALL FOR 学号=XH    && 在第二个工作区的表中，查找相关学号
      DO WHILE 学号=XH          && 用循环语句找出并输出同一学号的全部成绩
         ? "课程编号："+课程编号,"成绩："+STR(成绩)
         CONTINUE
      ENDDO
   ELSE
      ? "没有"+NA+"这个学生"     && 没有找到，显示相关提示
   ENDIF
   WAIT "是否继续查找（Y/N）？" TO ANS    && 接收用户是否继续查询的回答
   IF UPPER(ANS)="Y"           && 如果继续查询，程序返回到DO WHILE .T.处
      LOOP
   ELSE
      EXIT                     && 否则程序结束
   ENDIF
ENDDO
USE
SET TALK ON
RETURN
```

图 1–18　程序 P7–7. PRG

8. 程序编写提示：

① 本程序需要用一个一维数组来保存循环输入的数据，并用一个循环语句显示输入的数据。

② 用两重循环来实现数据的比较，用一个中间变量实现数据的交换，最后用一个循环语句输出排序后的数据。

参考程序见图 1-19。

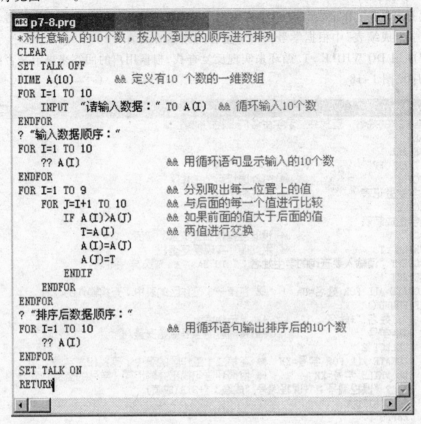

```
p7-8.prg                                                    _ □ ×
*对任意输入的10个数，按从小到大的顺序进行排列
CLEAR
SET TALK OFF
DIME A(10)          && 定义有10 个数的一维数组
FOR I=1 TO 10
    INPUT  "请输入数据：" TO A(I)    && 循环输入10个数
ENDFOR
? "输入数据顺序："
FOR I=1 TO 10
    ?? A(I)                && 用循环语句显示输入的10个数
ENDFOR
FOR I=1 TO 9           && 分别取出每一位置上的值
    FOR J=I+1 TO 10    && 与后面的每一个值进行比较
        IF A(I)>A(J)   && 如果前面的值大于后面的值
            T=A(I)     && 两值进行交换
            A(I)=A(J)
            A(J)=T
        ENDIF
    ENDFOR
ENDFOR
? "排序后数据顺序："
FOR I=1 TO 10          && 用循环语句输出排序后的10个数
    ?? A(I)
ENDFOR
SET TALK ON
RETURN
```

图 1-19 程序 P7-8.PRG

实验 8　过程及数组应用

8.1　实验目的

1. 熟悉 Visual FoxPro 的过程及过程文件的使用方法。
2. 了解变量的作用域和参数调用。
3. 熟练使用数组编程。

8.2　实验内容

1. 编写程序,用过程调用的方法计算 1! +2! +3! +…+100!。

提示:用一个循环进行 1～100 的取数和累加,用过程实现计算每个数的阶乘。

2. 编写程序,采用主程序调用过程文件的方式,计算圆面积和球体积。

提示:在主程序中输入圆半径,调用过程文件,用过程文件中的两个过程计算圆面积和球体积。

3. 编写程序,输入 10 个评委给歌手打的分,去掉一个最高分和一个最低分,求歌手的平均分。

提示:定义一个一维数组,存放 10 个评委输入的分数,再求出其最大值和最小值,在评委的总分中减去最大值和最小值,求出平均分。

4. 创建"考生登记表"和"考生成绩表",其中"考生登记表"的结构和数据见表 1-15,"考生成绩表"的结构见表 1-16。编写程序,要求使用数组接收考生的成绩输入,并存放到"考生成绩表"中;采用过程文件的方式,计算学生成绩等级并填写结论,按下列格式输出结果。

```
**************计算机等级考试成绩**************
考号      姓名      学校       笔试     上机     结论
100101  赵  欣    财经大学     90      90      优
100102  张  平    财经大学     85      70      合格
100103  刘  亚    科技大学     90      60      合格
100104  李  宁    科技大学     50      40      不合格
100105  王  军    科技大学     70      30      不合格
```

表 1-15　"考生登记表.dbf"的结构和内容

考号 C(6)	姓名 C(8)	学校 C(10)	结论 C(6)
100101	赵　欣	财经大学	
100102	张　平	财经大学	
100103	刘　亚	科技大学	
100104	李　宁	科技大学	
100105	王　军	科技大学	

表 1–16 "考生成绩表.dbf"的结构

考号 C(6)	笔试 N(3)	上机 N(3)

提示:① 在主程序中,在两个工作区中分别打开两个表,建立索引和关联,并打开过程文件,定义数组。

② 用循环和数组的方式接收输入的"考生成绩表"的数据,每输入一组数据后,在"考生成绩表"中添加一条空记录,用命令"GATHER FROM <数组名>"将数据填入空记录中。

③ 调用计算成绩等级的过程,根据"考生成绩表"中的笔试成绩和上机成绩填写"考生登记表"中的结论。成绩等级计算和结论填写方法为:当笔试和上机都在 90 分以上时,结论为"优";当笔试或上机中有一项在 60 分以下时,结论为"不合格";此外都为"合格"。

④ 调用输出过程,输出表头及每个考生的相关内容。

8.3 解答与提示

1. 程序编写提示:

① 在主程序中,用一个循环(FOR 或 DO WHILE)实现 1 ~ 100 的取数和求和。

② 在过程中用一个循环来求阶乘。

参考程序见图 1–20。

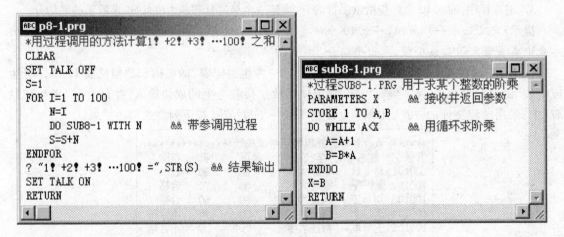

图 1–20 程序 P8–1.PRG 和过程 SUB8–1.PRG

2. 程序编写提示:

① 在主程序中输入圆半径,调用过程文件,最后输出圆面积和球体积。

② 过程文件中的两个过程分别计算圆面积和球体积。

参考程序见图 1–21。

3. 程序编写提示:

① 本程序需要用一个一维数组来保存循环输入的数据,并用一个循环语句显示输入的

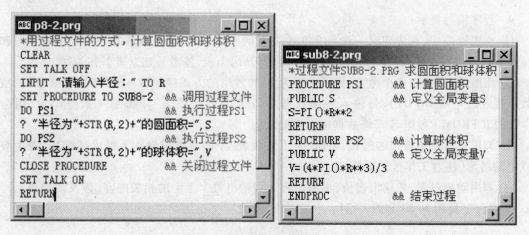

图 1-21　程序 P8-2. PRG 和过程文件 SUB8-2. PRG

数据。

② 在程序中用一个循环语句实现求各分数和、求最高分、求最低分,在总分中减去最高分、最低分并除以 8,得到平均分。最后输出结果。

参考程序见图 1-22。

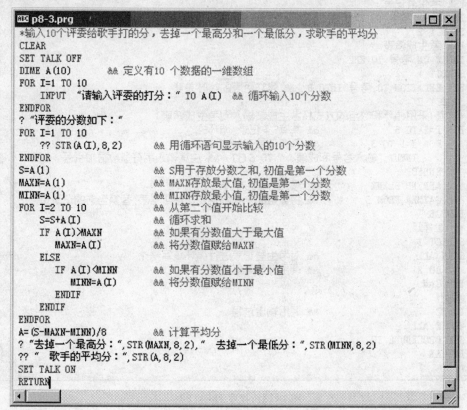

图 1-22　程序 P8-3. PRG

41

4. 程序编写提示：

① 在主程序中，首先定义一个包含 3 个变量的一维数组，用于存放每一个考生的考号和成绩，然后打开过程文件，并在两个工作区中分别打开两个表，按考号建立索引和关联。

② 用循环（因为有 5 个考生，循环次数为 5）和数组的方式接收输入的"考生成绩表"的数据（数据接收语句用 INPUT），每输入一组数据后，在"考生成绩表"中添加一条空记录，用命令"GATHER FROM <数组名>"将数据填入空记录中。

③ 调用计算成绩等级的过程，根据"考生成绩表"中的笔试成绩和上机成绩填写"考生登记表"中的结论（注意工作区的选择）。

④ 调用输出过程，先输出表头，再用循环语句输出每个考生的相关内容（涉及两个表）。

参考程序见图 1-23 和图 1-24。

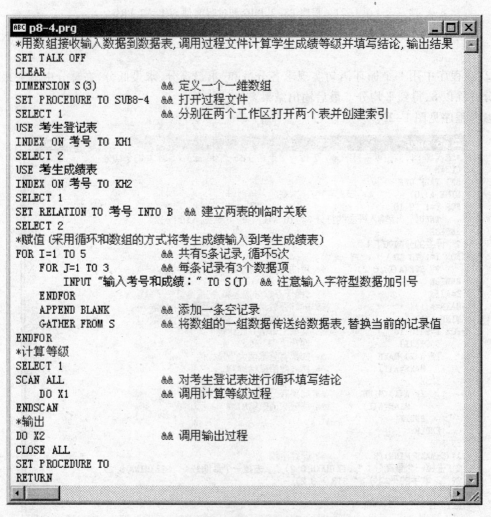

```
p8-4.prg
*用数组接收输入数据到数据表,调用过程文件计算学生成绩等级并填写结论,输出结果
SET TALK OFF
CLEAR
DIMENSION S(3)              && 定义一个一维数组
SET PROCEDURE TO SUB8-4     && 打开过程文件
SELECT 1                    && 分别在两个工作区打开两个表并创建索引
USE 考生登记表
INDEX ON 考号 TO KH1
SELECT 2
USE 考生成绩表
INDEX ON 考号 TO KH2
SELECT 1
SET RELATION TO 考号 INTO B  && 建立两表的临时关联
SELECT 2
*赋值(采用循环和数组的方式将考生成绩输入到考生成绩表)
FOR I=1 TO 5                && 共有5条记录,循环5次
    FOR J=1 TO 3           && 每条记录有3个数据项
        INPUT "输入考号和成绩:" TO S(J)  && 注意输入字符型数据加引号
    ENDFOR
    APPEND BLANK           && 添加一条空记录
    GATHER FROM S          && 将数组的一组数据传送给数据表,替换当前的记录值
ENDFOR
*计算等级
SELECT 1
SCAN ALL                   && 对考生登记表进行循环填写结论
    DO X1                  && 调用计算等级过程
ENDSCAN
*输出
DO X2                      && 调用输出过程
CLOSE ALL
SET PROCEDURE TO
RETURN
```

图 1-23　程序 P8-4.PRG

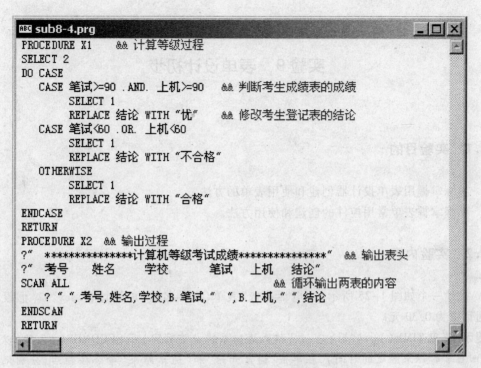

```
ＲＢＣ sub8-4.prg                                              _ □ ×
PROCEDURE X1      && 计算等级过程
SELECT 2
DO CASE
    CASE 笔试>=90 .AND. 上机>=90      && 判断考生成绩表的成绩
        SELECT 1
        REPLACE 结论 WITH "优"        && 修改考生登记表的结论
    CASE 笔试<60 .OR. 上机<60
        SELECT 1
        REPLACE 结论 WITH "不合格"
    OTHERWISE
        SELECT 1
        REPLACE 结论 WITH "合格"
ENDCASE
RETURN
PROCEDURE X2   && 输出过程
?"    **************计算机等级考试成绩**************"   && 输出表头
?"  考号    姓名      学校       笔试   上机   结论"
SCAN ALL                                   && 循环输出两表的内容
    ? " ",考号,姓名,学校,B.笔试," ",B.上机," ",结论
ENDSCAN
RETURN
```

图 1-24　程序 SUB8-4. PRG

实验 9 表单设计初步

9.1 实验目的

1. 熟练掌握用表单设计器创建和使用表单的方法。
2. 熟练掌握表单常用控件的创建和使用方法。

9.2 实验内容

1. 设计一个如图 1-25 所示的"电话计费"表单(文件名为"电话计费.scx")。假设电话每分钟通话费为 0.30 元。

提示：使用 TIME( )(以"时：分：秒"格式返回系统当前时间)和 SECONDS( )函数(以秒为单位，返回自零时以来经过的时间)，在单击"通话开始"和"通话结束"命令按钮后，分别记录开始通话和结束通话的时间，将两次调用 TIME( )的结果显示在前面两个文本框中，将两次调用 SECONDS( )取得的值之差经四舍五入处理后作为通话时间显示在第三个文本框中。最后计算出通话费用，显示在第四个文本框中。单击"重新计费"命令按钮，将 4 个文本框的值清空。注意，因为在通话结束时的计费中要用到通话开始时产生的时间(处于不同的事件中)，所以在表单的 INIT 事件中要设使用的变量为全局变量，同时也要将 4 个文本框的值清空。

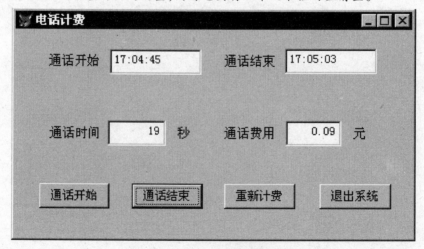

图 1-25 "电话计费"表单界面

2. 设计一个如图 1-26 所示的"学生单科成绩查询"表单(文件名为"单科成绩查询.scx")。

提示:本表单涉及"学生登记表"(xs. dbf)、"课程登记表"和"学生成绩表"(见表1-8、表1-10、表1-11),在表单的数据环境中要加入3个表。标签"学生姓名"对应的组合框的数据源类型是"字段",数据源是"学生登记表"中的"姓名";标签"已选修课程"对应的列表框的数据源类型是"SQL语句",数据源是根据学生姓名用SQL查询出的"课程名称";标签"成 绩"对应的文本框的数据源是一个根据姓名和课程名称的基于SQL的"成绩查询"。本表单的两个主要事件是:COMBO1. INTERACTIVECHANGE(组合框的内容发生变化)和 LIST1. INTERAC-TIVECHANGE(列表框内容发生变化)。

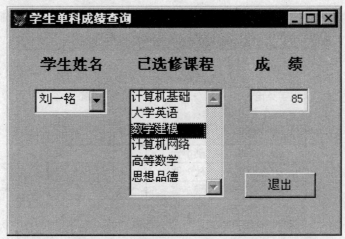

图1-26 "学生单科成绩查询"表单界面

3. 设计一个如图1-27所示的"数据表选项浏览"表单(文件名为"数据表选项浏览.scx")。

提示:本表单涉及"学生登记表"(xs. dbf,见表1-8,本题简称"学生表")、"教师表"(见表1-12)。当选定"学生表"时,"教师表"的各选项不能用;当选定"教师表"时,"学生表"的各选项不能用。单击"查询"命令按钮时,根据选择的表,打开相应的数据表,然后判断用户的选项,将其添加到一个字符串变量中,作为 Browse 命令的选项。

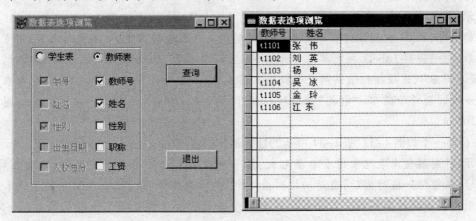

图1-27 "数据表选项浏览"表单界面

4. 设计一个如图 1-28 所示的"成绩条件查询"表单(文件名为"成绩条件查询.scx")。

提示:本表单涉及"学生登记表"(xs. dbf)、"课程登记表"和"学生成绩表"(见表 1-8、表 1-10、表 1-11),其中标签"课程名称"对应的组合框的数据源类型是"字段",数据源是"课程登记表"的"课程名称";标签"比较符"对应的组合框的数据源类型是"值",数据源是">,>=,=,<,<=";标签"分数"对应的是文本框,在运行时直接输入分数。表格在表单初始化时设置 THISFORM. GRID1. COLUMNCOUNT=-1,使表格不显示内容。当单击"查询"命令按钮时,首先检查课程名称、比较符和分数是否已选择或输入了值,如果没有,要给出提示,表格中的内容是根据所给出的查询条件在三个表中查询的结果。

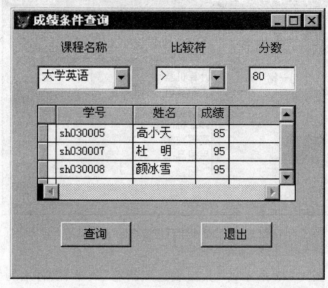

图 1-28 "成绩条件查询"表单界面

5. 设计一个如图 1-29 ~ 图 1-32 所示的"测试"表单(要求只测试单选题,文件名为"测试.scx")。该表单涉及的数据表为:试题库.dbf(编号 C(4),题目 M,标准答案 C(1),输入答案 C(1)),其内容自行输入。

提示:本表单数据来源是"试题库.dbf"。表单中的 Text1 用于显示试题的编号;Edit1 用于显示题库的内容;Text2 在测试过程中用于显示该题的用户已选的答案,当测试结束时,用于显示测试的最后得分;同样 Label3 在表单运行开始时,显示内容是"已选答案",在测试结束时,显示内容是"最后得分";选项按钮组供用户选择输入答案;命令按钮组用于选择题目,要求当在第一题和最后一题时要给予提示;"完成"命令按钮用于统计测试得分,并显示。操作过程如图1-29 ~ 图 1-32 所示。

6. 设计一个如图 1-33、图 1-34 所示的计时器使用表单(文件名为"计时器的使用.scx")。

提示:计时器使用表单采用表单集形式,第一个表单上的文字由小变大,好似由远到近(见图 1-33);在暂停一段时间后,自动切换到第二个表单(见图 1-34)。表单上字的变化和表单的切换分别用两个计时器控制。第一个计时器用于当计时器事件激活了一定次数后(如 50 次),隐藏第一个表单,同时显示第二个表单;当计时器事件激活了更多次数后(如 80 次),则清除表

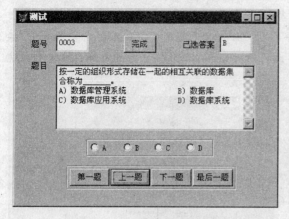

图1-29 "测试"表单界面(1)

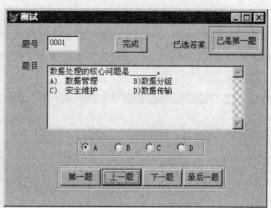

图1-30 "测试"表单界面(2)

图1-31 "测试"表单界面(3)

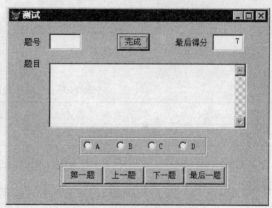

图1-32 "测试"表单界面(4)

单集,调用下一个表单(如"教学管理"表单)。第二个计时器用于每激活一次计时器,使其字号加2(当表单集的表单1中的标签文字小于30号时)。

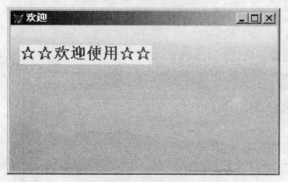

图1-33 "欢迎"表单

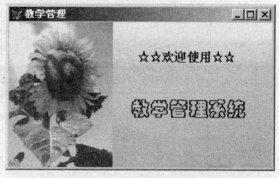

图1-34 "教学管理"表单

7. 设计一个如图1-35所示的关于系统表单(文件名为"关于系统.scx")。

提示:关于系统表单主要显示一些系统的开发说明。

8. 设计一个如图 1-36 所示的"系统登录"表单(文件名为"系统登录. scx")。

提示:要新建一个"操作员"数据表(见表 1-17)。当"口令"文本框中输入的内容不等于"操作员"数据表中相应"口令"字段的内容时,则弹出提示对话框;否则执行后续表单(如关于系统表单)。

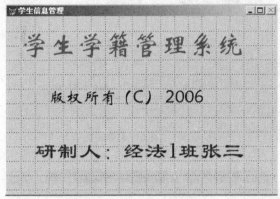

图 1-35 关于系统表单   图 1-36 "系统登录"表单

表 1-17 "操作员. dbf"的结构和内容

姓名	口令
操作员 1	AAAAAA
操作员 2	BBBBBB
操作员 3	CCCCCC

9.3 解答与提示

1. 建立"电话计费"表单。

操作步骤如下:

① 创建如图 1-25 所示的"电话计费"表单。

② 编写各事件代码,图 1-37 ~ 图 1-40 是主要事件代码(参考)。

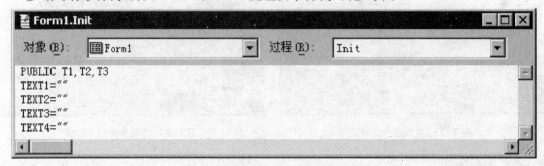

图 1-37 表单 Init 事件代码编写窗口

图 1-38 "通话开始"命令按钮 Click 事件代码编写窗口

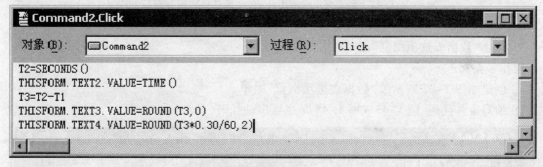

图 1-39 "通话结束"命令按钮 Click 事件代码编写窗口

图 1-40 "重新计费"命令按钮 Click 事件代码编写窗口

2. 建立"学生单科成绩查询"表单。

操作步骤如下:

① 创建如图 1-26 所示的"学生单科成绩查询"表单。

② 编写事件代码,图 1-41、图 1-42 是主要事件代码(参考)。

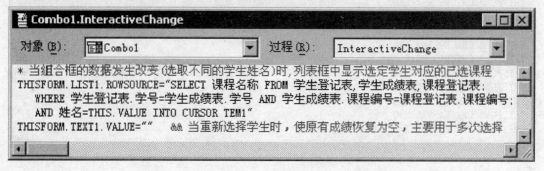

图 1-41 组合框 InteractiveChange 事件代码编写窗口

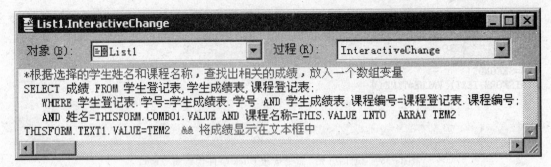

图 1-42 列表框 InteractiveChange 事件代码编写窗口

3. 建立"数据表选项浏览"表单。

操作步骤如下：

① 创建如图 1-27 所示的"数据表选项浏览"表单。

② 编写事件代码,图 1-43 ～ 图 1-45 是主要事件代码(参考)。

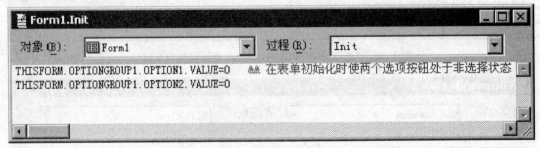

图 1-43　表单 Init 事件代码编写窗口

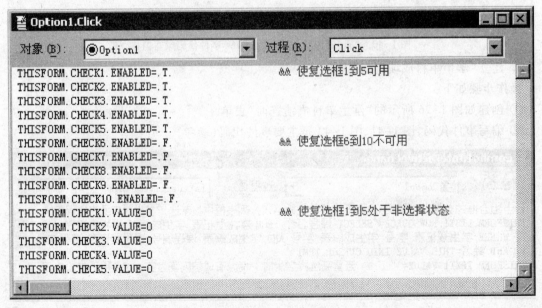

图 1-44　"学生表"选项按钮 Click 事件代码编写窗口

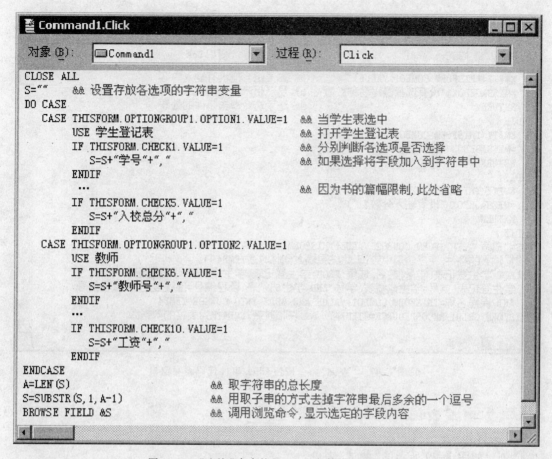

图 1-45 "查询"命令按钮 Click 事件代码编写窗口

4. 建立"成绩条件查询"表单。

操作步骤如下：

① 创建如图 1-28 所示的"成绩条件查询"表单。

② 编写事件代码，图 1-46、图 1-47 是主要事件代码（参考）。

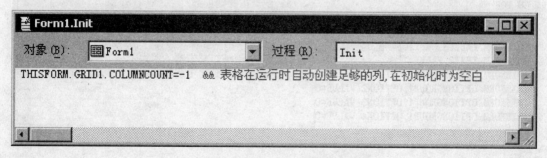

图 1-46 表单 Init 事件代码编写窗口

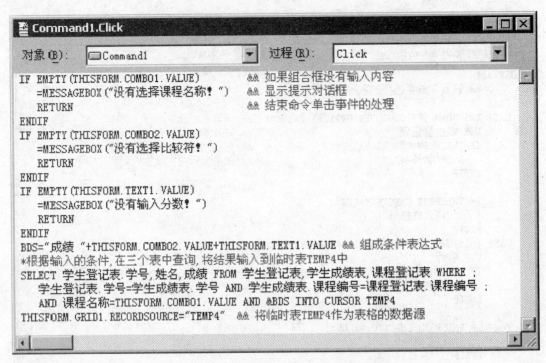

图 1-47 "查询"命令按钮 Click 事件代码编写窗口

5. 建立"测试"表单。

操作步骤如下：

① 创建如图 1-29 所示的"测试"表单。

② 编写事件代码，图 1-48 ~ 图 1-52 是主要事件代码（参考），其余事件代码参照编写。

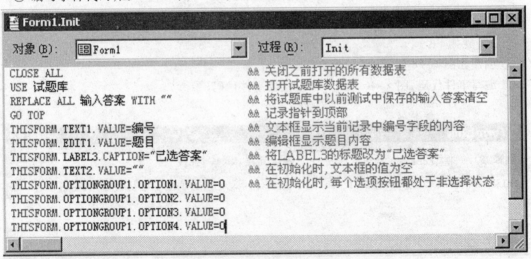

图 1-48　表单 Init 事件代码编写窗口

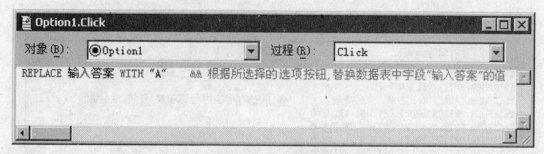

图 1-49　选项按钮 Click 事件代码编写窗口

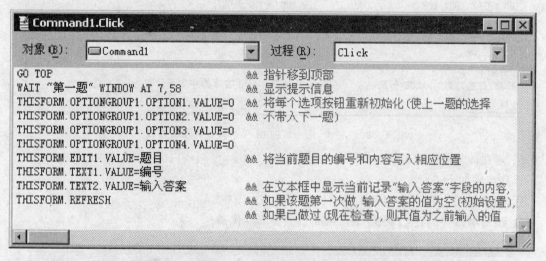

图 1-50　"第一题"命令按钮 Click 事件代码编写窗口

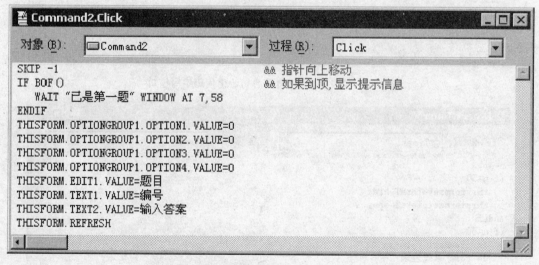

图 1-51　"上一题"命令按钮 Click 事件代码编写窗口

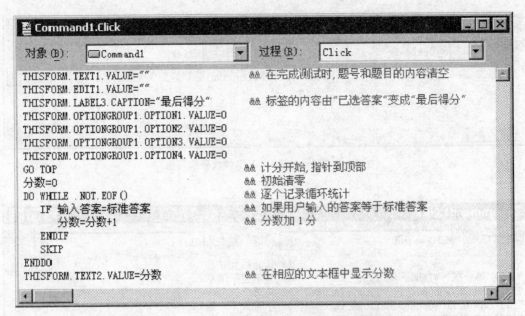

图 1-52　"完成"命令按钮 Click 事件代码编写窗口

6. 建立计时器使用表单。

操作步骤如下:

① 创建如图 1-33 和图 1-34 所示的两个表单。

② 编写事件代码,图 1-53 ~ 图 1-55 是主要事件代码。

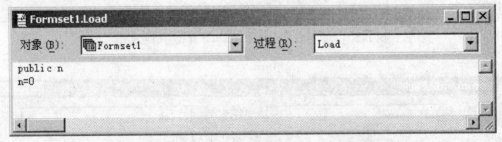

图 1-53　"表单集"创建前的初始化代码编写窗口

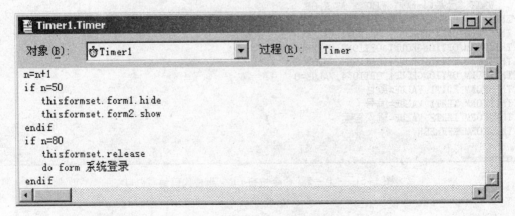

图 1-54　"计时器 1"的代码编写窗口

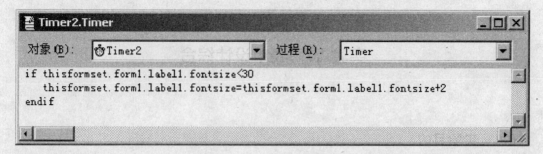

图 1-55 "计时器 2"的代码编写窗口

7. 建立关于系统表单(略)。

8. 建立"系统登录"表单。

操作步骤如下:

① 创建如图 1-36 所示的表单。

② 编写事件代码,图 1-56、图 1-57 是主要事件代码。

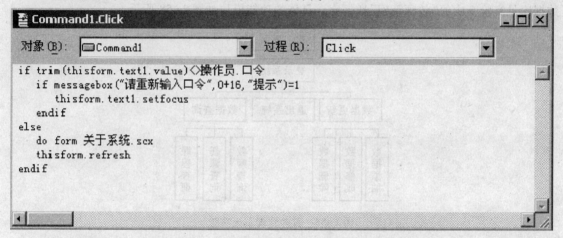

图 1-56 "确定"命令按钮 Click 事件代码编写窗口

图 1-57 "取消"命令按钮 Click 事件代码编写窗口

55

实验 10　表单设计综合

10.1　实验目的

1. 进一步掌握表单常用控件的应用。
2. 综合应用表单的各类控件,了解基于表单的小型应用系统的开发。

10.2　实验内容

1. 参照主教材第 6 章中表单控件的综合应用,设计一个教师管理系统。教师管理系统中的数据库见实验 6 中的"教师管理"数据库。具体的功能模块如图 1-58 所示。

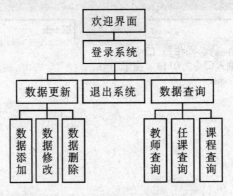

图 1-58　教师管理系统功能

2. 设计一个图书管理系统。在系统中要创建一个"图书管理"数据库,其中包含 3 个表:"读者.dbf"、"图书.dbf"和"借书.dbf"。各表的结构参见表 1-18 ~ 表 1-20,表的数据由用户自行输入。

表 1-18　"读者.dbf"的结构

字段	类型	宽度	小数位
借书证号	字符型	8	
读者姓名	字符型	8	
读者性别	字符型	2	
读者类别	字符型	6	
所在部门	字符型	20	
登记日期	日期型	8	
备注	备注型	4	

表 1–19 "图书.dbf"的结构

字段	类型	宽度	小数位
图书编号	字符型	8	
图书名称	字符型	30	
图书类别	字符型	10	
图书作者	字符型	8	
出版社名称	字符型	20	
出版日期	日期型	8	
入库日期	日期型	8	
是否被借阅	逻辑型	1	

表 1–20 "借书.dbf"的结构

字段	类型	宽度	小数位
读者编号	字符型	8	
图书编号	字符型	8	
借出日期	日期型	8	
还书日期	日期型	8	
备注	备注型	4	

系统要求实现如图 1–59 所示的功能。

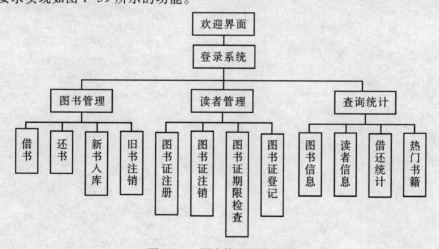

图 1-59 图书管理系统功能

其中各功能模块说明如下：

（1）图书管理

① 借书:进行读者的借书处理。主要是通过相应的表单填写"借书"表的内容。同时还要设置"图书"表的"是否被借阅"字段值为.T.。

② 还书:进行读者的还书处理。与"借书"模块类似。

③ 新书入库:按类别将新书的相关信息登记入库。主要是通过表单添加"图书"表的记录。

④ 旧书注销:将淘汰的书籍从"图书"表中清除,并对注销信息进行备案。主要是通过表单的查询显示,删除"图书"表的相关记录。

（2）读者管理

① 图书证注册:给新读者办图书证,将读者的个人信息录入到"读者"表中。

② 图书证注销:将读者的个人信息从"读者"表中删除。

③ 图书证期限检查:图书证期限检查,如期满一年,需要进行图书证登记处理。

④ 图书证登记:以年为单位进行图书证登记,即将图书证再次激活,以便下一年继续使用。

（3）查询统计

① 图书信息:以各种方式查询图书信息(按图书类别、出版社、作者、出版日期等进行查询)。

② 读者信息:查询读者个人信息。

③ 借还统计:以各种方式进行借还统计。例如,按读者进行个人借还情况查询统计,按具体的书籍进行何时借还历史查询和借还次数统计,按期限进行逾期没还的书籍统计等。

④ 热门书籍:根据书籍流动的频繁性和待借期统计出受读者欢迎的热门书籍。

10.3 解答与提示

本实验的解答略。

实验 11 报表设计

11.1 实验目的

1. 掌握报表的建立和使用方法。
2. 熟悉报表设计器、报表控件和报表的带区。

11.2 实验内容

以"学生"数据库中的"学生成绩"视图为数据源,输出学生的"学号"、"姓名"、"性别"、"课程名称"和"成绩"5 个字段内容,给生成的报表文件取名为"学生成绩.frx",报表预览结果如图1-60 所示。

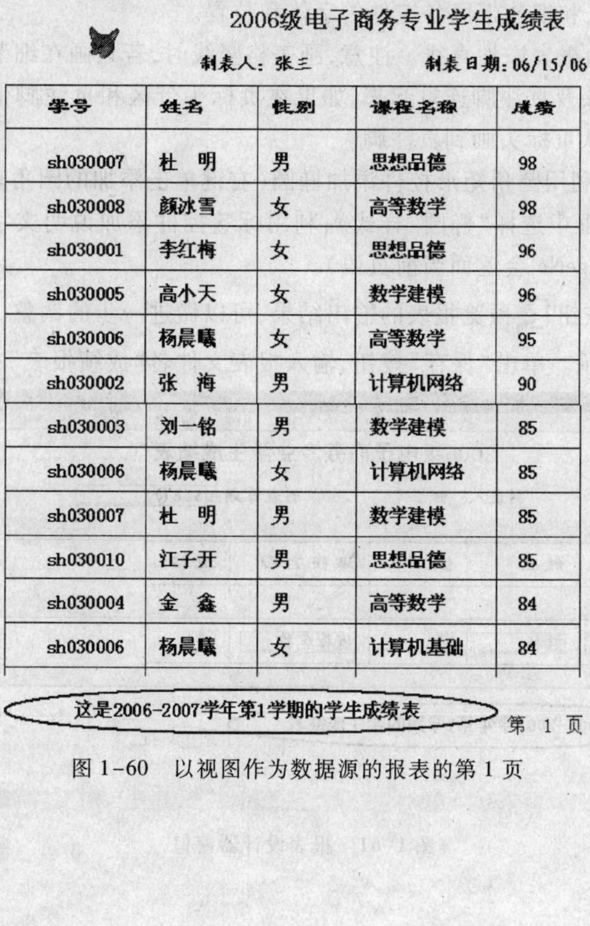

2006级电子商务专业学生成绩表

制表人：张三   制表日期：06/15/06

学号	姓名	性别	课程名称	成绩
sh030007	杜 明	男	思想品德	98
sh030008	颜冰雪	女	高等数学	98
sh030001	李红梅	女	思想品德	96
sh030005	高小天	女	数学建模	96
sh030006	杨晨曦	女	高等数学	95
sh030002	张 海	男	计算机网络	90
sh030003	刘一铭	男	数学建模	85
sh030006	杨晨曦	女	计算机网络	85
sh030007	杜 明	男	数学建模	85
sh030010	江子开	男	思想品德	85
sh030004	金 鑫	男	高等数学	84
sh030006	杨晨曦	女	计算机基础	84

这是2006-2007学年第1学期的学生成绩表   第 1 页

图1-60 以视图作为数据源的报表的第 1 页

11.3 解答与提示

建立"成绩报表.frx"报表文件。

操作步骤如下：

① 在项目管理器的"文档"选项卡中选择"报表"选项，单击"新建"按钮，再单击"新建报表"按钮，打开报表设计器。

② 添加数据环境。右键单击报表设计器的空白位置，选择"数据环境"命令，系统将打开数据环境设计器。再右键单击"数据环境"窗口，从快捷菜单中选择"添加"命令，单击"添加表或视图"窗口"选定"选项组中的"视图"单选按钮，将"学生成绩"视图添加到数据环境中。

③ 选择"报表"菜单中的"快速报表"命令，将"学生成绩"视图的全部字段添加到报表设计器中。

④ 选择"报表"菜单中的"标题/总结"命令，将标题带区添加到报表设计器中。利用标签控件添加报表的标题和制表人并设置其字体格式；利用 控件添加 Visual FoxPro 的狐狸头标志（文件名为 fox.bmp，可先在 Windows 中查找到该文件的具体位置后再添加到报表中）；利用域控件添加当前的制表日期（日期的函数为 date( )）并设置其字体格式。

⑤ 设置页标头带区和细节带区各控件的字体和位置。

⑥ 利用线条控件为报表添加直线。注意，画表格竖线时，若只画在细节带区，则每条记录将有竖线，但不能和页标头及页注脚连贯起来，如果在页标头带区和页注脚带区分别画竖线，很难对齐，所以可以将竖线从页标头画到页注脚。

⑦ 在页注脚带区，利用圆角矩形控件添加椭圆（右键单击添加的圆角矩形，从快捷菜单中选择"属性"命令，在对话框中选择"椭圆"样式）；利用标签控件添加说明文字；利用域控件添加当前的页码（系统变量_PageNo 会返回当前页码）。

⑧ 利用打印预览按钮 预览报表的输出结果，可以做进一步的调整。设计完成后，报表设计器窗口如图 1-61 所示。单击"保存"按钮，输入报表文件名"成绩报表"并存盘退出。

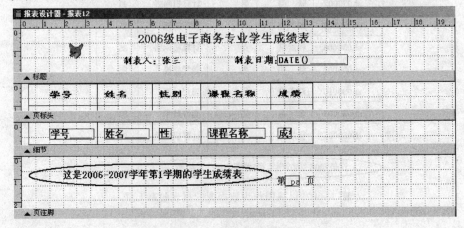

图 1-61　报表设计器窗口

实验 12 菜 单 设 计

12.1 实验目的

1. 掌握通过菜单设计器建立菜单的方法和技巧。
2. 掌握菜单程序的生成和使用方法。

12.2 实验内容

1. 在"学生管理"项目中,建立如图 1-62 所示的用户菜单系统,菜单文件名为"系统菜单.mnx",菜单程序名为"系统菜单.mpr",菜单项及其设置如表 1-21 所示。

(a)

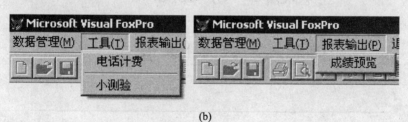

(b)

图 1-62 系统菜单.mnx

2. 在"学生管理"项目中,在"系统菜单.mnx"和实验 9 中建立的"关于系统.scx"表单的基础上,建立如图 1-63 所示的顶层菜单,保存在默认目录下,菜单文件名为"顶层菜单.mnx",菜单程序名为"顶层菜单.mpr"。

表 1-21 系统菜单的菜单项设置

菜单名称	结果	菜单级	功 能
数据管理(\<M)	子菜单	菜单栏	
单科成绩查询	命令	数据管理 M	执行"学生单科成绩查询"表单

菜单名称	结果	菜单级	功　能
成绩条件查询	命令	数据管理 M	执行"成绩条件查询"表单
\-	菜单项#	数据管理 M	分隔线
数据表选项浏览	命令	数据管理 M	执行"数据表选项浏览"表单
工具(\<T)	子菜单	菜单栏	
电话计费	命令	工具 T	执行"电话计费"表单
\-	菜单项#	工具 T	分隔线
小测验	命令	工具 T	执行"测试"表单
报表输出(\<P)	子菜单	菜单栏	
成绩预览	命令	报表输出 P	预览"成绩报表"
退出(\<Q)	过程	菜单栏	退出 Visual FoxPro 系统

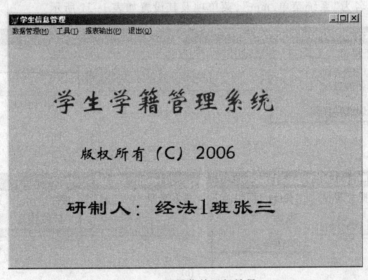

图 1-63　顶层菜单运行效果

12.3　解答与提示

1. 在"学生管理"项目中,建立如图 1-62 所示的用户菜单系统。

操作步骤如下:

① 将"e:\学生管理"设置为默认目录。在 Visual FoxPro 中,打开"学生管理"项目管理器窗口。

② 在"其他"选项卡中选择"菜单"选项,单击"新建"按钮,并在弹出的"新建菜单"窗口中单击"菜单"按钮,打开菜单设计器。

62

③ 在"菜单级"为"菜单栏"时,输入如表 1-22 所示的菜单名称及结果。

表 1-22 "系统菜单"菜单栏级的菜单项设置

菜单名称	结果	菜单级	命令代码
数据管理(\<M)	子菜单	菜单栏	
工具(\<T)	子菜单	菜单栏	
报表输出(\<P)	子菜单	菜单栏	
退出(\<Q)	过程	菜单栏	(见下)

④ 当设置"退出(\<Q)"菜单项的结果为过程时,可单击其右侧的"创建"按钮,进入代码编辑窗口,输入以下代码:

```
RESULT = MESSAGEBOX("真的退出吗?",4+32+256,"信息")
IF RESULT = 6
    CLEAR EVENTS                    && 结束事件循环
    CLOSE ALL                      && 关闭所有打开的数据库、表和索引
    QUIT                           && 退出 Visual FoxPro
ENDIF
```

⑤ 选定"数据管理(\<M)"菜单项后,单击其右侧的"创建"按钮,打开"菜单级"为"数据管理 M"的子菜单设计窗口,输入如表 1-23 所示的内容。

表 1-23 "数据管理"子菜单的菜单项设置

菜单名称	结果	菜单级	命令
单科成绩查询	命令	数据管理 M	DO FORM 学生单科成绩查询.scx
成绩条件查询	命令	数据管理 M	DO FORM 成绩条件查询.scx
\-	菜单项#	数据管理 M	
数据表选项浏览	命令	数据管理 M	DO FORM 数据表选项浏览.scx

⑥ 在"菜单级"选择"菜单栏",在打开的"菜单栏"设计窗口中选定"工具(\<T)"菜单项后,按照表 1-24 的内容设计其子菜单。

表 1-24 "工具"子菜单的菜单项设置

菜单名称	结果	菜单级	命令
电话计费	命令	工具 T	DO FORM 电话计费.scx
\-	菜单项#	工具 T	
小测验	命令	工具 T	DO FORM 测试.scx

⑦ 在"菜单级"选择"菜单栏",在打开的"菜单栏"设计窗口中选定"报表输出(<P)"菜单项后,按照表 1-25 的内容设计其子菜单。

表 1-25　"报表输出"子菜单的菜单项设置

菜单名称	结果	菜单级	命　令
成绩预览	命令	报表输出 P	REPORT FORM 成绩报表 PREVIEW

⑧ 将菜单保存在当前目录下,文件名为"系统菜单.mnx"。

⑨ 选择"菜单"菜单中的"生成"命令,将会在当前目录下生成菜单程序,文件名为"系统菜单.mpr"。

2. 建立顶层菜单。

① 打开刚刚建立的"系统菜单.mnx"的菜单设计器,选择"文件"菜单中的"另存为"命令,将该菜单文件另存在当前目录(即默认目录 e:\学生管理)中,并取名为"顶层菜单.mnx"。

② 选择"显示"菜单中的"常规选项"命令,在打开的对话框中选中"顶层表单"复选框,单击"确定"按钮。

③ 选择"菜单"菜单中的"生成"命令,生成菜单程序"顶层菜单.mpr"。

④ 在"学生管理"项目管理器中,将"顶层菜单"加入到该项目中。

⑤ 修改表单"关于系统.scx",将其设置为顶层表单。需要修改的内容如下:

a. 将该表单的 ShowWindow 属性设置为"2-作为顶层表单"。

b. 在该表单的 Init 事件中添加如下代码:

```
DO 顶层菜单.mpr WITH THIS,.T.
```

⑥ 保存表单文件。

实验 13　应用系统集成

13.1　实验目的

1. 掌握主程序的编写与设置方法。
2. 掌握应用程序的编译方法。

13.2　实验内容

1. 编译"学生管理"项目,编译类型为. app,将编译结果保存在默认目录下,程序文件名为"学生管理. app"。要求如下:

（1）设置"计时器的使用. scx"为项目的主文件。

（2）用户单击计时器使用表单上任一地方,调用"系统登录"表单,输入正确的密码后,调用学生管理系统的"系统菜单"程序。

2. 编译"学生管理"项目,编译类型为. exe,将编译结果保存在默认目录下,程序文件名为"学生管理. exe "。要求如下:

（1）编写并设置主程序,保存在默认目录下,程序文件名为 main. prg。

（2）在主程序中调用顶层表单"关于系统. scx",设置为应用程序的初始界面,并建立事件循环。

13.3　解答与提示

1. 编译. app 文件。

① 打开"学生管理"项目管理器,右键单击表单文件"计时器的使用. scx",在快捷菜单中选择"设置主文件"命令,将其设置为"学生管理"项目的主文件。

② 修改计时器使用表单,为其 Form1 的 Click 事件添加如下代码:

```
DO FORM 系统登录. scx
```

③ 修改表单文件"系统登录. scx",修改 Command1（即"进入系统"命令按钮）的 Click 事件代码:

```
DO 系统菜单. mpr
```

④ 在项目管理器中,单击"连编"按钮,打开"连编选项"对话框。在"操作"选项组中选择"连编应用程序"单选按钮,在"选项"选项组中选择"重新编译全部文件"、"显示错误"复选框,单击"确定"按钮。

⑤ 在系统打开的"另存为"对话框中,将文件命名为"学生管理.app",然后单击"保存"按钮。

2. 编译.exe 文件。

① 打开"学生管理"项目管理器,在"代码"选项卡中选择"程序"选项,单击"新建"按钮,在弹出的"程序1"编辑窗口中,输入下列语句:

```
SET TALK OFF                    && 阻止程序结果传送到系统主窗口、信息窗口等
CLOSE ALL                       && 关闭所有打开的数据库、表和索引
CLEAR ALL                       && 释放所有的内存变量和用户自定义的工具栏、菜单和窗口
SET SYSMENU OFF                 && 在程序执行期间废止 Visual FoxPro 系统菜单
SET STATUS BAR ON               && 显示图形状态栏
MODIFY WINDOW SCREEN FONT "Foxfont" , 10 NOCLOSE TITLE "学生信息管理系统"
DO FORM 关于系统.scx            && 运行表单程序
READ EVENTS                     && 启动事件循环
```

将该程序文件保存在当前目录中,并取名为"main. prg"。

② 在项目管理器中,右键单击程序文件 main. prg,在快捷菜单中选择"设置主文件"命令,将其设置为学生管理项目的主文件。

③ 在项目管理器中,单击"连编"按钮,打开"连编选项"对话框。在"操作"选项组中选择"连编可执行文件"单选按钮,在"选项"选项组中选择"重新编译全部文件"、"显示错误"复选框,单击"确定"按钮。

④ 在系统打开的"另存为"对话框中,将文件命名为"学生管理.exe",然后单击"保存"按钮。

第二部分　习题集及参考答案

第1章　Visual FoxPro 基础知识

1.1　单项选择题

1. 在一个二维表中,行称为_____,列称为_____。

A) 属性;元组 　　　B) 元组;属性 　　　C) 关系;元组 　　　D) 属性;关系

2. 数据库系统的核心是_____。

A) 数据库管理系统 　B) 数据库 　　　　C) 数据 　　　　　D) 数据库应用系统

3. Visual FoxPro 是一种_____数据库管理系统。

A) 层次型 　　　　　B) 网状型 　　　　C) 关系型 　　　　D) 树型

4. 支持数据库各种操作的软件系统是_____。

A) 数据库系统 　　　B) 操作系统 　　　C) 数据库管理系统 　D) 命令系统

5. 在关系模型中,从表中选出满足条件的记录的操作称为_____。

A) 连接 　　　　　　B) 投影 　　　　　C) 联系 　　　　　D) 选择

6. 数据库系统与文件系统的主要区别是_____。

A) 文件系统只能管理程序文件,而数据库系统可以管理各种类型的文件

B) 文件系统管理的数据较少,而数据库系统能管理大量数据

C) 文件系统比较简单,数据库系统比较复杂

D) 文件系统没有解决数据冗余和数据独立性问题,而数据库系统解决了这些问题

7. 在关系运算中,选择的操作对象是_____;投影的操作对象是_____;连接的操作对象是_____。

A) 一个表;一个表;两个表 　　　　　B) 一个表;两个表;两个表

C) 一个表;一个表;一个表 　　　　　D) 两个表;一个表;两个表

8. 在关系数据库中,基本的关系运算有三种,它们是_____。

A) 选择、投影和统计 　　　　　　　B) 选择、投影和连接

C) 排序、索引和选择 　　　　　　　D) 统计、查找和连接

9. Visual FoxPro 是一种关系型数据库管理系统,所谓关系是指_____。

A）表中各个记录之间的联系   B）数据模型满足一定条件的二维表格式

C）表中各个字段之间的联系   D）一个表与另一个表之间的联系

10. 一个仓库里可以存放多种部件，一种部件可以存放于多个仓库，仓库与部件之间是_____的联系。

A）一对一   B）多对一   C）一对多   D）多对多

11. 自然连接要求被连接的两个关系有若干相同的_____。

A）实体名   B）属性名   C）主关键字   D）主属性名

12. 数据库类型是根据_____划分的。

A）文件形式   B）存取数据方法   C）数据模型   D）记录形式

13. 关系是指_____。

A）元组的集合   B）字段的集合   C）属性的集合   D）实例的集合

14. 对于关系 S(S1，S2，S3，S4)，写一条规则，把其中 S2 的属性限制在 10 ~ 20 之间，则这条规则属于_____。

A）参照完整性规则   B）实体完整性规则   C）域完整性规则   D）不属于以上任何规则

15. 在使用项目管理器时，如果需要创建文件，利用"文件"菜单中的"新建"命令创建的文件_____。

A）属于当前打开的项目   B）不属于任何项目

C）属于任何项目   D）以上都不正确

16. 在使用项目管理器时，如果要移去一个文件，在对话框中选择"移去"按钮，系统会把所选择的文件移走，被移走的文件将会_____。

A）不被保留在原目录中

B）将被从磁盘上删除

C）也可能保留在原来的目录中，也可能被保留在其他目录中

D）被保留在原目录中

17. Visual FoxPro 的工作方式不包括_____。

A）程序执行方式   B）结构操作方式   C）菜单操作方式   D）命令操作方式

18. 关于 Visual FoxPro 命令格式的规则，下面叙述中错误的是_____。

A）每条命令必须以命令动词开头

B）如果命令动词太长，最少应保留 4 个字符

C）FOR 和 WHILE 引导的条件子句是有区别的

D）命令动词后面的子句顺序是不能调换的

19. 要启动 Visual FoxPro，必须先启动_____。

A）NetWare   B）Windows   C）MS-DOS   D）Windows NT

20. 隐藏命令窗口的操作方法是_____。

A）单击"窗口"菜单中的"命令窗口"命令   B）单击常用工具栏上的"命令窗口"按钮

C）按 Ctrl+F4 组合键   D）以上方法均可以

21. 关系数据库系统中所使用的数据结构是_____。

A）表格   B）二维表   C）树   D）图

22. 项目管理器中的"数据"选项卡用于显示和管理_____。

A）数据库、自由表和查询 　　　　B）表单、报表和标签

C）数据库、标签和报表 　　　　D）表单、报表和查询

23. 对关系 S 和关系 R 进行集合运算，结果中既包含 S 中的元组，也包含 R 中的元组，这种集合运算称为_____。

A）并运算 　　　B）交运算 　　　C）差运算 　　　D）积运算

24. 数据处理的核心问题是_____。

A）数据管理 　　　B）数据分组 　　　C）安全维护 　　　D）数据传输

25. 数据库（DB）、数据库系统（DBS）、数据库管理系统（DBMS）之间的关系是_____。

A）DB 包括 DBS 和 DB 　　　　B）DBMS 包括 DB 和 DBS

C）DBS 包括 DB 和 DBMS 　　　　D）三者之间没有联系

26. 从关系模式中指定若干个属性组成新的关系称为_____。

A）选择 　　　B）投影 　　　C）连接 　　　D）人工连接

27. 计算机数据管理依次经历了_____几个阶段。

A）人工管理、文件系统、分布式数据库系统、数据库系统

B）文件系统、人工管理、数据库系统、分布式数据库系统

C）数据库系统、人工管理、分布式数据库系统、文件系统

D）人工管理、文件系统、数据库系统、分布式数据库系统

28. 按一定的组织形式存储在一起的相互关联的数据集合称为_____。

A）数据库管理系统　　B）数据库 　　　C）数据库应用系统　　D）数据库系统

29. 在一个关系中，不可能有完全相同的_____。

A）分量 　　　B）属性 　　　C）域 　　　D）元组

30. 下列操作方法中，不能退出 Visual FoxPro 的是_____。

A）单击"文件"菜单中的"退出"命令

B）单击"文件"菜单中的"关闭"命令

C）在命令窗口中输入 QUIT 命令，按 Enter 键

D）按 Alt+F4 键

31. 下面关于项目及项目中的文件的叙述中，不正确的是_____。

A）项目中的文件不是项目的一部分

B）项目中的文件表示该文件与项目建立了一种关联

C）项目中的文件是项目的一部分

D）项目中的文件是独立存在的

32. 按所使用的数据模型来分，数据库可分为_____三种模型。

A）网状、链状和环状 　　　　B）独享、共享和分时

C）大型、中型和小型 　　　　D）层次、关系和网状

33. 通过项目管理器中的按钮不可以完成的操作是_____。

A）新建文件 　　　B）添加文件 　　　C）为文件重命名 　　　D）删除文件

34. 项目管理器中的"文档"选项卡用于显示和管理_____。

A)数据库、自由表和查询　　　　　　　B)表单、报表和标签

C)数据库、标签和报表　　　　　　　　D)表单、报表和查询

35. 层次模型不能直接表示_____。

A)1:1关系　　　　B)1:n关系　　　　C)m:n关系　　　　D)1:1和1:n关系

36. 如果一个班只能有一个班长,而且一个班长不能同时担任其他班的班长,班级和班长两个实体之间的关系属于_____。

A)一对一联系　　　B)一对二联系　　　C)多对多联系　　　D)一对多联系

37. 设有关系 R1 和 R2,经过关系运算得到结果 S,则 S 是_____。

A)一个关系　　　　B)一个表单　　　　C)一个数据库　　　　D)一个数组

38. Visual FoxPro DBMS 是_____。

A)操作系统的一部分　　　　　　　　　B)操作系统支持下的系统软件

C)一种编译程序　　　　　　　　　　　D)一种操作系统

39. 对于现实世界中事物的特征,在实体-联系模型中使用_____。

A)属性描述　　　B)关键字描述　　　C)二维表格描述　　　D)实体描述

40. 把实体-联系模型转换为关系模型时,实体之间多对多联系在关系模型中通过建立新的_____来实现。

A)属性　　　　　　B)关键字　　　　　C)关系　　　　　　D)实体

41. 专门的关系运算不包括下列中的_____。

A)连接运算　　　　B)选择运算　　　　C)投影运算　　　　D)交运算

42. 项目管理器中的"全部"选项卡用于显示和管理_____。

A)数据、文档、自由表、文本文件　　　B)数据、文档、类库、代码、其他

C)表单、报表、文档、标签、查询　　　D)表单、菜单、文本文件、数据库、其他文件

43. 关系模型中,一个关键字_____。

A)只能由一个属性组成

B)可由一个或多个其值能唯一标识该关系模式中任何元组的属性组成

C)可由多个任意属性组成

D)以上都不是

44. 关系模式的任何属性_____。

A)在该关系模式中的命名可以不唯一　　B)可以再分

C)不可再分　　　　　　　　　　　　　D)以上都不是

45. 同一个关系模型的任两个元组值_____。

A)不能完全相同　　B)可以相同　　　　C)必须全部相同　　D)以上都不是

46. 关系模型是用关系表示_____。

A)实体　　　　　　B)联系　　　　　　C)属性　　　　　　D)实体及其联系

47. 若关系中的某一属性组的值能唯一地标识一个元组,则称该属性组为_____。

A)主键　　　　　　B)候选键　　　　　C)主属性　　　　　D)外部键

48. 数据结构、关系操作集合和完整性约束三部分组成了_____。

A)关系模型　　　　B)关系　　　　　　C)关系模式　　　　D)关系数据库

49. 下列四项中,_____不是构成数据模型的要素。

A）完整性约束　　　B）数据操作　　　C）数据结构　　　D）数据类型

50. 下列关系运算中,_____是单目运算。

A）连接　　　　　　B）选择　　　　　C）自然连接　　　D）比较

51. 下面关于数据库系统的说法中,正确的是_____。

A）数据库中只存在数据项之间的联系

B）数据库中只存在记录之间的联系

C）数据库的数据项之间和记录之间都存在联系

D）数据库的数据项之间和记录之间都不存在联系

52. 如果要改变一个关系中属性的排列顺序,应使用的关系运算是_____。

A）自然连接　　　　B）选择　　　　　C）投影　　　　　D）多对一联系

53. 下列关于数据库系统的说法中,不正确的是_____。

A）数据库系统实现了有组织地、动态地存储大量相关数据的功能,提供了数据处理和信息资源共享的便利手段

B）数据库系统分为 5 部分:硬件系统、数据库、数据库管理系统及相关软件、数据库管理员和用户

C）数据库系统分为 4 部分:硬件系统、数据库管理系统及相关软件、数据库管理员和用户

D）数据库系统是指引进数据库技术后的计算机系统

54. 关系数据库管理系统所管理的关系是_____。

A）一个 DBF 文件　B）若干个二维表　C）一个 DBC 文件　D）若干个 DBC 文件

55. 数据管理技术随着计算机技术的发展而发展。数据库阶段具有许多特点,但下面列出的特点中,_____不是数据库阶段的特点。

A）数据结构化　　　　　　　　　　　B）数据面向应用程序

C）数据具有较高的独立性　　　　　　D）数据共享性高

1.2　填空题

1. 数据处理的核心问题是_____。

2. 数据库管理系统可以支持 3 种数据模型,它们是层次模型、_____和关系模型。

3. 数据库系统的核心部分是_____。

4. 在关系数据库中,表格的每一行在 Visual FoxPro 中称为记录;表格的每一列在 Visual Fox-Pro 中称为字段;_____是属性或属性的组合,它的值可以唯一地标识一条记录。

5. 如果表中的一个字段不是本表的主关键字或候选关键字,而是另外一个表的主关键字或候选关键字,这个字段(属性)就称为_____。

6. 在连接运算中,_____连接是去掉重复属性的等值连接。

7. Visual FoxPro 中,项目文件的扩展名是_____。

8. 数据库中的数据是有结构的,这种结构由数据库管理系统所支持的_____表现出来。

9. 数据库系统不仅可以表示事物内部各数据项之间的联系,而且还可以表示_____之间

71

的联系。

10. 将数据转换成信息的过程称为_____,包括对数据的收集、存储、加工、分类、检索、统计、传播等一系列活动。

11. 在 Visual FoxPro 中,专门的关系运算有 3 种:选择、投影和连接。_____是将两个关系模式拼接成一个更宽的关系模式,生成的新关系中包含满足连接条件的记录。

12. 微机上所使用的数据库管理系统都是关系型数据库管理系统,它们提供的数据库语言都具有一体化的特点,即集数据定义语言和_____语言于一体。

13. Visual FoxPro 具有交互操作方式和_____两种工作方式。

14. Visual FoxPro 具有_____、设计器和生成器 3 类界面操作工作。

15. Visual FoxPro 的_____用于对项目中的数据、文档等进行集中管理,可用于项目的管理和维护。

16. 在关系数据库中,二维表中水平方向的行称为元组,有时也称_____。

17. 实体与实体之间的基本联系有三种,即一对一联系、一对多联系和_____联系。

18. Visual FoxPro 6.0 是一种_____位的数据库管理系统。

19. 用二维表数据来表示实体与实体之间联系的数据模型称为_____。

20. 关系数据库中,从关系中选择满足某些条件元组的关系运算称为_____。

21. 关系数据库中,从关系中选择满足某些属性列的关系运算称为_____。

22. 关系是具有相同性质的_____的集合。

23. 关系数据库中每个关系的形式是_____。

24. 在 Visual FoxPro 中,显示命令窗口的快捷键是_____。

25. 在 Visual FoxPro 中,隐藏命令窗口的快捷键是_____。

26. 在命令窗口中输入_____命令,按 Enter 键,可以退出 Visual FoxPro。

27. 在 Visual FoxPro 中,扩展名为.PRG 的程序文件位于项目管理器的_____选项卡中。

28. 在 Visual FoxPro 中,_____是指文件、数据、文档和 Visual FoxPro 对象的集合。

29. "职工"关系中有"职工编号"、"姓名"、"职务工资"、"津贴"、"公积金"等字段,其中可以作为关键字的字段是_____。

1.3 参考答案

1.3.1 单项选择题

1. B)	2. A)	3. C)	4. C)	5. D)	6. D)	7. A)
8. B)	9. B)	10. D)	11. B)	12. D)	13. A)	14. C)
15. B)	16. D)	17. B)	18. D)	19. B)	20. D)	21. B)
22. A)	23. A)	24. A)	25. C)	26. C)	27. C)	28. B)
29. D)	30. B)	31. C)	32. D)	33. C)	34. B)	35. C)
36. A)	37. A)	38. B)	39. A)	40. C)	41. D)	42. B)
43. B)	44. C)	45. A)	46. D)	47. B)	48. A)	49. D)
50. B)	51. C)	52. C)	53. C)	54. B)	55. B)	

1.3.2 填空题

1. 数据管理
3. 数据库管理系统(DBMS)
5. 外部关键字
7. . PJX(PJX)
9. 事物与事物
11. 连接
13. 程序执行方式
15. 项目管理器
17. 多对多
19. 关系模型
21. 投影
23. 二维表
25. Ctrl+F4
27. "代码"
29. "职工编号"

2. 网状模型
4. 关键字
6. 自然
8. 数据模型
10. 数据处理
12. 数据操纵
14. 向导
16. 记录
18. 32
20. 选择
22. 元组(记录)
24. Ctrl+F2
26. QUIT
28. 项目

第2章 Visual FoxPro 数据及数据运算

2.1 单项选择题

1. 下列表达式中,不是常量的是_____。

A)［This is a book］　　　B)＄110.3　　　C) abc　　　D) {^2003-10-19}

2. 下列表达式中,结果总是逻辑值的是_____。

A) 关系表达式　　　B) 日期时间型表达式 C) 数值表达式　　　D) 字符表达式

3. 在 Visual FoxPro 中,字符型数据的最大长度是_____。

A) 8　　　B) 255　　　C) 没有限制　　　D) 254

4. 以下对表达式的描述中,正确的是_____。

A) 对表达式中所有的运算符来说,都应该从左到右运算

B) 逻辑运算符只能对逻辑型数据进行运算

C) 关系运算符左右两端的表达式类型可以不一致

D) 表达式是使用了特定运算符的式子,所以单独的一个常量不能称为表达式

5. 下列表达式中,结果值为.F.的是_____。

A) '90'>［100］　　　　　　　　　　　　B) "李小梅"<"张小梅"

C) 120<170　　　　　　　　　　　　D) {^2003/2/10}+100<{^2003/4/10}

6. 以下赋值语句中正确的是_____。

A) STORE 12+15 TO A，B　　　　　　B) STORE 3，7 TO A，B

C) A＝2，B＝10　　　　　　　　　　D) A，B＝8

7. 设 a＝100,b＝120,c＝"a+b",则表达式 100+&c 的值是_____。

A) 100+a+b　　　B) 100100120　　　C) 错误提示　　　D) 320

8. 设变量 PI＝3.141 592 6,执行命令? ROUND(PI，3)后,屏幕显示的结果是_____。

A) 3.1　　　B) 3.142　　　C) 3.141　　　D) 3.140

9. 设 STR＝"VF 是一种关系型数据库管理系统",则可以输出"VF 是数据库管理系统"的命令是_____。

A) ? STR-"一种关系"

B) ? RIGHT(STR，14)+LEFT(STR，4)

C) ? SUBSTR(STR，1，4)+ ? SUBSTR(STR，14，11)

D) ? SUBSTR(STR，1，4)+RIGHT(STR，14)

10. 执行下列命令后显示的结果是_____。

　　S1＝"Visual FoxPro 数据库"

　　? SUBSTR(S1，LEN(S1)/7+1，6)

A) FoxPro
C) sual F

B) ual Fo
D) Visual FoxPro 数据库

11. 下列选项中不能返回逻辑值的是_____。

A) BOF( )
C) RECNO( )

B) EOF( )
D) FOUND( )

12. 执行如下命令,最后输出结果是_____。

```
X = STR(125, 3, 0)
Y = RIGHT(X, 2)
Z = "&X-&Y"
? &Z
```

A) 125-25　　　　B) 100　　　　C) 123　　　　D) 120

13. 假设当前数据表文件的记录指针指向第一条记录,其中,XM 字段取值为"李一",此时,使用赋值语句"XM ="王梅"",则使用命令? XM 后,屏幕显示的结果是_____。

A) 李一　　　　B) 王梅　　　　C) 李一王梅　　　　D) 错误提示

14. 以下函数结果不是字符型数据的是_____。

A) TIME( )
C) AT("a", "fortran")

B) DTOC(DATE( ))
D) STR(13234)

15. 执行下列命令,最后输出结果是_____。

```
A = STR(99.9, 3)
B = 99
C = "B"
? &A+&C
```

A) 199　　　　B) 198　　　　C) 99.99　　　　D) 99.98

16. 在 Visual FoxPro 中,执行下列命令序列后,变量 X 的数据类型为_____。

```
X = 100
STORE X+100 TO Y
Y = "Visual FoxPro"
X = Y
```

A) 字符型　　　　B) 数值型　　　　C) 日期型　　　　D) 出错信息

17. 以下赋值语句执行后,变量 A 的值不是日期型的是_____。

A) A = { }
C) STORE (10/12/2003) TO A

B) A = DATE( )
D) A = CTOD("1/20/2003")

18. 下列_____数据类型是内存变量特有而字段变量所没有的。

A) 字符型　　　　B) 备注型　　　　C) 逻辑型　　　　D) 屏幕型

19. 已知 D1 和 D2 均为日期型变量,下列表达式中不合法的是_____。

A) D1+D2　　　　B) D1-D2　　　　C) D1-100　　　　D) D2+10

20. 设当前数据库有 100 条记录,在下列 3 种情况下:

当前记录号为 50 时

BOF( )为真时

EOF( )为真时

命令？RECNO( )的结果分别是_____。

A）50，1，100　　　　B）49，0，100　　　　C）50，1，101　　　　D）50，0，101

21．在 Visual FoxPro 中,执行"STORE "10/11/88" TO X"命令后,函数 CTOD(X)的数据类型是_____。

A）字符型　　　　B）日期型　　　　C）数值型　　　　D）浮点型

22．在下列函数中,函数值为数值的是_____。

A）AT("数据"，"DBMS 数据库管理系统")

B）EOF( )

C）SUBSTR("abcdefg"，5，2)

D）CTOD("10/12/99")

23．在下面的表达式中,运算结果为逻辑真的是_____。

A）EMPTY(.NULL.)　　　　　　　　　B）LIKE("edit"，"edi?")

C）AT("a"，"123abc")　　　　　　　　D）EMPTY(SPACE(10))

24．日期型数据的长度固定为_____。

A）4　　　　B）6　　　　C）8　　　　D）10

25．以下变量名中不合法的是_____。

A）常量　　　　B）_FoxPro　　　　C）MM100　　　　D）Visual FoxPro

26．以下对数组的描述中,错误的是_____。

A）刚定义的数组中每个元素都是没有值的

B）使用 DIMENSION 和 DECLARE 来定义数组是没有区别的

C）Visual FoxPro 中只有一维数组和二维数组两种

D）同一数组中的各元素不但可以取不同的值,且数据类型也可以不同

27．下列字符型常量"Visual FoxPro"的表示方法中,错误的是_____。

A）"Visual FoxPro"　　　B）|Visual FoxPro|　　　C）'Visual FoxPro'　　　D）[Visual FoxPro]

28．函数 LEN(SPACE(10)+SPACE(5))的返回值为_____。

A）5　　　　B）15　　　　C）10　　　　D）20

29．VAL("-165B.67")的值是_____。

A）-165.67　　　　B）-165B.67　　　　C）-165.00　　　　D）-16567

30．顺序执行以下命令,显示结果是_____。

    STORE "10.67" TO X

    Y = INT(&X+10)

    ? Y

A）21　　　　B）20　　　　C）20.67　　　　D）10.6710

31．将 2003 年 10 月 19 日存入日期型变量 X 中的正确方法是_____。

A）STORE DTOC("10/19/2003") TO X　　　B）STORE "10/19/2003" TO X

C）STORE 10/19/2003 TO X　　　　　　　D）STORE CTOD("10/19/2003") TO X

32．执行下列命令后显示的结果是_____。

S1 = " Visual FoxPro 数据库"

? AT(" Fox" , S1)

A) FoxPro   B) 6   C) 8   D) .T.

33. 数学式子 sin 60°写成 Visual FoxPro 表达式是_____。

A) SIN60   B) SIN(60 * PI/180)   C) SIN(600)   D) SIN(60)

34. 下列 Visual FoxPro 表达式中,返回结果为逻辑真的是_____。

A) BETWEEN(2, NULL, 5)   B) ROUND(124.578, 1)

C) LIKE(" ab?" , " abx")   D) DATE( )+25

35. 如果 A = " −110" ,则 TYPE(A)的返回值是_____。

A) N   B) C   C) L   D) U

36. 表达式 17%4 的结果是_____。

A) 4   B) 1   C) 0   D) 表达式错误

37. 如下程序的输出结果是_____。

S1 = " 计算机等级考试"

S2 = " 等级考试"

? S1 $ S2

A) 4   B) .T.   C) 7   D) .F.

38. 设 X = 2002,Y = 150,Z = "X+Y",表达式 &Z+1 的结果是_____。

A) 类型不匹配   B) X+Y+1   C) 2153   D) 20021501

39. 已经定义一数组 A(7, 5),则与命令 A(4, 3) = 100 等价的命令是_____。

A) A(7) = 100   B) A(12) = 100   C) A(18) = 100   D) A(23) = 100

40. 下列函数中返回值为字符型的是_____。

A) DATE( )   B) TIME( )   C) YEAR( )   D) DATETIME( )

41. 在 Visual FoxPro 中,下面关于日期或日期时间的表达式中,错误的是_____。

A) {^2002.09.01 11:10:10AM} −{^2001.09.01 11:10:10AM}

B) {^01/01/2002} +20

C) {^2002.02.01} +{^2001.02.01}

D) {^2002/02/01} −{^2001/02/01}

42. 关于 Visual FoxPro 的变量,下面说法中正确的是_____。

A) 定义数组以后,数组元素没有初值

B) 各数组元素的数据类型可以不同

C) 定义数组以后,系统为数组的每个元素赋以数值 0

D) 数组元素的下标下限是 0

43. Visual FoxPro 内存变量的数据类型不包括_____。

A) 数值型   B) 货币型   C) 备注型   D) 逻辑型

44. 设 A = 111,B = 222,C = "A+B",则表达式 1+&C 的值是_____。

A) 1111222   B) 334   C) 1+A+B   D) 333

45. Visual FoxPro 中,函数 INT(RAND( ) * 10)的值是在_____范围内的整数。

A) (0, 1)　　　　　B) (1, 10)　　　　　C) (0, 10)　　　　　D) (1, 9)

46. 在下列表达式中,结果为日期类型的正确表达式是_____。

A) DATE( )+100　　　　　　　　　　　B) DATE( )+TIME( )

C) DATE( )−CTOD("11/10/2003")　　　D) 1000−DATE( )

47. 执行命令? LEN(TRIM("　中国成都　")),显示的结果是_____。

A) 12　　　　　B) 10　　　　　C) 6　　　　　D) 8

48. 函数 STUFF("数据库",5,6,"管理系统")的结果是_____。

A) 数据库管理系统　　　　　　　　　B) 数据管理系统

C) 管理系统　　　　　　　　　　　　D) 数据系统

49. Visual FoxPro 中,运算符优先级从高到低依次是_____。

A) 字符运算符、算术运算符→关系运算符→日期时间运算符→逻辑运算符

B) 算术运算符、字符运算符、日期时间运算符→逻辑运算符→关系运算符

C) 逻辑运算符→字符运算符、算术运算符、日期时间运算符→关系运算符

D) 算术运算符、字符运算符、日期时间运算符→关系运算符→逻辑运算符

50. 在 Visual FoxPro 中,能够将日期型数据转换成字符型数据的函数名为_____。

A) CTOD　　　　　B) STR　　　　　C) VAL　　　　　D) DTOC

51. 如果 x 是一个正实数,对 x 的第 3 位小数四舍五入的表达式是_____。

A) 0.01 * INT(100 * (x+0.05))　　　　　B) 0.01 * INT(100 * (x+0.005))

C) 0.01 * INT(x+0.005)　　　　　　　　D) 0.01 * INT(x+0.05)

52. 执行如下命令,最后输出结果是_____。

$\qquad$ A = STR(12.45, 5, 1)

$\qquad$ B = RIGHT(A, 3)

$\qquad$ C = "&A+&B"

$\qquad$? &C

A) 14.95　　　　　B) 12.45245　　　　　C) 15.00　　　　　D) 出错信息

53. 用 DIMENSION a(4, 6)命令定义一个数组 a,则该数组中数组元素的数目是_____。

A) 24　　　　　B) 35　　　　　C) 28　　　　　D) 30

54. 使用 DECLARE 命令定义数组后,各数组元素在没有赋值之前的数据类型是_____。

A) 无类型　　　　　B) 字符型　　　　　C) 逻辑型　　　　　D) 数值型

55. 顺序执行下列命令后,屏幕最后显示的结果是_____。

$\qquad$ a = "10"

$\qquad$ b = "a"

$\qquad$? TYPE("&b")

A) N　　　　　B) U　　　　　C) D　　　　　D) C

56. 在下列表达式中,结果为字符型的是_____。

A) "124" − "90"　　　　　　　　　　　B) "ab" + "cd" = "abcd"

C) DTOC(DATE( )) > "99/10/11"　　　D) CTOD("99/10/11")

57. 设当前有一字段变量 A 的值为−100,而另有一同名内存变量 A 的值为100,则执行?

M->A-A 后屏幕显示_____。

A) -200   B) 0   C) 错误信息   D) 200

58. 命令? STR(100.50)执行后的显示结果是_____。

A) 100   B) 100.50   C) 101   D) 100.5

59. 命令? "数据库系统" $ "数据库"、? "张梅" < "王梅"的执行结果是_____。

A) .T. 、.F.   B) .F. 、.F.   C) .F. 、.T.   D) .T. 、.T.

60. 命令? STR(100.5454,6,3)执行后的显示结果为_____。

A) 100.54   B) 100.545   C) 100.55   D) 00.545

61. 20E-10 是一个_____型常量。

A) 数值   B) 字符   C) 货币   D) 非法表达式

62. 执行? MOD(20, -3)的显示结果是_____。

A) 2   B) -1   C) 1   D) -2

63. 已知 X = "10/11/99",&X 函数值的类型是_____。

A) 字符型   B) 数值型   C) 日期型   D) 日期时间型

64. 下列有关数组的叙述错误的是_____。

A) Visual FoxPro 中没有三维数组

B) 数组可用 DECLARE 或 DIMENSION 来定义

C) Visual FoxPro 中数组各元素的默认值为 0

D) 数组元素的下标下限是 1

65. 在 Visual FoxPro 中,命令 CLEAR ALL 的功能是_____。

A) 关闭所有文件,不释放内存变量   B) 关闭所有文件,释放内存变量

C) 不关闭文件,释放内存变量   D) 不关闭文件,不释放内存变量

66. 命令?? 的作用是_____。

A) 可输出两个表达式的值   B) 只能显示变量的值

C) 向用户提问的提示符   D) 从当前光标处显示表达式的值

67. Visual FoxPro 中使用的变量类型是_____。

A) 数据变量和字段变量   B) 关系变量和字段变量

C) 内存变量和字段变量   D) 数据变量和内存变量

68. 函数 LEN(SPACE(10)-SPACE(4))的值是_____。

A) 4   B) 6   C) 10   D) 14

69. RELEASE ALL 命令的功能是_____。

A) 删除指定的内存变量   B) 删除所有内存变量

C) 删除指定的全局变量   D) 删除内存变量文件中的内存变量

70. 在 Visual FoxPro 中,逻辑运算符的优先顺序是_____。

A) AND>OR>NOT   B) OR>AND>NOT   C) NOT>OR>AND   D) NOT>AND>OR

71. 若 x = 48.789,则执行命令? STR(x, 2)-SUBSTR("48.789", 5, 1)后显示的结果是_____。

A) 36   B) 498   C) 488   D) 37

72. 设 A = "THIS IS A BOOK",下列函数中值为"IS"的是_____。

A) RIGHT(LEFT(A, 9), 2)　　　　　　　　B) LEFT(RIGHT(A, 9), 2)

C) SUBSTR(A, 5, 2)　　　　　　　　　　D) RIGHT(A, 9)

73. 设 A = [2 * 3+8], B = 2 * 3+8, C = "2 * 3+8",正确的表达式是_____。

A) A+C　　　　　　B) A+B　　　　　　C) B+C　　　　　　D) A+B+C

74. DIME AB(3, 4),则 AB(2, 3)的初值为_____。

A) 0　　　　　　B) .T.　　　　　　C) .F.　　　　　　D) 5

75. 执行命令? LEN(TRIM(SUBSTR("Howareyou!", 6)))的结果是_____。

A) 5　　　　　　B) 6　　　　　　C) 7　　　　　　D) 8

76. 在 Visual FoxPro 中,50E+5 是_____。

A) 字符变量　　　　B) 数值常量　　　　C) 内存变量　　　　D) 表达式

77. INT(43.679)的结果为_____。

A) 43　　　　　　B) 44　　　　　　C) 43.7　　　　　　D) 44.7

78. ROUND(4853.679, −2)的结果为_____。

A) 4851　　　　　　B) 4853.68　　　　　　C) 4900　　　　　　D) 4800

79. 在 Visual FoxPro 中,默认的日期型数据格式为_____。

A) 年/月/日　　　　B) 月/年/日　　　　C) 月/日/年　　　　D) 日/月/年

2.2　填空题

1. 设 A = 10, B = 5, C = 4,表达式 A%B+B^2/C+B 的值为_____。

2. Visual FoxPro 中的变量分为两大类,它们是字段变量和_____。

3. 执行命令? SUBSTR("FOXBASE", 2, 5)后的显示结果为_____。

4. 执行命令? UPPER("Foxbase")后的显示结果为_____。

5. 年龄大于 60 岁或小于 30 岁,职称为工程师的逻辑表达式是_____。

6. 表达式"window" = = "Window"的结果为_____。

7. 表达式 10−8>10 OR 10+8>12 AND "abc" $ "ab" 的结果为_____。

8. 用 DIMENSION m(6, 3)命令定义一个数组 m,则该数组中数组元素的数目是_____。

9. 设一个数据表中有 10 条记录,当 EOF( )返回值为真时,当前记录号应为_____。

10. 设 A = "20", B = "A",表达式? &B+"10"的结果是_____。

11. 执行? DAY({^2003-12-15})命令后显示的结果是_____。

12. 执行? LOWER ("VISUAL FoxPro 数据库管理系统")命令后显示的结果是_____。

13. 清除主屏幕上内容的命令是_____。

14. Visual FoxPro 可以使用常量类型有_____、_____、逻辑型常量、日期型常量、日期时间型常量等。

15. 命令? TYPE("10/15/06")的输出值是_____。

16. 表达式 "Visual FoxPro" $ "Visual"的结果为_____。

17. 执行 DIMENSION m(3, 5)后,二维数组 m 中有_____个元素,如果以一维数组的形式访问该二维数组,则一维数组元素 m(10)与二维数组元素_____为同一变量。

18. 表达式 ? AT("Visual FoxPro","数据库管理系统")的结果为_____。

19. 执行命令 A=150>105 后,内存变量 A 的数据类型是_____,其内容是_____。

20. LEFT("123456789",LEN("数据库"))的计算结果是_____。

21. 函数 BETWEEN(40,34,50)的运算结果是_____。

22. 表达式 STUFF("GOODBOY",5,3,"GIRL")的运算结果是_____。

23. 函数? LIKE("FOXPRO","VISUAL FOXPRO")的运算结果是_____。

24. 函数 DATETIME()返回值的数据类型是_____。

25. 在 Visual FoxPro 中,MIN(ROUND(8.89,1),9)的运算结果是_____。

26. 在 Visual FoxPro 中,执行下列操作的结果是_____。

    D=CTOD("00/00/00")

    ? TYPE("D")

27. 执行下列操作的结果是_____。

    X=[42+20]

    ? X

28. 设 A="ABCDabcd",则 SUBSTR(A,INT(LEN(A)/2+1),3)的运算结果是_____。

29. TIME()函数的返回值的数据类型是_____。

30. 设工资=1200,职称="工程师",下列逻辑表达式的值是_____。

    工资>1000 AND(职称="教授" OR 职称="工程师")

2.3　参考答案

2.3.1　单项选择题

1. C)	2. A)	3. D)	4. B)	5. D)	6. A)	7. D)
8. B)	9. D)	10. C)	11. C)	12. B)	13. A)	14. C)
15. A)	16. A)	17. C)	18. D)	19. A)	20. C)	21. B)
22. A)	23. D)	24. C)	25. D)	26. A)	27. B)	28. B)
29. C)	30. B)	31. D)	32. B)	33. B)	34. D)	35. A)
36. B)	37. D)	38. C)	39. C)	40. B)	41. C)	42. B)
43. C)	44. B)	45. C)	46. A)	47. D)	48. D)	49. D)
50. D)	51. B)	52. C)	53. A)	54. C)	55. D)	56. A)
57. D)	58. C)	59. B)	60. B)	61. A)	62. B)	63. B)
64. C)	65. B)	66. D)	67. C)	68. D)	69. B)	70. D)
71. B)	72. B)	73. A)	74. C)	75. A)	76. B)	77. A)
78. C)	79. C)					

2.3.2　填空题

1. 11.25

2. 内存变量

3. OXBAS

4. FOXBASE

5. （年龄>60 OR 年龄<30）AND 职称＝"工程师"

6. .F.

7. .F.

8. 18

9. 11

10. 2010

11. 15

12. visual foxpro 数据库管理系统

13. CLEAR

14. 字符型常量　　数值型常量

15. N

16. .F.

17. 15　　m(2，5)

18. 0

19. 逻辑型｜L 型　　.T.

20. 123456

21. .T.

22. GOODGIRL

23. .F.

24. 日期时间型

25. 8.9

26. D

27. 42+20

28. abc

29. 字符型

30. .T.

第 3 章 数据库和表

3.1 单项选择题

1. 如果需要给当前表增加一个字段,应使用的命令是_____。
A) APPEND   B) INSERT   C) EDIT   D) MODIFY STRU

2. 设表文件及其索引已打开,为了确保指针定位在物理记录号为 1 的记录上,应该使用命令_____。
A) SKIP 1   B) SKIP −1   C) GO 1   D) GO TOP

3. 要显示表中当前一条记录的内容,可使用命令_____。
A) LIST   B) BROWSE   C) TYPE   D) DISPLAY

4. 在当前表中,查找第 2 个女学生的记录,应使用命令_____。
A) LOCATE FOR 性别 = "女"   B) LOCATE FOR 性别 = "女" NEXT 2
C) LIST FOR 性别 = "女"   D) LOCATE FOR 性别 = "女"
     CONTINUE   CONTINUE

5. Visual FoxPro 的数据库表之间可建立两种联系,它们是_____。
A) 永久联系和临时联系   B) 长期联系和短期联系
C) 永久联系和短期联系   D) 长期联系和临时联系

6. 数据库表的索引中,字段值不能有重复的索引有_____种。
A) 1   B) 2   C) 3   D) 4

7. 建立表间临时关联的命令是_____。
A) LET RELATION TO   B) JOIN
C) SET RELATION TO   D) 以上都不是

8. 通过关键字建立表间的临时关联的前提是_____。
A) 父表必须建立索引并打开   B) 子表必须建立索引并打开
C) 两表必须建立索引并打开   D) 两表都不必建立索引

9. 查询设计器的"筛选"选项卡中,"插入"按钮的作用是_____。
A) 用于增加查询输出字段   B) 用于增加查询的表
C) 用于增加查询去向   D) 用于插入查询输出条件

10. 在多工作区的操作中,如果选择了 4、7、8 号工作区并打开了相应的数据表,在命令窗口执行命令 SELECT 0,其功能是_____。
A) 选择 4 号工作区为当前工作区   B) 选择 0 号工作区为当前工作区
C) 选择 1 号工作区为当前工作区   D) 选择 8 号工作区为当前工作区

11. 表结构中空值(NULL)的含义是_____。

A）空格 　　　　　B）尚未确定 　　　　　C）默认值 　　　　　D）0

12. 自由表和数据库表的字段名最长可达_____字符。

A）128、128 　　　B）10、128 　　　C）10、10 　　　D）128、10

13. 如果一个表有备注型字段和通用型字段，那么它们的内容_____。

A）存储在不同的表备注文件中 　　　　　B）存储在同一文本文件中

C）都存储在同一表备注文件中 　　　　　D）存储在不同的文本文件中

14. 顺序执行下列命令后，最后一条命令显示的结果是_____。

　　　USE XSB

　　　GO 10

　　　SKIP 2

　　　SKIP −6

　　　? RECNO( )

A）5 　　　　　B）6 　　　　　C）7 　　　　　D）8

15. 下列关于"数据工作期"窗口的描述中，不正确的是_____。

A）通过"数据工作期"窗口能够打开和浏览表

B）"数据工作期"窗口建立的视图能够以表文件的形式保存在数据库中

C）通过"数据工作期"窗口可以实现表间的关联操作

D）通过"数据工作期"窗口可以直接查看工作区的使用情况

16. 在当前数据库中，"婚否"字段为逻辑型字段，要显示所有未婚的记录，下列不正确的命令是_____。

A）LIST FOR .NOT. 婚否 　　　　　B）LIST FOR 婚否 = .F.

C）LIST FOR 婚否<>.T. 　　　　　D）LIST FOR .NOT. "婚否"

17. 若当前表中有 100 条记录，当前记录号为 10，执行命令 LIST NEXT 4 的结果是_____。

A）显示 10 ~ 13 号 4 条记录 　　　　　B）显示 11 ~ 14 号 4 条记录

C）显示 1 ~ 4 号 4 条记录 　　　　　D）显示第 4 号记录

18. 对一个表建立以入校总分（N，5）和出生日期（D，8）升序的多字段结构复合索引的正确的索引关键字表达式为_____。

A）入校总分+出生日期 　　　　　B）STR（入校总分）+DTOC（出生日期，1）

C）STR（入校总分）+出生日期 　　　　　D）入校总分+DTOC（出生日期）

19. 若要使第 5 条记录变为当前记录，下列命令不正确的是_____。

A）GO 5 　　　　　B）5 　　　　　C）GO TOP 5 　　　　　D）GOTO 5

20. 查询设计器中的选项卡，依次为_____。

A）"字段"、"联接"、"筛选"、"排序依据"、"分组依据"、"杂项"

B）"字段"、"联接"、"筛选"、"排序依据"、"分组依据"、"更新条件"、"杂项"

C）"字段"、"联接"、"筛选"、"排序依据"、"更新条件"、"杂项"

D）"字段"、"联接"、"筛选"、"排序依据"、"分组依据"

21. 下列叙述中正确的是_____。

A) 一个数据表被更新时,它所有的索引文件会自动被更新

B) 一个数据表被更新时,它所有的索引文件不会自动被更新

C) 一个数据表被更新时,处于打开的索引文件会自动被更新

D) 当两个数据表用 SET RELATION TO 命令建立关联后,调节任何一个数据表的指针时,另一个数据表的指针都将会同步移动

22. 在 Visual FoxPro 的数据工作期窗口,使用 SET RELATION 命令可以建立两个表之间的关联,这种关联是_____。

A) 永久性关联　　　　　　　　　B) 永久性关联或临时性关联

C) 永久性关联和临时性关联　　　 D) 临时性关联

23. 在数据库设计器中,建立两个表之间的一对多联系是通过_____索引实现的。

A)"一方"表的主索引,"多方"表的普通索引或候选索引

B)"一方"表的普通索引,"多方"表的主索引或候选索引

C)"一方"表的主索引或候选索引,"多方"表的普通索引

D)"一方"表的普通索引,"多方"表的候选索引或普通索引

24. 在一个工作区中可以打开的表文件数为_____。

A) 1　　　　　　　 B) 2　　　　　　　 C) 10　　　　　　　 D) 20

25. 在建立的唯一索引中出现重复字段时,只存储重复出现的记录中的_____。

A) 全部　　　　　 B) 几个　　　　　 C) 最后一个　　　　 D) 第一个

26. 当前工作区是指_____。

A) 最后执行 USE 命令所在的工作区

B) 最后执行 SELECT 命令所选择的工作区

C) 建立数据表时所在的工作区

D) 最后执行 REPLACE 命令所选择的工作区

27. 主索引可以在_____中建立。

A) 自由表　　　　 B) 数据库表　　　　 C) 任何表　　　　 D) 自由表和视图

28. 当前表中有"基本工资"、"奖金"、"津贴"、"代扣费用"和"工资总额"字段,都是 N 型。要把职工的所有收入汇总后写入"工资总额"字段中,应使用的命令是_____。

A) REPLACE ALL 工资总额 WITH 基本工资+奖金+津贴−代扣费用

B) REPLACE 工资总额 WITH 基本工资+奖金+津贴−代扣费用

C) SUM 基本工资+奖金+津贴−代扣费用 TO 工资总额

D) TOTAL ON 工资总额 FIELDS 基本工资+奖金+津贴−代扣费用

29. 工资数据表和按基本工资升序的索引文件已打开,现要将记录指针定位到第一条工资高于 1 000 元的记录上,下列_____命令可以实现。

A) LOCATE FOR 基本工资>1000　　　 B) FIND 基本工资>1000

C) SEEK 基本工资>1000　　　　　　　 D) FIND FOR 基本工资>1000

30. 在 Visual FoxPro 中,以下叙述正确的是_____。

A) 自由表的字段可以设置默认值

B) 数据库表的字段可以设置默认值

C）自由表和数据库表的字段均可以设置默认值

D）自由表和数据库表的字段均不可以设置默认值

31．在 Visual FoxPro 中，打开表的命令是_____。

A）USE <表名>   B）OPEN <表名>

C）USE TABLE <表名>   D）OPEN TABLE <表名>

32．在 Visual FoxPro 中通用型(G)字段在表文件中占用的字节数是_____。

A）2   B）4   C）8   D）10

33．在 Visual FoxPro 中，执行 CREATE DATABASE 命令将 _____。

A）建立一个扩展名为 DBC 的数据库文件

B）建立一个扩展名为 DBF 的表文件

C）建立一个子目录

D）建立一个扩展名为 DBC 的数据库文件和一个扩展名为 DBF 的表文件

34．在 Visual FoxPro 中，自由表_____。

A）不可以加入到数据库中

B）可以加入到数据库中

C）加入到数据库后不可以再移出

D）是否可以加入到数据库中取决于自由表的状态

35．数据库表的字段有效性规则实现了数据的_____。

A）实体完整性   B）域完整性

C）实体完整性和域完整性   D）参照完整性

36．命令 MODIFY DATABASE 的功能是_____。

A）修改数据库表的结构   B）打开数据库设计器

C）删除数据库   D）移动数据库

37．要运行 Visual FoxPro 的向导，可以_____。

A）选择“文件”菜单中的“新建”命令，在“新建”对话框中单击“向导”按钮

B）单击工具栏上的“向导”按钮

C）从“工具”菜单中选择向导

D）以上方法都可以

38．Visual FoxPro 的字段支持的数据类型包括_____。

A）字符型、数值型、二进制数值型、二进制字符型等

B）字符型、数值型、通用型、图像型等

C）字符型、数值型、日期型、时间型等

D）字符型、数值型、二进制字符型、二进制备注型等

39．下面关于空值（NULL）的描述，正确的是_____。

A）空值等同于空字符串   B）空值表示字段或变量还没有确定值

C）Visual FoxPro 不支持空值   D）空值等同于数值 0

40．可以起到主关键字作用的索引是_____。

A）主索引和候选索引   B）主索引和唯一索引

C）唯一索引 D）只有主索引

41．关系数据库的参照完整性规则包括_____。

A）参照规则、约束规则和查询规则 B）插入规则、删除规则和更新规则

C）参照规则、更新规则和查询规则 D）参照规则、约束规则和更新规则

42．在 Visual FoxPro 的命令窗口中输入 CREATE DATA 命令以后，屏幕上会出现一个创建对话框，要想完成同样的工作，还可以采取的步骤是_____。

A）选择"文件"→"新建"菜单命令，然后在"新建"对话框中选中"数据库"单选按钮，再单击"新建文件"按钮

B）选择"文件"→"新建"菜单命令，然后在"新建"对话框中选中"数据库"单选按钮，再单击"向导"按钮

C）选择"文件"→"新建"菜单命令，然后在"新建"对话框中选中"表"单选按钮，再单击"新建文件"按钮

D）选择"文件"→"新建"菜单命令，然后在"新建"对话框中选中"表"单选按钮，再单击"向导"按钮

43．在 Visual FoxPro 中，表中的字段是一种_____。

A）常量 B）运算符 C）变量 D）函数

44．下面关于索引的描述，正确的是_____。

A）建立索引以后，原来的表文件中记录的物理顺序将被改变

B）索引与表的数据存储在一个文件中

C）创建索引是创建一个指向表文件记录的指针构成的文件

D）使用索引并不能加快对表的查询操作

45．若建立索引的字段值不允许重复，并且一个表中只能创建一个。它应该是_____。

A）主索引 B）唯一索引 C）候选索引 D）普通索引

46．表文件中有"数学"、"英语"、"计算机"和"总分"4 个数值型字段，要将当前记录的三科成绩汇总后存入"总分"字段中，应使用命令_____。

A）TOTAL 数学，英语，计算机 TO 总分

B）REPLACE 总分 WITH 数学+英语+计算机

C）SUM 数学，英语，计算机 TO 总分

D）REPLACE 数学+英语+计算机 WITH 总分

47．有一名为 student 的数据库，要想打开该数据库，应使用命令_____。

A）OPEN student B）OPEN DATA student

C）USE DATA student D）USE student

48．如果在建立数据库表 stock.dbf 时，将"单价"字段的字段有效性规则设为"单价>0"，通过该设置，能保证数据的_____。

A）实体完整性 B）域完整性 C）参照完整性 D）表完整性

49．下面关于视图的描述，正确的是_____。

A）可以使用 MODIFY STRUCTURE 命令修改视图的结构

B）视图不能删除，否则会影响原来的数据文件

C）视图是对表进行复制而产生的

D）使用 SQL 对视图进行查询时必须事先打开该视图所在的数据库

50．视图设计器中含有的但查询设计器却没有的选项卡是_____。

A）"筛选"　　　　B）"排序依据"　　　C）"分组依据"　　　D）"更新条件"

51．下面关于查询的描述，正确的是_____。

A）可以使用 CREATE VIEW 打开查询设计器

B）使用查询设计器可以生成所有的 SQL 查询语句

C）使用查询设计器生成的 SQL 语句存盘后将存放在扩展名为．qpr 的文件中

D）使用 DO 语句执行查询时，可以不带扩展名

52．在 Visual FoxPro 中，调用表设计器建立数据库表 STUDENT．DBF 的命令是_____。

A）MODIFY STRUCTURE STUDENT　　　　B）MODIFY COMMAND STUDENT

C）CREATE STUDENT　　　　　　　　　　D）CREATE TABLE STUDENT

53．建立索引文件时，_____字段不能作为索引字段。

A）备注型　　　　B）日期型　　　　　C）数值型　　　　　D）字符型

54．在 Visual FoxPro 中，表结构中的逻辑型、通用型、日期型字段的宽度由系统自动给出，它们分别为_____。

A）1、4、8　　　　B）4、4、10　　　　C）1、10、8　　　　D）2、8、8

55．在 Visual FoxPro 中，学生表 STUDENT 中包含有通用型字段，表中通用型字段中的数据均存储到另一个文件中，该文件名为_____。

A）STUDENT．DOC　　B）STUDENT．MEM　　C）STUDENT．DBT　　D）STUDENT．FTP

56．在 Visual FoxPro 中，建立索引的作用之一是_____。

A）节省存储空间　　B）便于管理　　　　C）提高查询速度　　D）提高更新的速度

57．在 Visual FoxPro 中，相当于主关键字的索引是_____。

A）主索引　　　　B）普通索引　　　　C）唯一索引　　　　D）排序索引

58．在 Visual FoxPro 中，创建一个名为 SDB．DBC 的数据库文件，使用的命令是_____。

A）CREATE　　　　　　　　　　　　　B）CREATE SDB

C）CREATE TABLE SDB　　　　　　　　D）CREATE DATABASE SDB

59．在 Visual FoxPro 中，存储图像的字段类型应该是_____。

A）备注型　　　　B）通用型　　　　　C）字符型　　　　　D）双精度型

60．在 Visual FoxPro 中，关于视图的正确叙述是_____。

A）视图与表完全相同，用来存储数据　　B）视图文件的扩展名为．VIE

C）在视图中不能进行更新操作　　　　　D）视图是从一个或多个表导出的虚拟表

61．为了设置两个表之间的参照完整性，要求这两个表是_____。

A）同一个数据库中的两个表　　　　　　B）两个自由表

C）一个自由表和一个数据库表　　　　　D）没有限制

62．数据库表可以设置字段有效性规则，字段有效性规则属于域完整性范畴，其中的"规则"是一个_____。

A）逻辑表达式　　　B）字符表达式　　　　C）数据表达式　　　D）日期表达式

63. 有表 K1.DBF(学号，总分，平均)与 K2.DBF(学号，物理，化学)，进行以下操作：

SELE A

USEK kl

SELE B

USEK k2

JOIN WITH A TO K3 FOR 学号=A.学号 FIEL 学号,物理,化学,a.总分 &&(1)

则(1)句中的命令包括的关系运算有_____。

A）选择、投影　　　　B）连接、投影　　　　C）选择、连接　　　　D）选择、投影、连接

64. 用命令"INDEX ON 姓名 TAG index_name"建立索引，其索引类型是_____。

A）主索引　　　　B）候选索引　　　　C）普通索引　　　　D）唯一索引

65. 执行命令"INDEX ON 姓名 TAG index_name"建立索引后，下列叙述错误的是_____。

A）此命令建立的索引是当前有效索引

B）此命令所建立的索引将保存在 .idx 文件中

C）表中记录按索引表达式升序排序

D）此命令的索引表达式是"姓名"，索引名是"index_name"

66. 两表之间的临时性联系称为临时关联，在两个表之间的关联已经建立的情况下，有关"临时关联"的正确叙述是_____。

A）建立关联的两个表一定在同一个数据库中

B）两表之间的临时性联系是建立在两表之间的永久性联系基础之上的

C）当父表记录指针移动时，子表记录指针按一定的规则跟随移动

D）当关闭父表时，子表自动被关闭

67. 在数据库表设计器的字段验证中有信息、默认值和_____三项内容需要设定。

A）格式　　　　B）标题　　　　C）规则　　　　D）输入掩码

68. 对于说明性的信息，长度在_____个字符以内时可以使用字符型。

A）254　　　　B）255　　　　C）256　　　　D）257

69. 在 Visual FoxPro 的数据库设计器中能建立两个表之间的_____。

A）临时性联系　　　　　　　　B）永久性联系

C）临时性联系和永久性联系　　　　D）上述选项均不正确

70. 表的物理联接分为_____。

A）局部联接和完全联接　　　　　　B）左联接和右联接

C）内部联接和外部联接　　　　　　D）内部联接和完全联接

71. 建立临时关联的方式是_____。

A）只能通过索引关键字　　　　　　B）可以通过索引关键字或记录号

C）只能通过记录号　　　　　　　　D）以上都不正确

72. 通过记录号建立临时关联时，关联表达式必须为_____。

A）数值型　　　　B）日期型　　　　C）字符型　　　　D）逻辑型

73. 在 Visual FoxPro 中，允许同时选择的工作区数最大为_____。

A）10　　　　B）32 767　　　　C）254　　　　D）255

74. 在"数据工作期"窗口中,"一对多"按钮的功能是实现_____。

A) 一个表与多个表建立关联

B) 多个表与当前表建立关联

C) 父表中多条记录与子表中的一条记录建立关联

D) 父表中一条记录与子表中的多条记录建立关联

75. 下面关于 Visual FoxPro 多表操作的描述,正确的是_____。

A) 在多表操作中,在一个工作区中只能打开一个表

B) 在同一个工作区中可以打开多个表并建立关联

C) 在多表操作中,不能使用非当前工作区的表数据

D) 在多表关联操作中,只能建立两个表的关联,不能同时建立多表关联

76. 默认情况下的表间联接类型是_____。

A) 左联接   B) 右联接   C) 内部联接   D) 完全联接

77. 下面关于视图的操作,错误的是_____。

A) 利用视图可以实现多表查询   B) 视图可以产生磁盘文件

C) 利用视图可以更新表数据   D) 视图可以作为查询数据源

78. 在数据输入过程中,当输入备注型字段和通用型字段时,只要在该字段处双击鼠标或直接按_____键,即可弹出数据编辑对话框。

A) Ctrl+End   B) Ctrl+Insert   C) Ctrl+Delete   D) Ctrl+Home

79. 不能直接修改表中的记录值的命令是_____。

A) LOCATE   B) CHANGE   C) REPLACE   D) EDIT

80. 建立临时关联时,关联关系可以按照关键字表达式和_____表达式建立。

A) 日期型   B) 逻辑型   C) 数值型   D) 字符型

81. 在 1 号工作区打开的 STU.DBF 文件中含有"姓名"字段,在 3 号工作区打开的 SCO.DBF 文件中也含有"姓名"等字段,当前为 1 号工作区,要显示 3 号工作区内当前记录的"姓名"字段的值,正确的操作是_____。

A) LIST SCO.姓名   B) DISPLAY C->姓名

C) DISPLAY 姓名   D) DISPLAY STU.姓名

82. 下面关于数据库和表的描述,正确的是_____。

A) 表包含数据库

B) 表和数据库无关

C) 数据库只包含表

D) 数据库不仅包含表,而且包含表间的关系和相关的操作

83. 字段或记录的数据有效性规则在_____中进行设置。

A) 表设计器   B) 数据库设计器   C) 查询设计器   D) 项目管理器

84. 参照完整性设置在参照完整性生成器中进行,调出参照完整性生成器的方法是_____。

A) 通过表设计器调出   B) 通过"数据库"菜单调出

C) 通过"文件"菜单调出   D) 通过项目管理器调出

85. STU. DBF 是一个具有两个备注型字段的表文件,使用 COPY TO ABC 命令进行复制操作,其结果将_____。

A)得到一个新的表文件

B)得到一个新的表文件和一个新的备注文件

C)得到一个新的表文件和两个新的备注文件

D)显示出错信息,表明不能复制具有备注型字段的表文件

86. 使用 USE 命令打开表文件时,能够同时打开一个相关的_____。

A)内存变量文件　　　B)文本文件　　　C)备注文件　　　D)屏幕格式文件

87. 表文件 TEST. DBF 尚未打开,要将该文件复制为表文件 TEST1. DBF,应该使用命令_____。

A) COPY TO TEST1. DBF　　　　　B) COPY STRUCTURE TO TEST1. DBF

C) COPY INDEXES TEST. DBF TO TEST1. DBF　　D) COPY FILE TEST. DBF TO TEST1. DBF

88. 当打开某个表文件且相关的多个索引文件被打开时,有关主控索引的正确叙述是_____。

A)同一时刻只能将一个索引文件设置为主控索引

B)可以将多个索引文件同时设置为主控索引

C)索引文件只要打开就能对记录操作起作用

D)指定主控索引后,就不能更改关于主控索引的设置

89. 当前记录号为3,将第6号记录设置为当前记录的命令是_____。

A) SKIP 6　　　　B) SKIP 3　　　　C) SKIP -6　　　　D) SKIP -3

90. 要显示系统中所使用的内存变量,可以在命令窗口中输入命令_____。

A) DISPLAY FIELD　　　　　B) DISPLAY

C) DISPLAY OFF　　　　　D) DISPLAY MEMORY

91. 在表文件中显示所有姓"张"的学生的记录,应使用命令_____。

A) LIST FOR SUBSTR(姓名,1,2)= "张"　　B) LIST FOR STR(姓名,1,2)= "张"

C) LIST FOR 姓名=" * 张 * "　　　　　D) LIST FOR 姓名="张"

92. 在命令窗口输入:

STORE ".T." TO A

? TYPE("A")

显示的结果类型是_____。

A) C　　　　B) L　　　　C) D　　　　D) N

93. 在 Visual FoxPro 中,以只读方式打开数据库文件的命令选项是_____。

A) SHARED　　B) EXCLUSIVE　　C) NOUPDATE　　D) VALIDATE

94. 使用 MODIFY DATABASE 命令打开数据库设计器时,如果指定了 NOEDIT 选项,则表示_____。

A)打开数据库设计器后,应用程序会暂停

B)在数据库设计器打开后程序继续执行

C)打开数据库设计器,且可以对数据库进行修改

D）只是打开数据库设计器，禁止对数据库进行修改

95. 在 Visual FoxPro 中，APPEND BLANK 命令的作用是_____。

A）在表的首行添加记录　　　　　　　　B）在表的任意位置添加记录

C）在表的尾部添加记录　　　　　　　　D）在当前记录之前插入新记录

96. 下面关于物理删除和逻辑删除表记录的描述，正确的是_____。

A）物理删除表记录的命令是 DELETE，逻辑删除表记录的命令是 PACK

B）逻辑删除表记录的命令是 ZAP，物理删除表记录的命令是 PACK

C）物理删除的记录可以恢复，逻辑删除的记录不能恢复

D）逻辑删除的记录可以恢复，物理删除的记录不能恢复

97. 利用 LOCATE 命令查找到满足条件的第一条记录后，连续执行_____命令即可找到满足条件的其他记录。

A）NEXT　　　　　　B）CONTINUE　　　　　　C）GO　　　　　　D）SKIP

98. 依次执行下列 6 条命令：

    SELECT 1

    USE FILE1

    SELECT 2

    USE FILE2

    SELECT 3

    USE FILE3

假设要在 FILE1 中追加记录，但又不改变当前表的打开状态，应输入命令_____。

A）SELECT FILE1　　B）GO FILE1　　　　C）GO 1　　　　　　D）USE FILE1

　　APPEND　　　　　　APPEND　　　　　　　APPEND　　　　　　APPEND

99. 若打开一个建立了结构复合索引的数据表，再执行 LIST 命令，则表记表的顺序将按_____显示。

A）第一个索引标识　　B）最后一个索引标识　C）主索引标识　　　D）原顺序

100. 若要在 STU.DBF 的第 4 条记录后插入一条空白记录，应输入命令_____。

A）GO 4　　　　　　B）SKIP 4　　　　　　C）SKIP 4　　　　　　D）GO 4

　　INSERT BEFORE　　　INSERT BEFORE　　　INSERT BLANK　　　INSERT BLANK

101. 默认情况下，查询的输出形式是_____。

A）浏览　　　　　　B）临时表　　　　　　C）表达式　　　　　　D）图形

102. 在 Visual FoxPro 中，使用当前数据库中的数据库表建立的视图是_____；使用当前数据库之外的数据源中的表创建的视图是_____。

A）远程视图；本地视图　　　　　　　　B）本地视图；远程视图

C）本地视图；本地视图　　　　　　　　D）远程视图；远程视图

103. 建立远程视图之前必须首先建立与远程数据库的_____。

A）关联　　　　　　B）数据源　　　　　　C）连接　　　　　　D）联接方式

104. 在视图设计器的"更新条件"选项卡中，如果某个字段的"钥匙"⚷标志列下出现"√"，则表示_____。

A）该字段可以更新   B）该字段为关键字

C）该字段不可以更新   D）该字段为非关键字

105. 在视图设计器的"更新条件"选项卡中,如果某个字段的 $\mathscr{I}$ 标志列下出现"√",则表示_____。

A）该字段可以更新   B）该字段为关键字

C）该字段不可以更新   D）该字段为非关键字

106. 在查询设计器中,用来指定是否有重复记录属性的是_____选项卡。

A）"字段"   B）"杂项"   C）"联接"   D）"筛选"

107. 可以连接或嵌入 OLE 对象的字段类型是_____。

A）备注型字段   B）备注型和通用型字段

C）通用型字段   D）字符型字段

108. 在 Visual FoxPro 中进行参照完整性设置时,要想设置成当更改父表中的主关键字字段或候选关键字字段时,自动更改所有相关子表记录中的对应值,应选择_____。

A）级联   B）限制   C）忽略   D）级联和限制

109. 清除屏幕上内容的命令是_____。

A）CLEAR ALL   B）CLEAR SCREEN   C）CLEAR WINDOWS   D）CLEAR

110. 使用命令操作方法打开查询设计器(假设查询文件名为 lie. qpr),在命令窗口中输入的命令是_____。

A）OPEN QUERY lie. qpr   B）DO QUERY lie. qpr

C）CREATE QUERY lie. qpr   D）MODIFY QUERY lie. qpr

111. 运行当前目录下的查询文件 lie. qpr 的命令格式是_____。

A）DO lie. qpr   B）DO QUERY lie. qpr

C）USE lie. qpr   D）USE QUERY lie. qpr

112. 有一表文件中共有 10 条记录,当前记录号为 5。使用 APPEND BLANK 命令增加一条空记录,该空记录的记录号是_____。

A）6   B）11   C）10   D）5

113. 在 Visual FoxPro 中不是<范围>选项中的内容是_____。

A）RECORD n   B）NEXT n   C）REST   D）GO n

114. 表文件 STU. DBF 和相应的索引文件已经打开,下列操作中错误的是_____。

A）SET INDEX TO   B）COPY TO STU1 FOR 入校总分>=520

C）COPY FILE TO STU1. DBF   D）COPY STRUCTURE TO STU1

115. 命令 SELECT 0 的功能是_____。

A）选择 0 号工作区   B）选择区号最大的空闲工作区

C）选择区号最小的空闲工作区   D）随机选择工作区

116. 在下列命令中,执行效果相同的是_____。

1. AVERAGE 入校总分 FOR 性别="男"

2. AVERAGE 入校总分 WHILE 性别="男"

3. AVERAGE 入校总分 FOR ! 性别="女"

4. AVERAGE 入校总分 WHILE 性别<>"女"

A）1 和 2、3 和 4　　　　B）1 和 4、2 和 3　　　　C）1 和 3、2 和 4　　　D）都不相同

117. 在 Visual FoxPro 中,命令 CLEAR ALL 的功能是_____。

A）关闭所有文件,释放内存变量　　　　　　B）关闭所有文件,不释放内存变量

C）不关闭文件,释放内存变量　　　　　　　D）不关闭文件,不释放内存变量

118. 统计在校生党员人数的正确操作是_____。

A）SUM FOR 党员否　　　　　　　　　　B）SUM FOR 党员否 = . T.

C）COUNT FOR 党员否　　　　　　　　　D）COUNT FOR 党员否 = . F.

119. 表 STU. DBF 中有 40 条记录,执行下列命令的结果是_____。

　　　USE STU. DBF

　　　GO BOTTOM

　　　SKIP −3

　　　LIST

A）显示最后一条记录　　　　　　　　　　B）显示第 37 条记录

C）显示第一条记录　　　　　　　　　　　D）显示所有记录

120. 表 STU. DBF 中有 10 条记录,执行下列命令的结果是_____。

　　　GO BOTTOM

　　　LIST

　　　? RECNO( )

A）0　　　　　　　　B）1　　　　　　　　C）10　　　　　　　　D）11

121. 表 STU. DBF 中,"出生年月"字段为日期型,显示 1980 年以后(包括 1980 年)出生学生的记录,应使用的命令是_____。

A）LIST FOR 出生年月 >= 1980　　　　　B）LIST FOR 出生年月 >= 80

C）LIST FOR YEAR(出生年月) >= 1980　　D）LIST FOR YEAR(出生年月) >= 80

122. 当前打开的表文件中包含"出生日期"字段,D 型,彻底删除 1980 年以前出生的学生记录的命令是_____。

A）DELE FOR 出生日期<CTOD("01/01/80")

B）DELE ALL FOR 出生日期<CTOD("01/01/80")
　　　PACK

C）DELE ALL FOR 出生日期<CTOD(01/01/80)
　　　PACK

D）DELE ALL FOR 出生日期<CTOD("01/01/80")

123. Visual FoxPro 中出现的各类文件的扩展名_____。

A）由系统默认　　　　　　　　　　　　　B）只能由用户定义

C）由系统默认和用户定义　　　　　　　　D）由系统默认或用户定义

124. Visual FoxPro 的 ZAP 命令可以删除当前表的_____。

A）结构和所有记录　　　　　　　　　　　B）满足条件的记录

C）有删除标记的记录　　　　　　　　　　D）所有记录

125. 下列选项正确的是_____。

A）不同记录的相同字段值不允许相同

B）修改表结构中的字段名称,其中的字段值不会变化

C）空格字符在字符串中没有意义

D）当前工作区是指建立表时所在的工作区

126. 使用 TOTAL 命令生成的分类汇总表文件的扩展名是_____。

A）BAK　　　　　B）FRX　　　　　C）DBC　　　　　D）DBF

127. 计算所有职称为正、副教授的平均工资,将结果赋予变量 PJ,应使用命令_____。

A）AVERAGE 工资 TO PJ FOR 职称 = "副教授" AND 职称 = "教授"

B）AVERAGE 工资 TO PJ FOR 职称 = "副教授" OR "教授"

C）AVERAGE 工资 TO PJ FOR "教授" $ 职称

D）AVERAGE FIELDS 工资 TO PJ FOR "教授" $ 职称

128. 用函数 RECNO( )测试一个空的数据表文件,其结果一定是_____。

A）0　　　　　B）空格　　　　　C）出错信息　　　　D）1

129. 下面关于查询的描述,正确的是_____。

A）不能根据自由表建立查询　　　　　B）只能根据数据库表建立查询

C）只能根据自由表建立查询　　　　　D）可以根据自由表或数据库表建立查询

130. 如果要在屏幕上直接看到查询结果,"查询去向"应该选择_____。

A）临时表或屏幕　　　B）浏览　　　　　C）屏幕　　　　　D）浏览或屏幕

131. 下面关于数据库表和自由表的候选索引的描述,正确的是_____。

A）一个数据库表只能建立一个候选索引,自由表不能建立候选索引

B）一个数据库表只能建立一个候选索引,自由表能建立多个候选索引

C）数据库表不能建立候选索引,一个自由表只能建立一个候选索引

D）数据库表和自由表都可以建立多个候选索引

132. 在数据库中设置了参照完整性规则的删除规则为级联,则_____。

A）删除子表的记录,主表的相关记录自动删除

B）删除主表的记录,子表的相关记录自动删除

C）能够删除主表的记录,不能够删除子表的记录

D）主表和子表都不能删除任何记录

3.2　填空题

1. 在 Visual FoxPro 中,数据完整性包括_____、_____和_____。

2. 数据库表的索引有主索引、唯一索引、_____和_____。

3. Visual FoxPro 支持两种类型的索引文件,即_____和_____。

4. "成绩"字段为数值型,若整数部分最多 3 位,小数部分 2 位,那么该字段的宽度至少应为_____位。

5. 在 Visual FoxPro 中,数据库表之间的关系有一对一、一对多和_____关系。

6. 建立表间的临时关联可以按表示记录号的数值表达式或_____来进行。

7. 在确定多表查询的联接关系中,有_____、左联接、右联接和完全联接 4 种不同的联接类型。系统默认的联接类型是_____。

8. 视图建立后,保存在_____中。

9. 在 Visual FoxPro 中,查询是指从指定的_____或_____中查找满足条件的记录。

10. 在 Visual FoxPro 中,视图具有_____和_____的功能。

11. 要从磁盘上一次性彻底删除全部记录,可以使用_____命令。

12. 录入记录有多种方法,可以在表结构建立时录入数据,也可以使用_____命令向表中追加记录。

13. 从数据库中移去表,可以在命令窗口中输入命令_____ TABLE。

14. 若想在当前记录之前插入一条新记录,则应输入命令_____。

15. 查询文件的扩展名为_____,它是一个文本文件。

16. 在 Visual FoxPro 中,所谓自由表就是那些不属于任何_____的表。

17. 一个数据库表只能有一个_____索引。

18. 自由表的扩展名是_____。

19. 同一个表的多个索引可以创建在一个索引文件中,索引文件名与相关的表同名,索引文件的扩展名是_____,这种索引称为_____。

20. 在 Visual FoxPro 中数据库文件的扩展名是_____,数据库表文件的扩展名是_____。

21. 打开数据库设计器的命令是_____ DATABASE。

22. 在 Visual FoxPro 中,建立索引的作用之一是提高_____的速度。

23. 在 Visual FoxPro 中,参照完整性规则包括更新规则、删除规则和_____规则。

24. 在 Visual FoxPro 中选择一个没有使用的、编号最小的工作区的命令是_____。

25. 数据库表设计器的字段验证中有_____、信息和默认值三项内容需要设定。

26. 在 Visual FoxPro 中,最多同时允许打开_____个数据库表和自由表。

27. 通过记录号建立临时关联,关联表达式必须是_____型。

28. 在数据库中,可以使用不同表数据并能更新表数据的一种逻辑表称为_____。

29. 外部联接分为左联接、右联接和_____。

30. 顺序执行下列命令:

SELECT 1

USE STU1

SELECT 2

USE STU2

SELECT 1

SKIP 3

则 STU1 的记录指针指向第_____条记录,STU2 的记录指针指向_____条记录。

31. 在 Visual FoxPro 中,表文件的扩展名为.DBF,若表中有备注型或_____型字段,则还会出现一个扩展名为.FPT 的文件。

32. 在 Visual FoxPro 中,视图分为本地视图和_____。

33. 查询设计器中的_____选项卡可以用来设置查询结果要显示的字段。

34. 要打开多个表文件,应该在多个_____中完成。

35. 表由_____和表记录两部分构成。

3.3　参考答案

3.3.1　单项选择题

1. D)	2. C)	3. D)	4. D)	5. A)	6. B)	7. C)
8. B)	9. D)	10. C)	11. B)	12. B)	13. C)	14. B)
15. B)	16. D)	17. A)	18. B)	19. C)	20. A)	21. C)
22. D)	23. C)	24. A)	25. D)	26. B)	27. B)	28. A)
29. A)	30. B)	31. A)	32. B)	33. A)	34. B)	35. B)
36. B)	37. D)	38. D)	39. B)	40. A)	41. B)	42. A)
43. C)	44. C)	45. A)	46. B)	47. D)	48. D)	49. D)
50. D)	51. C)	52. C)	53. A)	54. A)	55. D)	56. C)
57. A)	58. D)	59. B)	60. D)	61. B)	62. A)	63. D)
64. C)	65. B)	66. C)	67. C)	68. A)	69. B)	70. C)
71. B)	72. A)	73. B)	74. D)	75. A)	76. B)	77. D)
78. D)	79. A)	80. C)	81. B)	82. D)	83. A)	84. B)
85. B)	86. C)	87. D)	88. A)	89. B)	90. D)	91. A)
92. A)	93. C)	94. D)	95. C)	96. D)	97. B)	98. A)
99. D)	100. D)	101. A)	102. B)	103. C)	104. B)	105. A)
106. B)	107. C)	108. A)	109. D)	110. D)	111. A)	112. B)
113. D)	114. C)	115. C)	116. B)	117. A)	118. C)	119. C)
120. D)	121. C)	122. B)	123. A)	124. D)	125. B)	126. D)
127. C)	128. D)	129. D)	130. D)	131. D)	132. B)	

3.3.2　填空题

1. 实体完整性　　域完整性　　参照完整性
2. 候选索引　　普通索引
3. 单索引文件　　　复合索引文件
4. 6
5. 多对多
6. 索引关键字
7. 内部联接　　　内部联接
8. 数据库
9. 表　　视图
10. 表　　查询
11. ZAP
12. APPEND
13. REMOVE
14. INSERT BEFORE
15. .QPR
16. 数据库
17. 主
18. .DBF
19. .CDX　　　结构复合索引
20. .DBC　　　DBF

21．MODIFY

22．查询

23．插入

24．SELECT 0

25．规则

26．32 767

27．数值

28．视图

29．完全联接

30．4 1

31．通用

32．远程视图

33．"字段"

34．工作区

35．表结构

第4章 查　询

4.1　单项选择题

1. 在 SQL 包含的功能中,最重要的功能是_____。

A) 数据查询　　　　　B) 数据操纵　　　　　C) 数据定义　　　　　D) 数据控制

2. 使用 SQL 语言有两种方式,它们是_____。

A) 菜单式和交互式　　　　　　　　　　　B) 嵌入式和程序式

C) 交互式和嵌入式　　　　　　　　　　　D) 命令式和解释式

3. SQL 的全部功能可以用 9 个动词概括,其中动词 INSERT 是属于下列_____功能。

A) 数据查询　　　　　B) 数据操纵　　　　　C) 数据定义　　　　　D) 数据控制

4. SQL 语言支持数据库的三级模式结构,其中模式对应于_____。

A) 存储文件　　　　　B) 视图　　　　　C) 基本表　　　　　D) 视图和基本表

5. 在创建数据表时,可以给字段规定 NULL 或 NOT NULL 值,NULL 值的含义是_____。

A) 0　　　　　B) 空格　　　　　C) NULL　　　　　D) 不确定

6. 在 SQL 的 ALTER 语句中,用于删除字段的子句是_____。

A) ALTER　　　　　B) DELETE　　　　　C) DROP　　　　　D) MODIFY

7. SQL 中的 INSERT 语句可以用于_____。

A) 插入一条记录　　　B) 插入一个字段　　　C) 插入一个索引　　　D) 插入一个表

8. 下列描述错误的是_____。

A) 用 SQL 的 INSERT 语句可以插入一条记录

B) 用 SQL 的 INSERT 语句可以插入多条记录

C) 使用 SQL 的 INSERT 语句可以插入记录的部分数据

D) 使用 SQL 的 INSERT 语句插入记录时,列名的排列顺序必须与表定义时的顺序一致

9. SQL 的 INSERT 语句中所使用的数据不能来自于_____。

A) 数组　　　　　B) 变量　　　　　C) 查询　　　　　D) 索引

10. SQL 中的 UPDATE 语句可以用于_____。

A) 更新数据表的结构　　B) 更新数据表的值　　　C) 更新索引　　　　　D) 更新查询

11. 下列描述错误的是_____。

A) SQL 中的 UPDATE 语句可以修改一条记录

B) SQL 中的 UPDATE 语句可以修改多条记录

C) SQL 中的 UPDATE 语句可以用子查询提供要修改的值

D) SQL 中的 UPDATE 语句可以修改子查询的结果

12. SQL 中的 DELETE 语句可以用于_____。

A）删除数据表的结构   B）删除数据表

C）删除数据表的记录   D）删除数据表的字段

13．在 SELECT 语句中，为了在查询结果中去掉重复记录，应使用_____项。

A）PERCENT   B）DISTINCT   C）TOP N   D）WITH TIES

14．为了在查询结果中只包含两个表中符合条件的记录，应使用_____联接类型。

A）INNER   B）LEFT   C）RIGHT   D）FULL

15．在 SQL-SELECT 语句中，要将查询结果保存在文本文件中的选项是_____。

A）INTO〈新表名〉   B）TO FILE〈文件名〉

C）TO PRINTER   D）TO SCREEN

16．在 SQL 查询时，使用 WHERE 子句提出的是_____。

A）查询目标   B）查询结果   C）查询条件   D）查询分组

17．在 SELECT 语句中，如果要对输出的记录进行排序，应使用_____项。

A）ORDER   B）GROUP   C）HAVING   D）TOP

18．在 SELECT 语句中，_____子句后可能带有 HAVING 短语。

A）ORDER   B）GROUP   C）WHERE   D）SELECT

19．在 SQL-SELECT 语句中，_____子句相当于关系中的投影运算。

A）WHERE   B）JOIN   C）FROM   D）SELECT

20．如果要选择分数在 70 分和 80 分之间的记录，_____是正确的。

A）分数>=70 AND <=80   B）分数 BETWEEN 70 AND 80

C）分数>=70 OR 分数<=80   D）分数 IN（70,80）

21．如果"学生"表中有"所在系"字段，要统计全校有多少个系，可以使用下列语句_____。

A）SELECT SUM（所在系）   B）SELECT SUM（DISTINCT 所在系）

C）SELECT COUNT（所在系）   D）SELECT COUNT（DISTINCT 所在系）

22．下列语句错误的是_____。

A）SELECT ＊ FROM 学生

B）SELECT 学号 AS 学生编号 FROM 学生

C）SELECT ALL FIELDS FROM 学生

D）SELECT DISTINCT 学号 FROM 选课

23．查询除教授和副教授以外的教师姓名，其 WHERE 子句为_____。

A）WHERE 职称 NOT BETWEEN "教授" AND "副教授"

B）WHERE 职称！="教授" AND "副教授"

C）WHERE 职称 NOT LIKE（"教授"，"副教授"）

D）WHERE 职称 NOT IN（"教授"，"副教授"）

24．在"选课"表中，找出成绩不为空的记录，应使用下列语句_____。

A）SELECT ＊ FROM 选课 WHERE 成绩 IS " "

B）SELECT ＊ FROM 选课 WHERE 成绩=0

C）SELECT ＊ FROM 选课 WHERE 成绩<>NULL

D）SELECT ＊ FROM 选课 WHERE 成绩 IS NOT NULL

25. 下列 COUNT 函数的用法错误的是＿＿＿＿＿＿＿。

A）COUNT（ALL）   B）COUNT（ ＊ ）

C）COUNT（成绩）   D）COUNT（DISTINCT 学号）

26. 要从"选课"表中统计每个学生选修的课程门数，应使用的 SQL－SELECT 语句是＿＿＿＿＿＿＿。

A）SELECT COUNT（ ＊ ）FROM 选课

B）SELECT COUNT（ ＊ ）FROM 选课 GROUP BY 学号

C）SELECT DISTINCT COUNT（ ＊ ）FROM 选课

D）SELECT DISTINCT COUNT（ ＊ ）FROM 选课 GROUP BY 学号

27. 要从"选课"表中查询选修了三门课程以上的学生学号，应使用的 SQL－SELECT 语句是＿＿＿＿＿＿＿。

A）SELECT 学号 FROM 选课 WHERE COUNT（ ＊ ）＞＝3

B）SELECT 学号 FROM 选课 HAVING COUNT（ ＊ ）＞＝3

C）SELECT 学号 FROM 选课 GROUP BY 学号 HAVING COUNT（ ＊ ）＞＝3

D）SELECT 学号 FROM 选课 GROUP BY 学号 WHERE COUNT（ ＊ ）＞＝3

28. 要从"学生"表中查询入校总分最高的 3 个学生的记录，应使用的 SQL－SELECT 语句是＿＿＿＿＿＿＿。

A）SELECT ＊ FROM 学生 ORDER BY 入校总分 ASC

B）SELECT ＊ FROM 学生 ORDER BY 入校总分 DESC

C）SELECT ＊ FROM 学生 TOP 3 ORDER BY 入校总分 ASC

D）SELECT ＊ FROM 学生 TOP 3 ORDER BY 入校总分 DESC

29. 在进行多表联接查询时，用＿＿＿＿＿＿＿表明联接的条件。

A）FOR 或 WHILE   B）FOR 或 WHERE

C）WHERE 或 ON   D）JOIN 或 ON

30. 查询选修课成绩在 80 分以上的女生姓名，使用＿＿＿＿＿＿＿语句。

A）SELECT 姓名 FROM 学生,选课 WHERE 学生.学号＝选课.学号

     OR 性别＝"女"AND 成绩＞＝80

B）SELECT 姓名 FROM 学生,选课 WHERE 学生.学号＝选课.学号

     AND 性别＝"女" OR 成绩＞＝80

C）SELECT 姓名 FROM 学生,选课 WHERE 学生.学号＝选课.学号

     OR 性别＝"女" OR 成绩＞＝80

D）SELECT 姓名 FROM 学生,选课 WHERE 学生.学号＝选课.学号

     AND 性别＝"女" AND 成绩＞＝80

31. 查询所有教师所讲授的课程，列出教师号、姓名和课程号，使用＿＿＿＿＿＿＿语句。

A）SELECT 教师.教师号,姓名,课程号 FROM 教师,授课

     WHERE 教师.教师号＝教师号

B）SELECT 教师.教师号,姓名,课程号 FROM 教师,授课

ON 教师.教师号＝授课.教师号

C）SELECT 教师.教师号,姓名,课程号 FROM 教师 INNER JION 授课

ON 教师.教师号＝授课.教师号

D）SELECT 教师.教师号,姓名,课程号 FROM 教师 INNER JION 授课

WHERE 教师.教师号＝授课.教师号

32. 查询"陈静"教师所讲授的课程,列出姓名和课程名,用＿＿＿＿＿＿＿＿语句。

A）SELECT 姓名,课程名 FROM 教师,授课 ,课程

WHERE 教师.教师号＝授课.教师号 AND 姓名＝"陈静"

B）SELECT 姓名,课程名 FROM 教师,授课 ,课程

WHERE 教师.教师号＝授课.教师号 AND 授课.课程号＝课程.课程号

AND 姓名＝"陈静"

C）SELECT 姓名,课程名 FROM 教师,授课,课程

WHERE 教师.教师号＝授课.教师号 AND 授课.教师号＝课程.课程号

AND 姓名＝"陈静"

D）SELECT 姓名,课程名 FROM 教师,授课,课程

WHERE 授课.课程号＝课程.课程号 AND 姓名＝"陈静"

33. 查询所有比"陈静"教师工资高的教师姓名及工资,使用下列语句:

SELECT X.姓名,X.工资 FROM 教师 AS X,教师 AS Y

WHERE X.工资>Y.工资 AND Y.姓名＝"陈静"

该语句使用的查询是＿＿＿＿＿＿＿＿。

A）内部联接查询　　　B）外部联接查询　　　C）自身联接查询　　　D）子查询

34. 查询与"陈静"教师职称相同的教师名,用＿＿＿＿＿＿＿＿语句。

A）SELECT 姓名 FROM 教师 WHERE 职称＝"陈静"

B）SELECT X.姓名 FROM 教师 AS X,教师 AS Y

WHERE X.职称＝Y.职称 WHERE Y.姓名＝"陈静"

C）SELECT 姓名 FROM 教师 WHERE 职称＝（SELECT 职称 FROM 教师

AND 姓名＝"陈静"）

D）SELECT 姓名 FROM 教师 WHERE 职称＝（SELECT 职称 FROM 教师

WHERE 姓名＝"陈静"）

35. 当子查询返回的值是一个集合时,＿＿＿＿＿＿＿＿不是在比较运算符和子查询中使用的量词。

A）REST　　　　　　　B）IN　　　　　　　　C）ALL　　　　　　　D）ANY

36. 查询讲授课程号为 C140 的教师姓名,错误的语句是＿＿＿＿＿＿＿＿。

A）SELECT 姓名 FROM 教师 WHERE（教师号＝ANY

（SELECT 教师号 FROM 授课 WHERE 课程号＝"C140"））

B）SELECT 姓名 FROM 教师 WHERE EXISTS（SELECT ＊ FROM 授课

WHERE 教师号＝教师.教师号 AND 课程号＝"C140"）

C）SELECT 姓名 FROM 教师,授课 WHERE 教师.教师号＝授课.教师号

AND 授课.课程号＝"C140"

D) SELECT 姓名 FROM 教师 WHERE(教师号 = ALL

(SELECT 教师号 FROM 授课 WHERE 课程号 = "C140"))

37. 查询其他系中比计算机系所有教师工资都高的教师姓名和工资,正确的语句是_____。

A) SELECT 姓名,工资 FROM 教师 WHERE 工资>ANY(SELECT 工资 FROM

教师 WHERE 所在系 = "计算机")AND 所在系<>计算机

B) SELECT 姓名,工资 FROM 教师 WHERE 工资>(SELECT MIN(工资) FROM

教师 WHERE 所在系 = "计算机")AND 所在系<>计算机

C) SELECT 姓名,工资 FROM 教师 WHERE 工资>ALL(SELECT 工资 FROM

教师 WHERE 所在系 = "计算机")AND 所在系<>计算机

D) SELECT 姓名,工资 FROM 教师 WHERE 工资>(SELECT MAX(工资) FROM

教师 WHERE 所在系 = "计算机"AND 所在系<>计算机)

38. 下列查询

SELECT 学号,SUM(成绩)AS 总分 FROM 选课

WHERE (学号 = "C1011101")GROUP BY 学号

UNION

SELECT 学号,SUM(成绩)AS 总分 FROM 选课

WHERE (学号 = "C1011102")GROUP BY 学号

使用的是_____。

A) 合并查询   B) 外部联接查询   C) 自身联接查询   D) 子查询

39. 下列_____不是 SQL 语言具有的功能。

A) 数据定义   B) 数据操纵   C) 数据分配   D) 数据查询

40. SQL 语言的核心是_____。

A) 建表   B) 查询   C) 汇总   D) 定义

41. DCL 是下列_____语言的简称。

A) 数据定义   B) 数据查询   C) 数据操纵   D) 数据控制

42. 视图和基本表对应于数据库三级模式中的_____。

A) 外模式   B) 模式   C) 内模式   D) 全部模式

43. 下列的完整性约束_____是唯一性约束。

A) CHECK   B) PRIMARY KEY   C) NULL/NOT NULL   D) UNIQUE

44. 使用下列_____约束,可以确保输入的值在指定的范围内。

A) CHECK   B) PRIMARY KEY

C) NULL/NOT NULL   D) FOREIGN KEY

45. 不属于数据定义功能的 SQL 语句是_____。

A) CREATE TABLE   B) CREATE CURSOR

C) UPDATE   D) ALTER TABLE

46. 在 SQL 的 ALTER 语句中_____子句用于增加字段的长度。

A) ADD   B) ALTER   C) MODIFY   D) DROP

47. SQL 的数据操纵语句不包括_____。

A）INSERT　　　　　B）ALTER　　　　　C）DELETE　　　　　D）UPDATE

48. 在使用命令 INSERT INTO〈表名〉〔（列名…）〕VALUE(〈值〉)时,下列描述错误的是_____。

A）SQL 的 INSERT 语句中列名的顺序可以与表定义时的列名顺序一致

B）SQL 的 INSERT 语句中列名的顺序可以与表定义时的列名顺序不一致

C）SQL 的 INSERT 语句中值的顺序可以与列名的顺序不一致

D）SQL 的 INSERT 语句中值的顺序必须与列名的顺序一致

49. SQL 中的 UPDATE 语句的功能是_____。

A）定义数据　　　B）修改数据　　　C）查询数据　　　D）删除数据

50. SQL 中的 ALTER 语句的功能是_____。

A）增加数据表　　　B）修改数据表　　　C）查询数据表　　　D）删除数据表

51. 下列描述错误的是_____。

A）SQL 中的 DELETE 语句可以删除一条记录

B）SQL 中的 DELETE 语句可以删除多条记录

C）SQL 中的 DELETE 语句可以用子查询选择要删除的行

D）SQL 中的 DELETE 语句可以删除子查询的结果

52. 创建数据表,使用_____。

A）CREATE　　　　　B）ALTER　　　　　C）ADD　　　　　D）MODIFY

53. SQL-SELECT 语句可以用于多表查询,其中的数据表联接类型有四种,下列_____项代表内部联接。

A）INNER　　　　　B）LEFT　　　　　C）RIGHT　　　　　D）FULL

54. 用 SQL-SELECT 语句查询"学生"表中所有学生的姓名中,使用的是下列_____项。

A）投影查询　　　B）条件查询　　　C）分组查询　　　D）查询排序

55. 在 SQL-SELECT 语句中,要将查询结果保存数据表中的选项是_____。

A）INTO〈新表名〉　　B）TO FILE〈文件名〉　　C）TO PRINTER　　D）TO SCREEN

56. 在 SQL-SELECT 语句中_____函数不能使用。

A）AVE　　　　　B）COUNT　　　　　C）SUM　　　　　D）EOF

57. 用 SQL-SELECT 语句中,统计女生的人数使用_____函数。

A）AVE　　　　　B）COUNT　　　　　C）SUM　　　　　D）MAX

58. 下列描述错误的是_____。

A）SQL-SELECT 语句可以为输出的字段重新命名

B）SQL-SELECT 语句可以为输出的记录进行排序

C）SQL-SELECT 语句不能重新指定列的顺序

D）SQL-SELECT 语句不能省略 FROM 子句

59. 下列描述错误的是_____。

A）SQL-SELECT 语句可以将查询的结果追加到已有的数据表

B）SQL-SELECT 语句可以将查询的结果输出到一个新的数据表

C) SQL-SELECT 语句可以将查询的结果输出到一个文本文件中

D) SQL-SELECT 语句可以将查询的结果输出到屏幕

60. 下列运算符中，_____属于字符匹配。

A）! =　　　　　　B）BETWEEN　　　　　C）IN　　　　　　D）LIKE

61. 为了在"选课"表中查询选修了"C140"和"C160"课程的学号，SQL-SELECT 语句的 WHERE 子句的格式为_____。

A）WHERE 课程号 BETWEEN "C140" AND "C160"

B）WHERE 课程号 ="C140" AND "C160"

C）WHERE 课程号 IN（"C140","C160"）

D）WHERE 课程号 LIKE（"C140","C160"）

62. 在下列函数中，可以对字符型字段进行计算的是_____。

A）SUM　　　　　　B）COUNT　　　　　C）AVG　　　　　　D）MAX

63. 下列不正确的搭配是_____。

A）COUNT(学号)与 DISTINCT　　　　　B）COUNT(课程号)与 DISTINCT

C）COUNT(教师号)与 DISTINCT　　　　　D）COUNT（＊）与 DISTINCT

64. 统计选课门数在两门以上学生的学号，SQL-SELECT 语句为_____。

A）SELECT 学号 FROM 选课 HAVING COUNT（＊）>=2

B）SELECT 学号 FROM 选课 GROUP BY 学号 HAVING COUNT（＊）>=2

C）SELECT 学号 FROM 选课 WHERE COUNT（＊）>=2

D）SELECT 学号 FROM 选课 GROUP BY 学号 WHERE COUNT（＊）>=2

65. 查询选修了课程号为"C140"的课程的学生学号和成绩，并按成绩降序排列，SQL-SE-LECT 语句为_____。

A）SELECT 学号,成绩 FROM 选课 WHERE 课程号 ="C140"

　　　ORDER BY 成绩 DESC

B）SELECT 学号,成绩 FROM 选课 WHERE 课程号 ="C140"

　　　GROUP BY 成绩 DESC

C）SELECT 学号,成绩 FROM 选课 WHERE 课程号 ="C140"

　　　ORDER BY 成绩 GROUP BY 学号 DESC

D）SELECT 学号,成绩 FROM 选课 WHERE 课程号 ="C140"

　　　ORDER BY 学号 DESC

66. 要显示两个表中所有符合条件和不符合条件的记录行，使用下列_____语句。

A）INNER JOIN　　　B）LEFT JOIN　　　C）RIGHT JOIN　　　D）FULL JOIN

67. 当 JOIN 前的联接类型默认时，是指_____。

A）INNER JOIN　　　B）LEFT JOIN　　　C）RIGHT JOIN　　　D）FULL JOIN

68. 查询比王力同学入校总分高的学生姓名和入校总分，SQL-SELECT 语句为_____。

A）SELECT 姓名,入校总分 FROM 学生 WHERE 入校总分>

　　　（入校总分 WHERE 姓名 ="王力"）

B）SELECT 姓名,入校总分 FROM 学生 WHERE 入校总分>

（SELECT 入校总分 FOR 姓名＝"王力"）

C）SELECT X.姓名,X.入校总分 FROM 学生 AS X,学生 AS Y

WHERE X.入校总分>Y.入校总分 AND Y.姓名="王力"

D）SELECT 姓名,入校总分 FROM 学生 WHERE 入校总分 IN

（SELECT 入校总分 WHERE 姓名="王力"）

69. 当子查询返回的值是一个集合时,下列_____可以完全代替 ANY。

A）EXISTS   B）IN   C）ALL   D）BETWEEN

70. 查询比所有女生入校总分高的男生姓名和入校总分,正确的语句是_____。

A）SELECT 姓名,入校总分 FROM 学生 WHERE（入校总分>ANY

（SELECT 入校总分 FROM 学生 WHERE 性别="女生"））AND 性别="男"

B）SELECT 姓名,入校总分 FROM 学生 WHERE（入校总分>

（SELECT MIN（入校总分）FROM 学生 WHERE 性别="女生"））AND 性别="男"

C）SELECT 姓名,入校总分 FROM 学生 WHERE（入校总分>ALL

（SELECT 入校总分 FROM 学生 WHERE 性别="女生"））AND 性别="男"

D）SELECT 姓名,入校总分 FROM 学生 WHERE（入校总分>

（SELECT MAX（入校总分）FROM 学生 WHERE 性别="女生" AND 性别="男"）

71. 查询没有讲授课程号为"C140"的课程的教师姓名,错误的语句是_____。

A）SELECT 姓名 FROM 教师 WHERE（教师号<>ANY

（SELECT 教师号 FROM 授课 WHERE 课程号="C140"））

B）SELECT 姓名 FROM 教师 WHERE NOT EXISTS（SELECT ＊ FROM 授课

WHERE 教师号＝教师.教师号 AND 课程号="C140"）

C）SELECT 姓名 FROM 教师 WHERE NOT IN（SELECT ＊ FROM 授课

WHERE 教师号＝教师.教师号 AND 课程号="C140"）

D）SELECT 姓名 FROM 教师 WHERE（教师号 NOT ALL

（SELECT 教师号 FROM 授课 WHERE 课程号="C140"））

72. SQL 的操纵语句不包括_____。

A）INSERT   B）UPDATE   C）DELETE   D）CHANGE

73. SQL 语句中条件短语的关键字是_____。

A）WHERE   B）FOR   C）WHILE   D）CONTINUE

74. SQL 语句中修改表结构的命令是_____。

A）MODIFY TABLE   B）MODIFY STRUCTURE

C）ALTER TABLE   D）ALTER STRUCTURE

75. SQL 语句中删除表的命令是_____。

A）DROP TABLE   B）DELETE TABLE   C）ERASE TABLE   D）DELETE DBF

76. SQL 语句中 UPDATE 命令的功能是_____。

A）删除表中的数据   B）更新表中的数据

C）在表中插入一条新记录   D）修改表的结构

77. 在 SQL 的查询语句中,相当于实现关系的选择操作的语句是_____。

A) SELECT   B) FROM   C) WHERE   D) GROUP

78. 在 SQL 中,要将查询的结果输出到数组中,选择使用的子句是_____。

A) INTO ARRAY   B) INTO TABLE   C) INTO CURSOR   D) INTO FILE

79. 标准 SQL 基本查询模块的结构是_____。

A) SELECT…WHERE…ORDER BY   B) SELECT…WHERE…HAVING

C) SELECT…FROM…ORDER BY   D) SELECT…FROM…WHERE

80. 下列关于 SQL 的说法,不正确的选项是_____。

A) 在很多关系型数据库管理系统中都采用了 SQL 语言标准

B) SQL 只能用于数据查询

C) SQL 除了用于查询信息外,还可用于定义数据、操纵数据、控制数据等

D) SQL 既可交互式使用,也可嵌入到其他程序中使用

81. DELETE FROM S WHERE 年龄>60 语句的功能是_____。

A) 从 S 表中彻底删除年龄大于 60 岁的人员记录

B) 为 S 表中年龄大于 60 岁的人员记录加上删除标记

C) 删除 S 表

D) 删除 S 表的"年龄"字段

82. 下列_____是 SQL 语言的缩写。

A) STRUCTURE QUERY LANGUARE

B) STANDARD QUERY LANGUARE

C) SELECT QUERY LANGUARE

D) 以上都不是

83. 如果"学生"表是使用如下的 SQL 语句创建的:

  CREATE TABLE 学生(学号 C(4) PRIMARY KEY NOT NULL,

    姓名 C(8),性别 C(2),年龄 N(2) CHECK(AGE>15 AND AGE<30)

则下面的 SQL 语句可以正确执行的是_____。

 A) INSERT INTO 学生(学号,性别,年龄) VALUE("S9","男",18)

 B) INSERT INTO 学生(姓名,性别,年龄) VALUE("张文","男",20)

 C) INSERT INTO 学生(性别,年龄) VALUE("男",20)

 D) INSERT INTO 学生(学号,性别,年龄) VALUE("S9","张文",16)

84. 在 SQL 语句中用于分组的语句是_____。

A) MODIFY   B) ORDER BY   C) GROUP BY   D) SUM

85. 下面关于 HAVING 短语的描述,错误的是_____。

A) HAVING 子句必须与 GROUP BY 子句同时使用,不能单独使用

B) 使用 HAVING 子句的同时不能使用 WHERE 子句

C) 使用 HAVING 子句的同时可以使用 WHERE 子句

D) 使用 HAVING 子句的作用是限定分组的条件

86. 使用 SQL 语句进行分组查询时,如果要去掉不满足条件的分组,应当_____。

A) 使用 WHERE 子句

B）在 GROUP BY 后面使用 HAVING 子句

C）先使用 WHERE 子句，再使用 HAVING 子句

D）先使用 HAVING 子句，再使用 WHERE 子句

87. CREATE TABLE 命令在建立表的同时还可以_____。

A）建立索引   B）建立约束条件

C）定义默认值   D）以上全部都可以

88. 以下列出的是 SQL 可以进行的连接操作，其中错误的是_____。

A）左联接和右联接   B）前联接和后联接

C）完全联接   D）自身联接

89. 在 SQL 的 ALTER TABLE 命令中要删除表的一列（字段），应包括短语_____。

A）DROP FIELD   B）DROP COLUMN

C）DELETE FIELD   D）DELETE COLUMN

90. 以下关于量词叙述正确的是_____。

A）ANY 和 SOME 是同义词   B）ANY 和 ALL 是同义词

C）ALL 和 SOME 是同义词   D）以上三种说法都不对

91. 对下列命令描述正确的是_____。

     SELECT * FROM 职工 ORDER BY 工资

A）查询所有表中"职工"字段的工资值

B）查询"职工"表中的"工资"字段值

C）查询"职工"表中所有的内容，按工资排序

D）查询"职工"表中所有的内容，按工资分组

92. 对下列命令描述正确的是_____。

     SELECT 系名,MAX(工资) FROM 职工 GROUP BY 系名

A）查询"职工"表中的最高工资

B）查询"职工"表中的最高工资，并按系名进行升序排序

C）查询"职工"表中所最高工资，并按系名进行降序排序

D）查询"职工"表中每个系的最高工资

93. 下列查询是_____。

    SELECT 姓名,职称 FROM 职工 WHERE 职称 = ；

     （SELECT 职称 FROM 职工 WHERE 姓名 = "张文"）

A）多表联接查询   B）自身联接查询

C）嵌套查询   D）分组查询

94. 将"学生"表中的"姓名"字段的长度由 8 改为 10，应使用 SQL 语句_____。

A）ALTER TABLE 学生 姓名 WITH C(10)

B）ALTER TABLE 学生 姓名 C(10)

C）ALTER TABLE 学生 ALTER 姓名 C(10)

D）ALTER TABLE 学生 MODIFY 姓名 C(10)

95. 以下 SQL 命令的作用是_____。

DROP TABLE 学生

A）删除数据库"学生"   B）删除数据表"学生"

C）删除 DBC 文件   D）操作错误

96．下列_____为默认值。

A）左联接   B）右联接   C）内部联接   D）完全联接

97．下列 SQL 命令的含义是_____。

      SELECT 课程号，AVG（成绩）FROM 选课；

           GROUP BY 课程号 HAVING AVG（成绩）>＝60

A）在"选课"表中查询平均成绩在 60 分以上的学号和平均成绩

B）在"选课"表中查询平均成绩在 60 分以上的课程号和平均成绩

C）在"选课"表中查询平均成绩在 60 分以上的课程号和平均成绩并按课程号排序

D）在"选课"表中查询平均成绩在 60 分以上的课程号和平均成绩并按成绩排序

98．下列 SQL 命令的含义是_____。

      SELECT DISTINCT 学号 FROM 教学！选课

A）在"教学"表和"选课"表中查询所有的学生学号

B）在"教学"表和"选课"表中查询选有课程的学生学号

C）在"教学"数据库中的"选课"表中查询所有的学生学号

D）在"教学"数据库中的"选课"表中查询选有课程的学生学号

99．查询结果默认的输出是_____。

A）浏览   B）表   C）屏幕   D）临时表

4.2 填空题

1．当要对基本表中的多个列一起约束时，应使用_____。

2．FOREIGN KEY 约束的作用是指定某一个列或一组列作为_____。

3．在创建"学生"表时，要将"学号"字段定义为 8 个字符长度，且为主键，其列定义为_____。

4．如果一个查询需要对多个表进行操作，这种查询称为_____。

5．要在一个数据表中添加完整性约束定义，应使用 ALTER 语句中的_____子句。

6．使用下列命令格式

      INSERT INTO ＜表名＞［（列名…）］VALUE（＜值＞）

向表中插入数据，如果没有指定列名，则新插入的记录要求在每个属性列上都_____。

7．在"选课"表中插入一条选课记录，其中只给"学号"和"课程号"赋予了值，"成绩"字段没有赋值，这时"成绩"字段的值为_____。

8．查询选修了 C120、C140、C150、C160 课程的学生学号、课程号和成绩，查询结果按学号升序排列，学号相同再按成绩降序排列。试对下列的 SQL-SELECT 语句填空。

      SELECT 学号，课程号，成绩 FROM 选课；

           WHERE 课程号 IN（"C120"，"C140"，"C150"，"C160"）；

ORDER BY 学号, _____

9. 插入一条记录到"课程"表,该条记录的课程号为 C170,课程名为办公自动化,课时为 50。试对下列的 SQL-SELECT 语句填空。

_____课程 VALUES ("C170","办公自动化",50)

10. 将"教师"表中工资小于或等于 1 000 元的讲师的工资提高 20%,试对下列的 SQL-SE-LECT 语句填空。

UPDATE 教师 _____ WHERE(职称="讲师") AND (工资<=1000)

11. 在"学生"表中,删除所有入校总分在 550 分以下的学生记录,其 SQL 语句为_____。

12. 在"授课"表中,删除所有教师的授课记录,其 SQL 语句为_____。

13. 用 SQL-SELECT 语句查询学生的基本情况,如果要使"学生"表中"入校总分"字段在查询结果中的标题为"高考分数",其对应的子句为_____。

14. 如果在 SQL-SELECT 语句中使用了 TOP 子句,必须同时使用_____子句。

15. WHERE 子句和_____子句都是用于筛选记录的,但作用对象不同。

16. 在"教师"表中查询工资不在 1 500 ~ 2 000 之间的教师姓名,试对下列的 SQL-SELECT 语句填空。

WHERE 工资 NOT _____

17. 在"学生"表中查询所有姓"张"的学生记录。试对下列的 SQL-SELECT 语句填空。

WHERE 姓名 _____

18. 在"选课"表中查询没有成绩的学生学号和课程号,其 SQL-SELECT 语句中的 WHERE 子句应为_____。

19. 在"选课"表中统计有成绩的记录数。试对下列的 SQL-SELECT 语句填空。

SELECT _____ FROM 选课

20. 在"教师"表中统计职称为教授的人数。试对下列的 SQL-SELECT 语句填空。

SELECT _____ FROM 教师 WHERE 职称 = "教授"

21. 求选课在三门以上且各门课程均及格的学生的学号及总成绩,查询结果按总成绩降序排列。试对下列的 SQL-SELECT 语句填空。

SELECT 学号,SUM(成绩)AS 总成绩 FROM 选课表;

WHERE 成绩>=60 _____ ORDER BY SUM(成绩)DESC

22. 用子查询的方式查询与"陈静"教师职称相同的教师姓名、性别及职称。试对下列的 SQL-SELECT 语句填空。

SELECT 姓名,性别,职称 FROM 教师 WHERE 职称 = _____

23. 查询比任何一个男生入校总分高的女生姓名和入校总分。试对下列的 SQL-SELECT 语句填空。

SELECT 姓名,入校总分 FROM 学生 WHERE _____;

(SELECT 入校总分 FROM 学生 WHERE 性别="男");

AND 性别 = "女"

24. 查询比所有男生的入校总分都高的女生姓名和入校总分。试对下列的 SQL-SELECT 语句填空。

SELECT 姓名,入校总分 FROM 学生 WHERE _____ ;

    (SELECT 入校总分 FROM 学生 WHERE 性别 = "男") ;

    AND 性别 = "女"

25. 查询学生的学号和总分,并将结果存入一个新数据表"总分"表。试对下列的 SQL-SE-LECT 语句填空。

    SELECT 学号,SUM(成绩)AS 总分 INTO 总分;

    FROM 选课_____

26. SQL 语言既是一种交互式语言,又是一种_____语言。

27. 在"学生"表中输入的记录大部分是男生的记录,为了节省输入数据的时间,可以在创建数据表时为"性别"字段定义_____值。

28. 在创建数据表时,如果要将字段的输入值限定在某个区域,应使用_____约束。

29. 在创建"教师"表时,要将"教师号"字段定义为 5 个字符长度,不能为空,且为主键,应定义为_____。

30. 在 SQL 中,删除数据表的语句是_____。

31. 对于已创建好的数据表,如果要取消一项约束,应使用 ALTER 语句中的_____子句。

32. 用 INSERT 语句插入数据时,可以利用表达式、同名内存变量、数组和_____。

33. 给"教师"表中的每个教师的工资增加 50 元。试对下列的 SQL-SELECT 语句填空。

    UPDATE 教师_____

34. 在"选课"表中,查询平均成绩在 80 分以上(含 80 分)的学生的学号和平均成绩(输出列标题为学号、平均成绩)。试对下列的 SQL-SELECT 语句填空。

    SELECT 学号,AVG(成绩)AS 平均成绩 FROM 选课 GROUP BY 学号_____

35. 在 SQL-SELECT 中,用_____子句指定查询分组的条件。

36. 在 SQL-SELECT 中,多表的联接条件和记录的筛选条件都可以用_____子句来指定。

37. 在 SQL-SELECT 中,用_____子句来指定输出记录的百分比。

38. 为了输出入校总分前三名的学生,在 SQL-SELECT 中,要用 TOP 子句和_____子句。

39. 查询"教师"表中的全部信息,使用_____语句。

40. 在"选课"表中,查询选修了课程的学生学号。试对下列的 SQL-SELECT 语句填空。

    SELECT _____ 学号 FROM 选课

41. 要求输出入校总分前三名的学生姓名和入校总分。试对下列的 SQL-SELECT 语句填空。

    SELECT _____ 姓名,入校总分 FROM 学生 ORDER BY 入校总分

42. 在"学生"表中查询女三好生记录,其 SQL-SELECT 语句中的 WHERE 子句应为_____。

43. 在"选课"表中,求学号为"S0201108"的学生的总分和平均分,并在查询的结果中以"总分"和"平均分"为列标题输出。试对下列的 SQL-SELECT 语句填空。

    SELECT SUM(成绩)AS 总分,_____ AS 平均分 FROM 选课;

    WHERE 学号 = "S0201108"

44. 统计"选课"表中有多少门课(代表课程的字段为"课程号")。试对下列的 SQL-SE-

LECT 语句填空。

       SELECT _____ FROM 选课

45. 在"授课"表中,查询各位教师的教师号及其任课的门数。试对下列的 SQL-SELECT 语句填空。

       SELECT 教师号,COUNT(∗)FROM 授课_____

46. SQL 语句中空值用_____表示。

47. 在 SQL 的 CREATE TABLE 语句中,为属性说明取值范围(约束)的是_____。

48. 在 SQL 的嵌套查询中,量词 ANY 和_____是同义词。

49. 在"教师"表中,计算工资合计的 SQL 语句是:

       SELECT _____ FROM 教师

50. SQL 中的语句 JOIN…ON 对应查询设计器的_____选项卡。

51. SQL 中的语句_____对应查询设计器的"筛选"选项卡。

52. SQL 中的语句 ORDER BY 对应查询设计器的_____选项卡。

53. SQL 中的语句_____对应查询设计器的"分组依据"选项卡。

54. SQL 中的语句 SELECT 对应查询设计器的_____选项卡。

55. SQL 中的子句 HAVING 应在查询设计器的_____选项卡中设置。

56. SQL 支持集合的_____运算,运算符是 UNION。

57. SQL 中的 UNION 运算要求参加运算的两个查询结果必须有相同的字段_____。

58. SQL 中的 DELETE 命令是逻辑_____记录。

59. SQL-SELECT 语句为了将查询结果存放到永久表中,应使用_____短语。

60. SQL-SELECT 语句为了将查询结果存放到临时表中,应使用_____短语。

61. SQL-SELECT 语句为了将查询结果存放到文本文件中,应使用_____短语。

62. SQL-SELECT 语句为了将查询结果存放到数组中,应使用_____短语。

63. CREATE TABLE 语句中用于说明字段_____的短语是 CHECK。

64. CREATE TABLE 语句中用于说明默认值的短语是_____。

65. CREATE TABLE 语句中用于说明主关键字的短语是_____。

66. SQL 的操纵语句包括 DELETE、UPDATE 和_____。

67. SQL-SELECT 语句中要对查询结果的记录计数,应使用_____函数。

68. 在 ALTER TABLE 命令中,用于删除字段的短语是_____。

69. 生成一个按工资升序排序的"教师工资"表。试对下列的 SQL-SELECT 语句填空。

       SELECT ∗ FROM 工资_____ ORDER BY 工资

70. 下列 SQL 语句的作用是统计出"教师"表中的_____。

       SELECT MIN(工资)INTO ARRAY S FROM 教师表

71. 使用 SQL 语句将所有不及格学生的成绩提高 10%。试对下列的 SQL-SELECT 语句填空。

       UPDATE 成绩 SET 成绩=成绩∗1.10 _____成绩<60

72. 求每种商品的平均单价。试对下列的 SQL-SELECT 语句填空。

       SELECT 商品名称,AVE(单价)FROM 商品_____

112

73. 查询学号中第 5～6 位的字符是"01"的学生记录。试对下列的 SQL-SELECT 语句填空。

    SELECT ∗ FROM 学生 _____

74. 统计只有 10 名以下的学生选修的课程。试对下列的 SQL-SELECT 语句填空。

    SELECT 课程名称 FROM 选课,课程;

        WHERE 选课.课程号 = 课程.课程号;

        GROUP BY 选课.课程号 _____

75. 查询目前年龄是 20 岁的学生记录。试对下列的 SQL-SELECT 语句填空。

    SELECT ∗ FROM 学生 WHERE _____

76. 查询每个学生选修的课程。试对下列的 SQL-SELECT 语句填空。

    SELECT 学号,姓名,课程号,课程名 FROM 学生,选课,课程;

        WHERE _____

77. 查询与"张红"在同一个系学习的学生。试对下列的 SQL-SELECT 语句填空。

    SELECT 学号,姓名,系名 FROM 学生 WHERE _____;

    （SELECT 系名 FROM 学生 WHERE 姓名 = "张红"）

78. 查询其他系中比计算机系某一个教师工资低的教师姓名和职称。试对下列的 SQL-SE-LECT 语句填空。

    SELECT 姓名,职称 FROM 教师 WHERE _____;

    （SELECT 工资 FROM 教师 WHERE 系名 = "计算机"）;

        AND 系名<>"计算机"

79. 查询其他系中比计算机系所有教师工资高的教师姓名和职称。试对下列的 SQL-SE-LECT 语句填空。

    SELECT 姓名,职称 FROM 教师 WHERE _____;

    （SELECT 工资 FROM 教师 WHERE 系名 = "计算机"）;

        AND 系名<>"计算机"

80. 查询所有选修了课程号为"C120"课程的学生姓名。试对下列的 SQL-SELECT 语句填空。

    SELECT 姓名 FROM 学生 WHERE _____;

    （SELECT ∗ FROM 选课 WHERE 学生.学号 = 选课.学号;

    AND 课程号 = "C120"）

4.3　参考答案

4.3.1　单项选择题

1. A)	2. C)	3. B)	4. C)	5. D)	6. C)	7. A)
8. D)	9. D)	10. B)	11. D)	12. C)	13. B)	14. A)
15. B)	16. C)	17. A)	18. B)	19. D)	20. B)	21. D)
22. C)	23. D)	24. D)	25. A)	26. C)	27. C)	28. D)
29. C)	30. D)	31. C)	32. B)	33. C)	34. D)	35. A)

36. D)	37. C)	38. A)	39. C)	40. B)	41. D)	42. A)
43. D)	44. A)	45. C)	46. B)	47. B)	48. C)	49. B)
50. B)	51. D)	52. A)	53. A)	54. A)	55. A)	56. D)
57. B)	58. C)	59. A)	60. D)	61. C)	62. B)	63. D)
64. B)	65. A)	66. D)	67. A)	68. D)	69. B)	70. C)
71. D)	72. D)	73. A)	74. C)	75. A)	76. B)	77. C)
78. A)	79. D)	80. B)	81. B)	82. A)	83. A)	84. D)
85. B)	86. B)	87. D)	88. B)	89. B)	90. A)	91. C)
92. D)	93. C)	94. C)	95. B)	96. C)	97. B)	98. D)
99. A)						

4.3.2 填空题

1. 表约束

2. 外部键

3. 学号 CHAR(8) PRIMARY KEY

4. 联接查询

5. ADD

6. 有值

7. NULL

8. 成绩 DESC

9. INSERT INTO

10. SET 工资=1.2*工资

11. DELETE FROM 学生 WHERE 入校总分<=550

12. DELETE FROM 授课

13. 入校总分 AS 高考分数

14. ORDER

15. HAVING

16. BETWEEN 1500 AND 2000

17. LIKE "张%"

18. WHERE 成绩 IS NULL

19. COUNT(成绩)

20. COUNT(*)

21. GROUP BY 学号 HAVING (COUNT(*)>=3)

22. (SELECT 职称 FROM 教师 WHERE 姓名="陈静")

23. 入校总分>ANY

24. 入校总分>ALL

25. GROUP BY 学号

26. 嵌入式

27. DEFAULT|默认

28. CHECK

29. 教师号 CHAR(5) NOT NULL PRIMARY KEY

30. DROP

31. DROP

32. 子查询

33. SET 工资=工资+50

34. HAVING AVG(成绩)>=80

35. HAVING

36. WHERE

37. PERCENT

38. ORDER

39. SELECT * FROM 教师

40. DISTINCT

41. TOP 3

42. WHERE 性别="女" AND 三好生

43. AVG(成绩)

44. COUNT(DISTINCT 课程号)

45. GROUP BY 教师号

46. NULL

47. CHECK

48. SOME

49. SUM(工资)

50. "联接"
51. WHERE
52. "排序依据"
53. GROUP BY
54. "字段"
55. "分组依据"
56. 并
57. 个数
58. 删除
59. INTO TABLE（或 INTO DBF）
60. INTO CURSOR
61. TO FILE
62. INTO ARRAY
63. 约束规则
64. DEFAULT
65. PRIMARY KEY
66. INSERT
67. COUNT
68. DROP COLUMN
69. INTO TABLE（或 INTO DBF）教师工资
70. 最低工资并将结果存入数组 S
71. WHERE
72. GROUP BY 商品名称
73. WHERE SUBSTR（学号,5,2）= "01"
74. HAVING COUNT（ * ） < = 10
75. YEAR（DATE（ ））－YEAR（出生日期）= 20
76. 学生. 学号 = 选课. 学号 AND 选课. 课程号 = 课程. 课程号
77. 系名 IN（或 =）
78. 工资<ANY
79. 工资>ALL
80. EXISTS

第 5 章   程 序 设 计

5.1   单项选择题

1. 执行以下命令后，内存变量 X 的类型是_____。

   ACCEPT "输入 X 的值:" TO X

   A）数值型　　　　　B）逻辑型　　　　　C）任意型　　　　　D）字符型

2. 当 FOR…ENDFOR 语句的初值大于终值时，其步长的值只能是_____。

   A）正数　　　　　　B）负数　　　　　　C）任意数　　　　　D）初值不能大于终值

3. 用于建立、修改、运行和打印.PRG 文件的 Visual FoxPro 命令依次是_____。

   A）CREATE、MODIFY、DO 和 TYPE

   B）MODIFY COMM、MODIFY COMM、RUN 和 TYPE

   C）MODIFY COMM、MODIFY COMM、RUN 和 TYPE

   D）MODIFY COMM、MODIFY COMM、DO 和 TYPE

4. 下列结构语句中，可以使用 LOOP 和 EXIT 语句的是_____。

   A）TEXT…ENDTEXT　　　　　　B）DO WHILE…ENDDO

   C）IF…ENDIF　　　　　　　　　D）DO CASE…ENDCASE

5. 计算机等级考试的查分程序如下：

   USE 考试成绩表

   ACCEPT "请输入准考证号:" TO NUM

   LOCATE FOR 准考证号 = NUM

   IF _____

   　?"没有此考生。"

   ELSE

   　? 姓名, "成绩:"+STR(成绩,3,0)

   ENDIF

   A）EOF( )　　　　B）.NOT. EOF( )　　C）BOF( )　　　　D）.NOT.

6. 以下程序将会出错的语句是_____。

   CLEAR

   USE STUDENT

   信息 = "请输入学生姓名:"

   @10,20 SAY 信息 GET xm

   READ

   …

   A）信息 =…　　　B）SAY 信息　　　C）GET xm　　　D）READ

7. 以下程序运行的结果是_____。

```
f=0
DO JCH WITH 5,f
?"f=",f
PROC JCH
PARAMETERS n,fac
m=1
fac=1
DO WHILE m<n
   fac=fac*m
   m=m+1
ENDDO
RETU
```

A）150   B）90   C）60   D）24

8. 查找"学生登记表"中入校总分最高的学生并显示其学号、姓名和入校总分信息,试将程序补充完整。

```
USE 学生登记表
GO TOP
xh=学号
xm=姓名
fs=入校总分
DO WHILE .NOT. EOF( )
   _____
   IF _____
      xh=学号
      xm=姓名
      fs=入校总分
   ENDIF
ENDDO
CLEAR
? xh,xm,fs
```

A）SKIP;fs>入校总分   B）CONT;fs>入校总分
C）SKIP;fs<入校总分   D）CONT;fs<入校总分

9. 建立一个程序文件的命令是_____。
A）MODIFY COMM <程序文件名>   B）DO <程序文件名>
C）EDIT <程序文件名>   D）CREATE <程序文件名>

10. 假设有一个程序文件 WIN.PRG,执行该程序的命令是_____。
A）OPEN WIN.PRG   B）DO WIN.PRG
C）USE WIN.PRG   D）CREATE WIN.PRG

11. Visual FoxPro 输入语句中只能接收数值数据的语句是_____。

A）？ B）WAIT C）ACCEPT D）INPUT

12. Visual FoxPro 程序设计语句的三种基本结构是_____。

A）顺序结构、分支结构和子程序 B）顺序结构、分支结构和过程

C）分支结构、循环结构和顺序结构 D）常量、变量和数组

13. 下列各表达式中能作为<条件>的是_____。

A）x+12 * b B）ABS（x+12） C）"张" $ 姓名 D）EOF（ ）= . F.

14. 在 DO WHILE…ENDDO 循环结构中，EXIT 命令的作用是_____。

A）终止循环，程序转移到 ENDDO 后面的第一条语句

B）转移到 DO WHILE 语句行，开始下一个判断

C）退出过程，返回程序开始处

D）终止程序执行

15. 数据表 stock 的内容如下，执行下列程序以后，内存变量 a 的内容是_____。

股票代码	股票名称	单价	交易所
600600	青岛啤酒	7.48	上海
600601	方正科技	15.20	上海
600603	兴业房产	9.76	上海
000001	深发展	10.00	深圳
000002	深万科	12.50	深圳

```
a = 0
USE stock
GO TOP
DO WHILE . NOT. EOF( )
    IF 单价>10
      a = a+1
    ENDIF
    SKIP
ENDDO
```

A）2 B）3 C）4 D）5

16. 在 Visual FoxPro 中有如下程序：

```
SET TALK OFF
mx = " Visual FoxPro"
my = " 二级"
DO SUB1 WITH mx
? my+mx
RETURN
PROCEDURE SUB1
PARAMETERS mx1
```

118

```
LOCAL mx
mx = " Visual FoxPro DBMS 考试"
my = "计算机等级" +my
RETURN
```

执行命令 DO TEST 后,屏幕的显示结果为_____。

A) 二级 Visual FoxPro

B) 计算机等级二级 Visual FoxPro DBMS 考试

C) 二级 Visual FoxPro DBMS 考试

D) 计算机等级二级 Visual FoxPro

17. 下面语句_____的格式是正确的。

A) @ 10, 10, 20, 20 CLEAR   B) @ 10, 10

C) @ 10, 10,   D) CLEAR FROM 10, 10 TO 20, 20

18. 下面_____调用不能嵌套。

A) 子程序   B) 过程   C) 自定义函数   D) 以上三项均不对

19. 命令@ 10, 10 CLEAR 的清屏范围是第 10 行第 10 列至屏幕_____角。

A) 右上   B) 右下   C) 左上   D) 左下

20. 若当前工作区为 A,执行以下命令后,结果为_____。

```
REPLACE NUM WITH 20
STORE 0 TO NUM
? NUM, A-> NUM, M. NUM
```

A) 0 0 20   B) 0 20 0   C) 0 0 0   D) 20 20 0

21. 将格式化输出命令的输出送打印机的正确命令是_____。

A) SET PRINT ON   B) SET PRINT OFF

C) SET DEVICE TO PRINT   D) SET DEVICE TO SCREEN

22. 下列语句中,不属于循环结构的是_____。

A) IF…ENDIF   B) DO…ENDDO

C) FOR…ENDFOR   D) SCAN…ENDSCAN

23. 若使用项目管理器建立程序文件,应选择_____选项卡。

A)"数据"   B)"文档"   C)"代码"   D)"其他"

24. 下列程序的运行结果是_____。

```
SET TALK OFF
DIMENSION K(2, 3)
I = 1
DO WHILE I< = 2
  J = 1
  DO WHILE J< = 3
    K(I, J) = I * J
    ?? K(I, J)
    ??" "
```

```
        J = J+1
      ENDDO
      ?
      I = I+1
    ENDDO
    RETURN
```

A）1 2 3   B）1 2   C）1 2 3   D）1 2 3

   4 5 6   3 2   1 2 3   2 4 6

25. 下列程序执行后显示的内容是_____。

```
    FOR I = 1 TO 5
      ?? I
    ENDFOR
```

A）1   B）5   C）1 2 3 4 5   D）5 4 3 2 1

26. 下列关于 Visual FoxPro 输入输出指令的说法不正确的是_____。

A）INPUT 命令的功能是暂停执行程序,将键盘输入的数据送入指定的内存变量后再继续执行

B）INPUT 命令只能接收字符串

C）ACCEPT 命令暂停执行程序,将键盘输入的字符串送入指定的内存变量后再继续执行

D）WAIT 命令能暂停执行程序,直到用户按任意键或单击鼠标时继续执行

27. 在 Visual FoxPro 中,用于调用模块程序的命令是_____。

A）FUNTION <过程名>

B）DO <文件名> | <过程名> WAIT <实参>

C）PROCEDURE<过程名>

D）SET PROCEDURE TO <过程文件>

28. 在命令窗口中输入_____命令,可以调出"调试器"窗口。

A）DEBUG   B）MODIFY   C）USE   D）DEBUGOUT

29. 在程序执行过程中,若想执行另一个程序,则应输入_____命令。

A）CANCAL   B）DO   C）QUIT   D）RETURN

30. 下面程序的功能是_____。

```
    CLEAR
    A = 1
    B = 0
    DO WHILE A < = 100
      IF INT( A/7) = A/7
        B = B+1
        A = A+1
      ENDIF
      A = A+1
    ENDDO
    ?"B = ", B
```

A）求 100 以内能被 7 整除的个数

B）求 100 以内 7 的倍数的所有整数的和

C）求 100 以内能被 7 整除的所有整数的和

D）求 1 ~ 100 以内所有整数的和

31．下列程序的运行结果是_____。

```
CLEAR
X = 0
Y = 0
DO WHILE X<100
   X = X+1
   IF INT(X/2) = X/2
     LOOP
   ELSE
     Y = Y+X
   ENDIF
ENDDO
?"Y = ", Y
```

A）Y = 1000   B）Y = 2000   C）Y = 2500   D）Y = 1500

32．在用 Visual FoxPro 语言编写的程序中，注释行使用的符号是_____。

A）//   B）{ }   C）'   D）*

33．下面的叙述中正确的是_____。

A）在命令窗口中被赋值的变量均为局部变量

B）在命令窗口中用 PRIVATE 命令说明的变量均为局部变量

C）在被调用的下级程序中用 PUBLIC 命令说明的变量均为全局变量

D）在程序中用 PRIVATE 命令说明的变量均为全局变量

34．Visual FoxPro 循环结构程序设计中，在指定范围内扫描数据表文件，查找符合条件的记录并执行循环体中的操作命令，应使用的循环语句是_____。

A）WHILE   B）FOR   C）SCAN   D）FOR EACH

35．下列程序实现的功能是_____。

```
SET TALK OFF
CLEAR
USE GZ
DO WHILE ! EOF()
  IF 基本工资 >= 600
    SKIP
    LOOP
  ENDIF
  DISPLAY
  SKIP
ENDDO
```

USE

A）显示所有基本工资高于 600 元的职工的记录

B）显示所有基本工资低于 600 元的职工的记录

C）显示第一条基本工资高于 600 元的职工的记录

D）显示第一条基本工资低于 600 元的职工的记录

36．在循环语句中，执行_____语句可跳过随后的代码，并重新开始下次循环。

A）LOOP　　　　　　B）NEXT　　　　　　C）SKIP　　　　　　D）EXIT

37．在用 Visual FoxPro 语言编写的程序中，续行符使用的符号是_____。

A）_　　　　　　　　B）…　　　　　　　C）；　　　　　　　D）'

38．下面不属于语法错误的是_____。

A）需要的文件不存在　　　　　　　B）在复杂的表达式中圆括号不匹配

C）将保留字用做内存变量或字段名　　D）忘记在表达式中加上等号或其他运算符

39．Visual FoxPro 提供了 3 种交互方式数据输入语句，它们是_____。

A）EDIT、CHANGE、BROWSE　　　B）ACCEPT、WAIT、INPUT

C）?、??、TEXT…ENDTEXT　　　　D）SUM、AVERAGE、COUNT

40．在 Visual FoxPro 中，不是<范围>选项中的内容是_____。

A）NEXT n　　　B）RECORD n　　　C）REST　　　D）GO n

41．一个过程文件最多可以包含 128 个过程，每个过程的第一条语句是_____。

A）PARAMETER　　B）DO <过程名>　　C）<过程名>　　D）PROCEDURE <过程名>

42．有以下程序段：

SELECT A

USE DEMO1

SELECT B

USE DEMO2

SET RELATION TO RECNO()INTO A

SELECT C

USE DEMO3

SET RELATION TO RECNO()INTO B

SELECT B

GO 8

? RECNO(), RECNO(1), RECNO(3)

执行此程序段后，屏幕显示的结果是_____。

A）1 8 8　　　　B）8 1 8　　　　C）8 8 1　　　　D）8 8 8

43．有以下程序段：

DO CASE

　CASE 计算机<60

　　?"计算机成绩是:" + "不及格"

　CASE 计算机>=60

　　?"计算机成绩是:" + "及格"

122

```
        CASE 计算机>=70
            ?"计算机成绩是:" + "中"
        CASE 计算机>=80
            ?"计算机成绩是:" + "良"
        CASE 计算机>=90
            ?"计算机成绩是:" + "优"
    ENDCASE
```

设"学生"表当前记录的"计算机"字段的值是 89,屏幕输出为_____。

A)计算机成绩是:不及格
B)计算机成绩是:及格
C)计算机成绩是:良
D)计算机成绩是:优

44. 以下程序的运行结果是_____。

```
    SET TALK OFF
    M = 0
    N = 100
    DO WHILE N>M
        M = M+N
        N = N-10
    ENDDO
    ? M
    RETURN
```

A)0
B)10
C)100
D)99

45. INPUT 命令可接收任何类型的数据,若为字符型,则_____。

A)直接输入即可

B)只可接收一个字符

C)必须用单引号括起来,不能用其他符号

D)必须用单引号、双引号或方括号括起来

46. 执行命令"INPUT " 请输入数据:" TO ABC"时,可以通过键盘输入的内容包括_____。

A)字符串
B)数值和字符串
C)数值、字符串和逻辑值
D)数值、字符串、逻辑值和表达式

47. Visual FoxPro 中的 DO CASE…ENDCASE 语句属于_____。

A)顺序结构
B)循环结构
C)分支结构
D)模块结构

48. 若已知循环次数,用_____语句比较方便。

A)当型循环
B)步长型循环
C)表扫描循环
D)循环嵌套

49. 在 DO WHILE .T. 的循环中,要退出循环,可以使用_____。

A)LOOP
B)EXIT
C)RETURN
D)QUIT

50. 在"先判断后执行"的循环结构中,循环体执行的次数最少是_____。

A)0
B)1
C)2
D)不确定

51. 在 FOR…ENDFOR 循环结构中,如省略步长,则系统默认步长为_____。

A) 0   B) −1   C) 1   D) 2

52. 以下循环体共执行了_____次。

```
X = 10
SUM = 1
DO WHILE X>10 . AND. . NOT. . T.
   SUM = SUM * X
   X = X−1
ENDDO
? SUM
```

A) 10   B) 5   C) 0   D) 不确定

53. 在 Visual FoxPro 中,下列文件中可以不依赖表文件(.DBF)而独立使用的是_____。

A) 表备注文件(. FRT)   B) 命令文件(. PRG)

C) 复合索引(. CDX)   D) 查询程序(. QPR)

54. 若想在程序执行过程中终止程序运行,清除所有的内存变量,返回命令窗口,则应使用的命令是_____。

A) CANCAL   B) DO   C) RETURN   D) QUIT

55. 当前目录下有 XYZ. PRG 和 XYZ. FXP 两个文件,在执行命令 DO XYZ 时,实际运行的文件是 _____。

A) XYZ. PRG   B) XYZ. FXP   C) 随机运行   D) 都运行

56. 在 Visual FoxPro 中,调用模块程序的命令是 _____。

A) FOUNTION <过程名>

B) DO <文件名> <过程名> WAIT <实参>

C) PROCEDURE <过程名>

D) SET PROCEDURE TO <过程文件>

57. 运行下列程序,语句"?"XYZ""被执行了_____次。

```
I = 0
DO WHILE I < = 10
   IF INT(I/2) = I/2
      ?"ABC"
   ENDIF
   ?"XYZ"
   I = I+1
ENDDO
```

A) 10   B) 5   C) 11   D) 6

58. 运行下列程序时,如果键入了 1 ~ 4 以外的字符,将会_____。

```
DO WHILE .T.
   CLEAR
   ?"1. 查询    2. 打印"
   ?"3. 维护    4. 退出"
   ACCEPT "请输入选择(1 ~ 4)" TO AN
   DO CASE
      CASE AN = "1"
```

```
        DO A1
      CASE AN = "2"
        DO A2
      CASE AN = "3"
        DO A3
      CASE AN = "4"
        EXIT
      OTHERWISE
        LOOP
    ENDCASE
  ENDDO
  RETURN
```

A) 使程序停止运行　　　B) 使程序出错　　　C) 死循环　　　D) 重新显示菜单

59. 有以下 IF 语句:

```
  IF X>0
    Y = 1
  ELSE
    IF X = 0
      Y = 0
    ELSE
      Y = −1
    ENDIF
  ENDIF
```

下列命令中,与这个 IF 语句等效的是_____。

A) Y = IIF(X>0,1,IIF(X=0,−1,0))　　　B) Y = IIF(X=0,0,IIF(X>0,1,−1))

C) Y = IIF(X<0, IIF(X>0, 1,0),−1)　　　D) Y = IIF(X>0, IIF(X<0,−1,0),1)

60. 有以下循环语句:

```
  DO WHILE .T.
    IF 性别<>"男"
      EXIT
    ENDIF
    IF 政治面貌 = "群众"
      DELETE
    ENDIF
    SKIP
  ENDDO
```

下列命令中,与这个循环语句等效的是 _____。

A) DELETE FOR 性别 = "男" .AND. 政治面貌 = "群众"

B) DELETE WHILE 性别 = "男" .AND. 政治面貌 = "群众"

C) DELETE FOR 性别 = "男" WHILE 政治面貌 = "群众"

D) DELETE WHILE 性别 = "男" FOR 政治面貌 = "群众"

61. 有关 LOOP 语句和 EXIT 语句的叙述,正确的是_____。

A) LOOP 和 EXIT 语句可以写在循环体外面

B) LOOP 语句的作用是把控制转到 ENDDO 语句

C) EXIT 语句的作用是把控制转到 ENDDO 语句外

D) LOOP 和 EXIT 语句一般写在循环结构里面嵌套的分支结构中

62. SCAN 循环语句是_____扫描式循环。

A) 数组　　　　　B) 数据表　　　　　C) 内存变量　　　　　D) 程序

63. Visual FoxPro 具有结构化程序设计的_____种基本结构。

A) 1　　　　　　　B) 2　　　　　　　C) 3　　　　　　　D) 4

64. 执行以下程序:
```
SET TALK OFF
S=0
I=1
INPUT" N = " TO N
DO WHILE S<N
  S=S+1
  I=I+1
ENDDO
? S
SET TALK ON
```
如果输入为 5,则最后 S 的值是_____。

A) 1　　　　　　　B) 3　　　　　　　C) 5　　　　　　　D) 6

65. 执行以下程序:
```
USE CJ
M.ZF=0
SCAN
  M.ZF=M.ZF+ZF
ENDSCAN
? M.ZF
SET TALK ON
```
其中数据表 CJ 中的内容如下:

XM	ZF
张三	500.00
李四	600.00

运行该程序的结果是_____。

A) 1100.00　　　B) 1000.00　　　C) 1600.00　　　D) 1200.00

66. 如果一个过程不包含 RETURN 语句,或者 RETURN 语句中没有指定表达式,那么该过程_____。

A）没有返回值 　　 B）返回 0 　　　 C）返回.T. 　　 D）返回.F.

67．类是定义了对象特征以及对象外观和行为的模板。Visual FoxPro 中包括的类是_____。

A）基类、子类 　　　　　　　　 B）表单类、窗口类

C）外观类、行为类 　　　　　　 D）主类、次类

68．对象可以可视化地或程序化地建立或引用。对象的引用分为_____。

A）直接引用和间接引用 　　　　 B）绝对引用和相对引用

C）过程引用和程序引用 　　　　 D）顺序引用和循环引用

69．有以下程序：

```
INPUT TO A
IF A = 10
  S = 0
ENDIF
S = 1
? S
```

如果从键盘上输入的 A 值是数值型,那么上面程序的执行结果是_____。

A）0 　　　　　　 B）1 　　　　　　 C）由 A 值决定 　 D）程序会出错

70．使用命令 DIME(2,3)定义的数组,其中包含的数组元素的个数为_____。

A）2 　　　　　　 B）3 　　　　　　 C）5 　　　　　　 D）6

71．下面关于 Visual FoxPro 数组的叙述中,错误的是_____。

A）用 DIMENSION 和 DECLARE 都可以定义数组

B）Visual FoxPro 只支持一维数组和二维数组

C）一个数组中的各个数组元素必须是同一种数据类型

D）新定义的数组的各个元素初值为.F.

72．将内存变量定义为全局变量的 Visual FoxPro 命令是_____。

A）LOCAL 　　　　 B）PRIVATE 　　 C）PUBLIC 　　　 D）GLOBAL

73．有关自定义函数的叙述,正确的是_____。

A）自定义函数的调用与标准函数不一样,要使用 DO

B）自定义函数的结束语句可以是 RETURN

C）自定义函数的 RETURN 语句必须返回一个值,这个值作为函数返回值

D）调用时,自定义函数名后的括号中一定写上形式参数

74．有关对数传递叙述正确的是_____。

A）接收参数语句 PARAMETERS 可以写在程序中的任意位置

B）通常发送参数语句 DO WITH 和接收参数语句 PARAMETERS 不必搭配成对,可单独使用

C）发送参数和接收参数排列顺序和数据类型必须一一对应

D）发送参数和接收参数的名字必须相同

75．下列程序的运行结果是_____。

```
CLEAR
M = 0
FOR K = 0 TO 2
  FOR J = 3-K TO 3+K
    @ K,J SAY STR(K,2)+STR(J,1)
  NEXT J
NEXT I
RETURN
```

A) 03
　　14
　　　25

B) 03
　　14
　　　25

C) 　03
　　14
　25

D) 　0　　　3
　　　1　　　4
　　2　　　5

76. 在 Visual FoxPro 中,如果希望一个内存变量只限于在本过程中使用,使用的命令是_____。

A) PRIVATE

B) PUBLIC

C) LOCAL

D) 在内存中直接使用内存变量(不通过上述三项说明)

77. 执行以下程序,要循环_____次。

```
I = 1
DO WHILE I<15
  I = I+2
  IF I = 9
    EXIT
  ENDIF
ENDDO
```

A) 3　　　　　　B) 4　　　　　　C) 5　　　　　　D) 6

78. 有以下主程序 MAIN.PRG 和子程序 SUB.PRG：

```
MAIN.PRG              SUB.PRG
S = 1                 PARA X
N = 3                 M = 1
DO WHILE N<=3         DO WHILE M<=N
  P = 1                 X = X * M
  DO SUB WITH P         M = M+1
  ? P                 ENDDO
  N = N+2             ? M
ENDDO                 RETURN
DO SUB WITH P
```

128

```
    ? P
    RETURN
```

屏幕最后显示的是_____。

A）36   B）720   C）12   D）144

79. 在 DA.DBF 中有 20 条记录,有"姓名"、"出生年月"等字段,执行以下程序:

```
    USE DA
    RECALL ALL
    DELETE ALL FOR YEAR(出生年月)<1970 AND YEAR(出生年月)>1959
    SET DELE ON
    GO TOP
    DO WHILE .NOT. EOF()
       @ L,M SAY '姓名:'+姓名
       @ L,M+20 SAY '出生年月:'+出生年月
       SKIP
       L=L+1
    ENDDO
    SET DELE OFF
    RETURN
```

主程序中显示的记录是_____。

A）数据库中的全部记录   B）20 世纪 60 年代出生的人

C）非 20 世纪 60 年代出生的人   D）1959 年和 1970 年出生的人

80. 下列程序显示的图案是_____。

```
    STORE 2 TO A
    STORE 10 TO B
    @ 0,10 SAY SPACE(2)
    @ ROW()+1,COL()+1 SAY " * "
    DO WHILE A<3
       Y=1
          DO WHILE Y<=2*A-1
          @ A,B SAY " * "
          B=B+1
          Y=Y+1
       ENDDO
       B=11-A
       A=A+1
    ENDDO
```

A）
```
* * * * *
```

B）
```
        *
      * * *
```

C）
```
        *
      * * *
    * * * * *
```

D）
```
        *
      * * *
    * * * * *
```

81. 执行下列程序，M 和 N 的结果分别是_____。

```
A1. PRG                    B1. PRG
M = 1                      PRIVATE M
N = 2                      M = 3
DO B1                      N = 4
? "M=",M,"N=",N            RETURN
RETURN
```

A) 3 和 4   B) 1 和 2   C) 3 和 2   D) 1 和 4

82. 执行如下程序后，屏幕上的显示结果为 S3 =_____。

```
STORE 0 TO X,Y,S1,S2,S3
DO WHILE X<10
   DO CASE
      CASE INT(X/2) = X/2
         S1 = S1+X/2
      CASE MOD(X,3) = 0
         S2 = S2+X/3
      CASE INT(X/2)<>X/2
         S3 = S3+1
   ENDCASE
   X = X+1
ENDDO
? S3
```

A) 15.00   B) 4.00   C) 3.00   D) 3

83. 下列程序显示的图案是_____。

```
I = 1
J = 1
DO WHILE I<5
   J = 5-I
   DO WHILE J>1
      @ I,J SAY " * "
      J = J-1
   ENDDO
   I = I+1
ENDDO
```

A) * * * *   B) * * * *
   * * *   * * *
   * *   * *
   *   *

C) * * * *   D) * * *
   * * *   * *
   * *   *

130

84. 执行以下程序的输出结果是_____。

```
X = 153
A = STR(X,3)
I = 1
T = 0
DO WHILE I < = 3
  T = T+VAL(SUBS(A,I,1)) * *3
  I = I+1
ENDDO
? IIF(X = T,'YES','NO')
RETURN
```

A）.T.   B）.F.   C）YES   D）NO

85. 执行以下程序,A 和 B 的输出结果分别是_____。

```
A = 1
B = 1
DO WHILE A < = 200
  IF B > = 20
    EXIT
  ENDIF
  IF MOD(B,3) = 1
    B = B+3
    LOOP
  ENDIF
  B = B-5
  A = A+1
ENDDO
? A,B
RETURN
```

A）1 和 22   B）201 和 22   C）1 和 20   D）1 和 19

86. 执行以下程序,输出结果是_____。

```
M = 3
DO WHILE M<10
  N = 2
  DO WHILE N < = M-1
    IF INT(M/N) = M/N
      EXIT
    ENDIF
    IF N = M-1
      ?? M
    ENDIF
    N = N+1
```

131

```
    ENDDO
    M = M+1
ENDDO
RETURN
```

A) 3 5 7   B) 3 5 7 9   C) 3 5   D) 7 9

87. 执行以下程序的输出结果是_____。

```
MAIN. PRG                    SUB. PRG
A = "PARA"                   PARA E,F,G
B = CTOD("05/01/02")         E = E+"METERS"
Z = .T.                      F = YEAR(F)
DO SUB WITH A,B,Z            G = .NOT..T.
? A,B,Z                      RETURN
RETURN
```

A) "PARAMETERS" 2002 .T.   B) "PARA" 2002 .T.

C) "PARAMETERS" 2002 .F.   D) "PARA" 2002 .F.

88. 下列程序的功能是_____。

```
M = 0
FOR X = 1 TO 10
   IF MOD(X,3) = 0
     M = M+X
   ENDIF
   I = I+1
ENDFOR
? M
RETURN
```

A) 求 1~10 之间能被 3 整除的数的个数   B) 求 1~10 之间能被 3 整除的数的和

C) 求 1~10 之间不能被 3 整除的数的个数 D) 求 1~10 之间不能被 3 整除的数的和

89. 下列循环的功能是_____。

```
DIMEA(20)
P = 1
DO WHILE P<=20
   A(P) = INT(RAND() * 100+1)
   P = P+1
ENDDO
```

A) 产生 20 个 0~101 之间的随机整数,并且存入数组变量 A 中

B) 产生 20 个 1~101 之间的随机整数,并且存入数组变量 A 中

C) 产生 20 个 0~100 之间的随机整数,并且存入数组变量 A 中

D) 产生 20 个 1~100 之间的随机整数,并且存入数组变量 A 中

90. 下列程序完成的功能是_____。

```
DIMEA(20)
```

```
        P = 1
        DO WHILE P< = 20
          A(P) = INT(RAND( ) * 100+1)
          P = P+1
        ENDDO
        I = 1
        DO WHILE I< = 19
          J = I+1
          DO WHILE J< = 20
            IF A(I)< = A(J)
              T = A(I)
              A(I) = A(J)
              A(J) = T
            ENDIF
            J = J+1
          ENDDO
          ?? A(I)
          I = I+1
        ENDDO
        ?? A(I)
        RETURN
```

A) 将 20 个数组元素的值排序后,按从大到小的顺序输出

B) 将 20 个数组元素的值排序后,按从小到大的顺序输出

C) 将 20 个数组元素的值倒序输出

D) 将 20 个数组元素的值按自然顺序输出

91. 将下列程序中的 DIMEA(20)语句改为 DIMEA(10)语句后,_____。

```
        DIMEA(20)
        P = 1
        DO WHILE P< = 20
          A(P) = INT(RAND( ) * 100+1)
          P = P+1
        ENDDO
```

A) 出现"数组重复定义"的错误

B) 出现"数组下标越界"的错误

C) 程序功能不变,只是输出 10 个数组元素的值

D) 程序功能不变,仍然输出 20 个数组元素的值

92. 下列程序的功能是_____。

```
        FOR K = 1 TO 400
          A = INT(K/100)
          B = INT(K−100 * A) /10)
          C = K−INT(K/10) * 10
```

```
        IF K = 100 * C+10 * B+A
            ? K
        ENDIF
    ENDFOR
```

A) 显示 100 ~ 400 之间所有既能被 10 整除又能被 100 整除的数

B) 显示 100 ~ 400 之间所有能被 10 整除的数

C) 显示 100 ~ 400 之间所有能被 100 整除的数

D) 显示 100 ~ 400 之间所有百位与个位数交换后其值相等的数

93. 执行以下程序,若输入的数据是 1   2   3   4   5   6,则显示的是_____。

```
DIME A(6)
S = 0
FOR K = 1 TO 6
    INPUT '请输入数:' TO A(K)
    S = S+ A(K)
ENDFOR
AV = S/6
R = 0
FOR K = 1 TO 6
    IF A(K)>AV
        ?? A(K)
    ENDIF
ENDFOR
```

A) 1 2 3   B) 2 3 4   C) 3 4 5   D) 4 5 6

94. 下列程序的运行结果是_____。

```
CLEAR
FOR K = 1 TO 4
    FOR R = 1 TO 5-K
        ??" "    && 引号内有 1 空格
    ENDFOR
    FOR M = 1 TO 2 * K-1
        ?? STR(K,1)
    ENDFOR
    ?
ENDFOR
```

A)   1   B)   1
          121   222
         12321   33333
        1234321   4444444

134

C)　　　4
　　　　333
　　　　22222
　　　　1111111

D)　　　1111111
　　　　22222
　　　　333
　　　　1

95. 执行下列程序,显示的结果是_____。

```
MAIN. PRG
PUBLIC X,Y
SET PROC TO KK
X = 20
Y = 50
DO A1
? X,Y
SET PROC TO
RETURN
```

```
KK. PRG
PROC A1
PRIVATE X
X = 30
LOCAL Y
DO A2
RETURN
PROC A2
X = "KKK"
Y = "MMM"
RETURN
```

A) 20　50　　　　　B) 20　MMM　　　　C) 30　50　　　　D) 30　MMM

96. 下列程序的功能是_____。

```
STORE 0 TO H,K
DO WHILE . T.
    K = K + 1
    H = H + K
    IF K > = 10
        EXIT
    ENDIF
ENDDO
?" H = " + STR(H,4)
RETURN
```

A) 计算 1～10 的整数和
B) 计算 1～9 的整数和
C) 计算 1～11 的整数和
D) 计算 1～10 以内数的和

97. 下列程序的功能是_____。

```
BM = SPACE(10)
@ 5,10 SAY "请输入表名:" GET BM
READ
BM = ALLTRIM(BM)
IF FILE("&BM..DBF")
    USE &BM
    BROWSE
ELSE
    WAIT "文件不存在!"
ENDIF
```

135

```
USE
RETURN
```

A) 浏览任意一个打开的表文件　　　B) 修改任意一个打开的表文件

C) 浏览指定的表文件 BM　　　D) 修改指定的表文件 BM

98. 运行下列程序,屏幕上显示的结果是_____。

```
DIME K(2,3)
I=1
?
DO WHILE I<=2
  J=1
  DO WHILE J<=3
    K(I,J)=I*J
    ?? K(I,J)
    ??" "
    J=J+1
  ENDDO
  ?
  I=I+1
ENDDO
```

A) 1　　2　　3　　　　　　B) 1　　2
　　2　　4　　6　　　　　　　3　　2

C) 1　　2　　3　　　　　　D) 1　　2　　3
　　1　　2　　3　　　　　　　2　　4　　9

99. 设表文件 XS.DBF 中有 10 条记录,下列程序的功能是_____。

```
USE XS
GO BOTTOM
N=3
DO WHILE N>=1
  DISPLAY
  SKIP-1
  WAIT
  N=N-1
ENDDO
USE
RETURN
```

A) 显示所有记录　　　　　　B) 分别显示前 3 条记录

C) 显示第 3 条记录　　　　　D) 分别显示后 3 条记录

5.2　填空题

1. 程序文件的扩展名是_____。

2. 一个双向分支语句可以用_____个单向分支语句实现。

3. 执行语句 DIMENSION M(3),N(2,3)后,数组 M 和 N 的元素个数分别是_____。

4. 执行下列程序后,J=_____。

```
M = 1
STORE 0 TO I,J
DO WHILE . T.
  I = I+1
  DO CASE
    CASE I>12
      EXIT
    CASE INT(I/2)= I/2
      LOOP
    CASE I<12
      M = I+M
    OTHERWISE
      J = J+1
  ENDCASE
ENDDO
```

5. 有以下程序:

```
SET TALK OFF
STORE 0 TO X, Y
DO WHILE . T.
  X = X+1
  Y = Y+X
  IF X>=5
  EXIT
  ENDIF
ENDDO
? X, Y
RETURN
```

当程序执行到? X,Y 命令时,X、Y 的值分别是_____、_____。

6. 使用 MODI COMM 命令时,如果不指定文件类型,其默认的扩展名是_____。

7. 执行下列语句的结果是_____。

CTOD("02/02/03")−CTOD("01/02/03")

8. 填空完成下面的程序:

```
SET TALK OFF
USE STD
ACCEPT "请输入待查学生姓名:"TO XM
DO WHILE . NOT. EOF( )
  IF _____
    ?"姓名:"+姓名+"成绩:"+STR(成绩,3,0)
```

```
      ENDIF
      SKIP
   ENDDO
   CANCEL
```

9. 在 Visual FoxPro 程序中,不通过说明,在程序中直接使用的内存变量属于_____变量。

10. 运行下列 Visual FoxPro 程序后,S 的结果是_____。
```
SET TALK OFF
S = 0
P = 10
DO WHILE P <= 15
   P = P+1
   S = S+P * 2
ENDDO
? S
```

11. 运行下列 Visual FoxPro 程序后,屏幕上输出的最终结果是_____。
```
SET TALK OFF
CLEAR
STORE 0 TO M,N
DO WHILE . T.
   N = N+2
   DO CASE
      CASE INT(N/3) * 3 = N
         LOOP
      CASE N>10
         EXIT
      OTHERWISE
         M = M+N
   ENDCASE
ENDDO
?" M = "+ALLT(STR(M))+" ;"+" N = "+ ALLT(STR(N))
```

12. SET DEVICE TO PRINT 命令使@ …SAY 命令送到_____。

13. SET PRINT ON 命令是将_____输送到打印机。

14. 已知命令文件 TRAN. PRG 的内容为:
```
PARAMETER 日期
X = DTOC(日期)
S = RIGHT(X,2)+'年'+LEFT(X, 2)+'月'+STR(DAY(日期),2)+'日'
RETURN S
```
执行下列命令后,则显示_____。
```
. SET DATE AMERICAN
. Y = CTOD('11/18/99 ')
. ? TRAN(Y)
```

138

15. 已知命令文件 MAIN. PRG 为：

```
PRIVATE X
Y = 5
X = Y+4
RETURN
```

则执行下列命令后,X 的值为_____,Y 的值为_____。

```
. STORE 2 TO X, Y
. DO MAIN
```

16. 根据内存变量的作用范围,内存变量又分为私有变量、局部变量和_____。

17. 下面是从输入的 10 个数中找出最大数和最小数的程序,在空白处填空,试将程序补充完整。

```
CLEAR
INPUT "请输入一个数:" TO A
STORE A TO MAX, MIN
FOR I = 2 TO 10
    INPUT "请输入一个数:" TO A

    _____
        MAX = A
    ENDIF
    IF MIN > A
        MIN = A
    ENDIF
ENDFOR
?"最大值:", MAX
?"最小值:", MIN
```

18. 下面是求两个日期内有几个星期日的程序,在空白处填空。

```
CLEAR
D1 = {^2000-01-01}
D2 = {^2003-11-01}
SUNDAYS = 0
FOR N = 0 TO D2-D1
    IF DOW(D1+N)<>1

        _____
    ENDIF
    SUNDAYS = SUNDAYS+1
ENDFOR
? SUNDAYS
```

19. 执行"ACCEPT "请输入你的年龄:" TO ANS"命令后,变量 ANS 的类型是_____。

20. 试将下面程序补充完整。

```
USE CJ
XM = SPACE(8)
```

139

```
@ 3 ,30 SAY "请输入要查询人的姓名:" GET XM
_____
SEEK XM
…
```

21. 下面程序的功能是从键盘上输入 10 个数并存入数组中。阅读程序,在空白处填空。
```
DIME A(10)
I = 1
DO WHILE I< = 10
    INPUT ' A('+STR(I,2)+') = '_____
    I = I+1
ENDDO
```

22. 下面程序是将数组中的 10 个数据逆序输出。阅读程序,在空白处填空。
```
…
I = 1
J = 10
DO WHILE I<J
    T = A(I)
    _____
    A(J) = T
    I = I+1
    J = J−1
ENDDO
…
```

23. 下面程序的运行结果是如下的三角图形。阅读程序,在空白处填空。
```
        *
      * * *
    * * * * *
```
```
CLEAR ALL
X = 1
Y = 10
DO WHILE _____
    Z = 1
    DO WHILE Z< = 2 * X−1
        @ X ,Y SAY" * "
        Y = Y+1
        Z = Z+1
    ENDDO
    Y = Y−Z
    X = X+1
ENDDO
RETURN
```

24. 下面程序是将成绩表 CJ. DBF 中的"平均"字段清零。阅读程序,在空白处填空。

```
USE CJ
AN = " "
@ 2 ,20 SAY"将全部学生平均字段清零吗(Y/N)?" GET AN
READ
IF UPPER( AN) = " Y"

    _____

ENDIF
USE
RETURN
```

25. 下面程序的功能是将 SCORE. DBF 中所有记录的"平均成绩"字段的内容赋值给数组 TEMP。阅读程序,在空白处填空。

```
USE SCORE
COUNT ALL TO X
DIME TEMP(X)
GO TOP
I = 1
DO WHILE _____
   TEMP(I) = 平均成绩
   I = I+1
   SKIP
ENDDO
USE
RETURN
```

26. 有三个数据表 TB1. DBF、TB2. DBF 和 TB3. DBF,下面程序的功能是将每个表的末记录删除。阅读程序,在空白处填空。

```
N = 1
DO WHILE K < = 3
   TB = _____
   USE &TB
   GO BOTTOM
   PACK
   N = N+1
ENDDO
USE
RETURN
```

27. 下面程序的功能是求 1 ~ 30 之间所有整数的平方和,并输出结果。阅读程序,在空白处填空。

```
S = 0
X = 1
DO WHILE X < = 30
```

141

```
        X = X+1
    ENDDO
    ? S
    RETURN
```

28. 下面程序的功能是将"计算机等级考试"显示为各字中间带有一个空格的"计 算 机 等 级 考 试"。阅读程序,在空白处填空。

```
    CLEAR
    X = "计算机等级考试"
    Y = ""
    DO WHILE LEN(X)>= _____
        Y = Y+SUBSTR(X,1,2)+" "
        X = SUBSTR(X,3)
    ENDDO
    ? Y
    RETURN
```

29. 下面程序的功能是从键盘上任意输入一个十进制数,将其轮换为二进制数。阅读程序,在空白处填空。

```
    INPUT"请输入十进制数:"TO X
    S = ""
    DO WHILE X>=0
        Q = STR(MOD(X,2),1)
        _____
        X = (X-MOD(X,2))/2
    ENDDO
    ? S
    RETURN
```

30. 下面程序是从 STUD.DBF 中找出成绩最高的学生的学号、姓名和分数,并显示出来。阅读程序,在空白处填空。

```
    USE STUD
    XH = 学号
    XM = 姓名
    FS = 分数
    DO WHILE .NOT. EOF()
        IF _____
            XH = 学号
            XM = 姓名
            FS = 分数
        ENDIF
        SKIP
    ENDDO
```

```
? XH, XM, FS
RETURN
```

31. 设有"职工"和"工资"两个数据表,下面程序完成用关联方法显示所有职工的编号、姓名、基本工资和实发工资的功能。阅读程序,在空白处填空。

```
SELE 1
USE 工资
INDEX ON 编号 TO GZ
SELE 2
USE 职工
_____
LIST 编号,姓名,A.基本工资,A.实发工资
```

32. 下面程序的功能是将 C 盘上 8 个班的成绩表 SCO1.DBF ~ SCO8.DBF 复制到 D 盘生成备份文件 2006BF1.DBF ~ 2006BF8.DBF。该程序在 C 盘运行。阅读程序,在空白处填空。

```
NY = "2006"
K = 1
DO WHILE K <= 8
    CJ = "SCO" +STR(K,1)
    BFD = _____
    USE &CJ
    COPY TO &BFD
    K = K+1
ENDDO
```

33. 下面程序的功能是将订单数据表 DD.DBF 中的重复记录进行逻辑删除。阅读程序,在空白处填空。

```
USE DD
INDEX ON 订单号 TO DDH
DO WHILE .NOT. EOF( )
    DDH = 订单号
    SKIP
    DO WHILE _____
        DELETE
        SKIP
    ENDDO
ENDDO
USE
RETURN
```

34. 下面程序的功能是显示移动文字"2008 年北京申奥成功!",文字从屏幕的顶部移动到底部。阅读程序,在空白处填空。

```
CLEAR
CH = "2008 年北京申奥成功!"
R = 1
```

```
DO WHILE R <= 23
  @ R,26 SAY SPACE(60)
  @ R+1,26 SAY CH
  T = INKEY(0.2)
  _____
ENDDO
RETURN
```

35. 有图书数据表 TS. DBF(书号,书名,作者,出版社,单价)和订单数据表 DD. DBF(订单号,书号,数量,金额),下面程序是计算和填写 DD. DBF 中的金额。阅读程序,在空白处填空。

```
CLEAR
SELETE A
USE TS
INDEX ON 书号 TO TSS
SELETE B
USE DD
SET RELATION TO 书号 INTO A
REPLACE ALL 金额 WITH _____
CLOSE ALL
RETURN
```

36. 下面程序的功能是为数据表 SB. DBF 添加一个输入程序。阅读程序,在空白处填空。

```
USE SB
DO WHILE .T.
  CLEAR
  @ 2,5 SAY "请添加记录:"
  _____
  @ 4,5 SAY "编号:" GET 编号
  @ 6,5 SAY "名称:" GET 名称
  @ 8,5 SAY "价格:" GET 价格
  READ
  @ 20,5 SAY "是否继续? (Y/ N)" GET AN
  READ
  IF LOWER(AN) = "N"
    EXIT
  ENDIF
ENDDO
RETURN
```

37. 阅读程序,在空白处填空。

```
X = 0
CLEAR
DO WHILE .T.
  @ 10,20 SAY "主菜单"
```

```
        @ 11 ,22 SAY "1—输入数据"
        @ 12 ,22 SAY "2—查询数据"
        @ 13 ,22 SAY "3—统计数据"
        @ 14 ,22 SAY "4—退出系统"
        @ 15 ,22 SAY "请输入选择 1 ~ 4 : " GET X
        READ
        DO CASE
            CASE X = 1
                DO SUB1
            CASE X = 2
                DO SUB2
            CASE X = 3
                DO SUB3
            CASE X = 4
                _____
        ENDCASE
    ENDDO
    RETURN
```

38. 下面程序的功能是利用参数传递求三个圆柱体的体积。阅读程序,在空白处填空。

```
    * * 主程序 EX. PRG                    * * 子程序 SUBYZ. PRG
    CLEAR                                PARA R , H , V
    FOR K = 1 TO 3                       V = 3. 14 * R^2 * H
        INPUT "圆半径 R = " TO R          RETURN
        INPUT "高 H = " TO H
        V = 0
        DO SUBYZ _____
        ? "圆柱体 V = " , INT( V)
    ENDFOR
    RETURN
```

39. 设有数据表 XS. DBF,以"姓名"字段为关键字建立索引文件 XSID. IDX,在表中有重复记录。下面程序的功能是物理删除重复记录。阅读程序,在空白处填空。

```
    USE XS INDEX XSID
    XM = 姓名
    SKIP
    DO WHILE . NOT. EOF( )
        XM1 = 姓名
        IF XM = XM1
            DELETE
        ELSE
            XM = XM1
        ENDIF
```

```
        SKIP
    ENDDO
    _____
    USE
    RETURN
```

40. 下面程序基于考试成绩表 STUDENT.DBF,实现查分功能。阅读程序,在空白处填空。

```
USE STRUENT INDEX XM
AN = " Y"
DO WHILE AN = " Y"
    ACCEPT "请输人要查询的考号:" TO NUM
    _____
    IF FOUND( )
        DISP OFF
    ELSE
        ? "无此考号!"
    ENDIF
    WAIT "继续查询吗? (Y/N)" TO AN
    AN = UPPER( AN)
ENDDO
USE
RETURN
```

41. 下面程序的功能是一个求 3 个数中的最大数。阅读程序,在空白处填空。

```
* MMAX.PRG
PARAMETERS X,Y,Z
IF X<Y
    X = Y
ENDIF
IF X<Z
    X = Z
ENDIF
RETURN _____
```

42. 下面程序的功能是打印一个九九乘法表(三角形)。阅读程序,在空白处填空。

```
CLEAR
FOR A = 1 TO 9
    FOR B = _____
        ?? STR(A,1) + " * " + STR(B,1) + " = " + STR(A * B,2) + " "
    ENDFOR
    ? " "
ENDFOR
RETURN
```

43. 下面程序的功能是计算 300 ~ 500 之间所有能被 3 整除的偶数之和。阅读程序,在空白

146

处填空。

```
CLEAR
S = 0
FOR I = 500 TO 300 STEP -2
   IF _____ = 0
      S = S + 1
   ENDIF
ENDFOR
?" S = " + STR(S,6)
RETURN
```

44. 下面程序的功能是计算 100！。阅读程序，在空白处填空。

```
CLEAR
T = 1
FOR I = 1 TO 100 STEP 1

      _____

ENDFOR
?" T = " + STR(T,8)
RETURN
```

45. 程序编辑完成，可使用组合键_____保存程序。

46. 命令_____可以清除屏幕上或窗口中显示的内容。

47. 输出命令_____表示从屏幕下一行显示结果。

48. 输出命令_____表示从当前行的当前列显示结果。

49. 使用_____命令将关闭对话功能，系统不再回显结果。

50. 使用_____命令打开对话功能，程序执行每条命令时都回显运行结果。

51. _____循环在当前选定的表中移动记录指针，并对每一个满足条件的记录执行一次循环。

52. 在一个循环的循环体中又包含另一个循环语句，这种结构称为_____。

53. 对于两个具有调用关系的程序，称调用程序为_____。

54. 对于两个具有调用关系的程序，称被调用程序为_____。

55. 在子程序中，至少要有一条_____语句，以返回到调用它的主程序。

56. 子程序和自定义函数的区别在于_____必须有一个返回值。

57. 下面程序的功能是_____。

```
STORE 0 TO X,Y
USE 藏书
SCAN
   IF 单价>20 . AND. 单价<25
      LOOP
   ENDIF
   IF 单价<=20
      X = X + 1
   ENDIF
```

```
        Y = Y+1
    ENDSCAN
    ? Y
```

58. 下面程序的执行结果是_____。

```
    DIMENSION A(6)
    FOR K = 1 TO 6
        A(K) = 20-2 * K
    ENDFOR
    K = 5
    DO WHILE K>=1
        A(K) = A(K)-A(K+1)
        K = K-1
    ENDDO
    ? A(1),A(3),A(5)
    RETURN
```

59. 下面程序的执行结果是_____。

```
    CLEAR
    M = "书山有路勤为径"
    N = ""
    DO WHILE LEN(M)>=2
        N = N+SUBSTR(M,1,2)+SPACE(2)
        M = SUBSTR(M,3)
    ENDDO
    ? N,LEN(N)
    RETURN
```

60. 下面程序的执行结果是_____。

```
    * * 主程序 Z.PRG
    SET TALK OFF
    STORE 2 TO X1,X2,X3
    X1 = X1+1
    DO Z1
    ? X1+X2+X3
    RETURN
    * * 子程序 Z1.PRG
    X2 = X2+1
    DO Z2
    X1 = X1+1
    RETURN
    * * 子程序 Z2.PRG
    X3 = X3+1
    RETURN TO MASTER
```

5.3 参考答案

5.3.1 单项选择题

1. D)	2. B)	3. D)	4. B)	5. A)	6. C)	7. D)
8. C)	9. A)	10. B)	11. D)	12. C)	13. C)	14. A)
15. A)	16. D)	17. B)	18. D)	19. B)	20. D)	21. C)
22. A)	23. C)	24. D)	25. C)	26. B)	27. B)	28. A)
29. B)	30. A)	31. C)	32. D)	33. C)	34. C)	35. B)
36. A)	37. C)	38. A)	39. B)	40. D)	41. D)	42. C)
43. B)	44. C)	45. D)	46. D)	47. C)	48. B)	49. B)
50. A)	51. C)	52. C)	53. B)	54. A)	55. B)	56. B)
57. C)	58. D)	59. B)	60. D)	61. C)	62. B)	63. C)
64. C)	65. A)	66. C)	67. A)	68. B)	69. D)	70. D)
71. C)	72. C)	73. C)	74. C)	75. A)	76. C)	77. B)
78. B)	79. C)	80. B)	81. D)	82. D)	83. D)	84. C)
85. A)	86. A)	87. C)	88. B)	89. D)	90. A)	91. B)
92. D)	93. D)	94. B)	95. A)	96. A)	97. A)	98. A)
99. D)						

5.3.2 填空题

1. .PRG

2. 两

3. 3 和 6

4. 0

5. 5 15

6. .PRG

7. 31

8. 姓名 = XM

9. 局部

10. 162

11. M = 24;N = 14

12. 打印机

13. 非格式化显示信息

14. 99 年 11 月 18 日

15. 2 5

16. 全局变量

17. IF MAX<A

18. LOOP

19. 字符型

20. READ

21. TO A(I)

22. A(I) = A(J)

23. X < = 3

24. REPLACE ALL 平均 WITH 0

25. I < = X

26. "TB" + STR(N,1)

27. S = S + X ** 2

28. 2

29. S = Q + S

30. 分数>FS

31. SET RELATION TO 编号 INTO A

32. "D:" + NY + "BF" + STR(K,1)

33. DDH = 订单号

34. R = R + 1

35. 数量 * A.单价

36. APPEND BLANK

37. EXIT

38. WITH R,H,V

39. PACK

40. LOCATE ALL FOR 考号 = NUM

41. X

42. 1 TO A

43. MOD(I,3)

44. T = T * I

45. Ctrl+W

46. CLEAR

47. ?

48. ??

49. SET TALK OFF

50. SET TALK ON

51. SCAN

52. 循环嵌套

53. 主程序

54. 子程序

55. RETURN

56. 自定义函数

57. 显示"藏书"表中单价在25元以上的图书数量

58. 6 4 2

59. 书 山 有 路 勤 为 径   28

60. 9

第6章 表单设计

6.1 单项选择题

1. 下列描述错误的是_____。
A）表单设计采用了面向对象的程序设计方法
B）表单可用于数据库信息的显示、输入和编辑
C）表单的设计是可视化的
D）表单中程序的执行是有一定顺序的

2. 表单是具有控件、属性、事件、_____和数据环境的对象。
A）方法程序　　　　B）形状　　　　　　C）界面　　　　　　D）容器

3. _____不是表单中使用的设计工具。
A）属性窗口　　　　B）控件工具栏　　　C）表单控制器　　　D）数据环境设计器

4. 下列_____不是表单创建中的步骤。
A）添加控件　　　　B）创建数据表　　　C）设置属性　　　　D）配制方法程序

5. 要让表单上的某个控件得到焦点，应使用_____。
A）GotFocus　　　　B）LostFocus　　　　C）SetFocus　　　　D）PutFocus

6. 下列_____是事件。
A）Line　　　　　　B）Refresh　　　　　C）KeyPress　　　　D）Visible

7. 要指定表单中文本框的数据源，应使用_____。
A）ControlSource　　B）CursorSource　　C）RecordSource　　D）RowSource

8. 下列_____是不能在表单设计中使用的工具栏。
A）调色板工具栏　　B）布局工具栏　　　C）表单控件工具栏　D）打印预览工具栏

9. 表单的属性不能在_____中设置。
A）属性框　　　　　B）程序　　　　　　C）生成器　　　　　D）文本框

10. 在数据环境设计器中，不能进行下列_____操作。
A）添加表和视图　　B）添加索引　　　　C）移去表和视图　　D）设置关系

11. 下列控件中，_____是输出类控件。
A）标签　　　　　　B）文本框　　　　　C）编辑框　　　　　D）微调按钮

12. 下列控件中，不需要绑定数据的控件是_____。
A）文本框　　　　　B）命令按钮　　　　C）复选框　　　　　D）单选按钮

13. 在下列属性中，_____是每一个控件都有的。
A）Caption　　　　　B）ControlSource　　C）Name　　　　　　D）Picture

14. 下列_____是表格的系统默认名称。

151

A）List1   B）Combo1   C）Check1   D）Grid1

15. 表格中的列控件默认是_____。

A）文本框   B）编辑框   C）复选框   D）列表框

16. 下列_____不是表单中的容器类控件。

A）表格   B）页框   C）文本框   D）表单集

17. 在一个表单中,如果一个命令按钮 Com1 的方法程序中要引用文本框 Text1 中的 Value 属性值,下列_____是正确的。

A）THISFORM. TEXT1. VALUE   B）THIS. TEXT1. VALUE

C）COM1. TEXT1. VALUE   D）THIS. PARENT. VALUE

18. 要确定单选按钮的个数,应在下列_____属性中设置。

A）PageCount   B）ColumnCount   C）ControlCount   D）ButtonCount

19. 要指定列表框所使用的数据表,应在下列_____属性中设置。

A）RowSource   B）RowSourceType   C）ControlSource   D）ColorSource

20. 表单不能进行_____操作。

A）输入   B）编辑   C）连编   D）输出

21. 表单中不能包含_____。

A）表格   B）照片   C）项目   D）定时器

22. 要在表单中画一条线,应使用_____中的项目。

A）表单控件   B）表单事件   C）表单属性   D）表单方法程序

23. 重新绘制表单,应使用_____方法程序。

A）Draw   B）Refresh   C）Release   D）Clear

24. 指定对象的当前取值,应在_____中设置。

A）表单属性   B）表单事件   C）表单方法程序   D）表单数据环境

25. Init 属于表单的_____。

A）属性   B）事件   C）方法程序   D）数据环境

26. 设计表单的标签控件时,使用_____属性来加粗字体。

A）FontName   B）FontSize   C）FontItalic   D）FontBold

27. 在表单设计器工具栏中,用于打开属性窗口的图标是_____。

A）🖼   B）🖼   C）🖼   D）🖼

28. 要给表单加一幅图片,应使用表单控件工具栏中的_____图标。

A）🖼   B）🖼   C）🖼   D）🖼

29. 从_____菜单中可以调出表单控件工具。

A）"显示"   B）"格式"   C）"表单"   D）"工具"

30. 要显示数据表中逻辑字段的值,要使用_____控件。

A）文本框   B）复选框   C）命令按钮   D）列表框

31. 要使标签在表单中自动居中,应使用_____属性。

A）Top   B）AutoSize   C）AutoCenter   D）AlwaysOnTop

32. 要在文本框中输入密码,用_____属性来指定输入密码的掩盖符。

A) FontName   B) FontChar   C) Name   D) PasswordChar

33. 下列_____代表命令按钮的鼠标单击事件。

A) Click   B) MouseUp   C) MouseDown   D) MouseClick

34. 单击命令按钮 Com1 使文本框 Text1 得到焦点,命令按钮 Com1 的单击事件的方法程序中,下列_____语句是正确的。

A) THIS. TEXT1. SETFOCUS   B) THISFORM. TEXT1. SETFOCUS

C) THIS. TEXT1. GOTFOCUS   D) THISFORM. TEXT1. GOTFOCUS

35. 当复选框的 Value 属性值为 2 时,代表_____。

A) 选中复选框   B) 没有选中复选框   C) 复选框不能用   D) 复选框可以有 2 个

36. 下列_____不是控件中数据源类型的选项。

A) 字段   B) 数组   C) 别名   D) 视图

37. 能够将表单的 Visible 属性设置为.T.,并使表单成为活动对象的方法是_____。

A) Hide   B) Show   C) Release   D) SetFocus

38. 在微调按钮的设计中,_____属性用于设置微调量。

A) SpinnerHighValue   B) Increment

C) KeyboardHighValue   D) Value

39. 在 Visual FoxPro 中,表单(Form)是_____。

A) 数据库中表的清单   B) 一个表中记录的清单

C) 数据库中可以查询的对象清单   D) 窗口界面

40. 关闭当前表单的程序代码是 THISFORM. RELEASE,其中的 RELEASE 是表单对象的_____。

A) 标题   B) 属性   C) 事件   D) 方法

41. 以下叙述与表单数据环境有关,其中正确的是_____。

A) 当表单运行时,数据环境中的表处于只读状态,只能显示不能修改

B) 当表单关闭时,不能自动关闭数据环境中的表

C) 当表单运行时,自动打开数据环境中的表

D) 当表单运行时,与数据环境中的表无关

42. 运行表单(Form)的命令是_____。

A) RUN FORM   B) EXECUTE FORM   C) DO FORM   D) START FORM

43. 表单(Form)的 Caption 属性用于_____。

A) 指定表单执行的程序   B) 指定表单的标题

C) 指定表单是否可用   D) 指定表单是否可见

44. 有关控件对象的 Click 事件的正确叙述是_____。

A) 用鼠标双击对象时引发   B) 用鼠标单击对象时引发

C) 用鼠标右键单击对象时引发   D) 用鼠标右键双击对象时引发

45. 当用户用鼠标单击表单中的命令按钮时,将触发_____事件。

A) Click   B) Load   C) Init   D) Error

46. SQL 语句不能作为_____的数据来源。

A）文本框   B）列表框   C）组合框   D）表格

47. 启动表单后,使文本框 Text1 的数据能显示但不能被用户修改,应设计表单的 Init 事件代码为_____。

A）THISFORM. TEXT1. READONLY = . T.   B）THISFORM. TEXT1. READONLY = . F.

C）THISFORM. TEXT1. VISABLE = . T.   D）THISFORM. TEXT1. VISABLE = . F.

48. 要使命令按钮有效,应设置命令按钮的_____。

A）Visable 属性值为. T.   B）Visable 属性值为. F.

C）Enable 属性值为. T.   D）Enable 属性值为. F.

49. 命令按钮组是_____。

A）控件   B）容器   C）控件类对象   D）容器类对象

50. 对象和类的关系是_____。

A）对象是类的实例   B）类是对象的实例

C）对象和类是不相关的两个概念   D）对象和类是同一个概念

51. 要将表单从内存中释放,可将表单中的"退出"命令按钮的 Click 事件代码设置为_____。

A）THISFORM. CLOSE   B）THISFORM. CLEAR

C）THISFORM. RELEASE   D）THISFORM. REFRESH

52. 关闭表单的常用方法是_____。

A）Release   B）Close   C）End   D）Destroy

53. 创建表单的命令是_____。

A）CREATE FORM   B）CREATE ITEM   C）NEW ITEM   D）NEW FORM

54. 打开已有表单的命令是_____。

A）REPLACE FORM   B）START FORM   C）EDIT FORM   D）MODIFY FORM

55. 在列表框中使用_____属性判定列表项是否被选中。

A）Checked   B）Check   C）Value   D）Selected

56. 可以选择多项的控件是_____。

A）组合框   B）列表框   C）下拉列表框   D）选项按钮组

57. 当输入时为了在文本框中显示" * ",应设置文本框的_____属性。

A）PasswordChar   B）PasswordAttr   C）Password   D）PasswordWord

58. 命令按钮组 CommandGroup1 中有 Command1 和 Command2 两个命令按钮。要在 Command1 的某个方法中访问文本框的 Value 属性值,应该使用的表达式是_____。

A）THISFORM. TEXT1. VALUE   B）THIS. PARENT. VALUE

C）PARENT. TEXT1. VALUE   D）THIS. PARENT. TEXT1. VALUE

59. 表单可在项目管理器的_____选项卡中进行管理。

A）"表单"   B）"其他"   C）"文档"   D）"程序"

60. 复选框的_____属性用来确定它是否被选中。

A）Check   B）Enabled   C）Value   D）Checked

61. 在一个选项按钮组中_____。

A）只能选中一个按钮　　　　　　　　　　　　B）可以选中多个按钮

C）可以不选任何按钮　　　　　　　　　　　　D）以上说法都对

62. 在表单设计阶段，以下说法错误的是_____。

A）拖动表单上的对象，可以改变该对象在表单上的位置

B）拖动表单对象的边框，可以改变该对象的大小

C）通过设置表单对象的属性，可以改变该对象的大小和位置

D）表单上的对象一旦建立，其位置和大小均不能改变

63. 在表单属性窗口中设置表单或其他控件对象的属性时，以下正确的叙述是_____。

A）以斜体字显示的属性值是只读属性，不可以修改

B）"全部"选项卡中包含了"数据"选项卡中的内容，但不包含"方法程序"选项卡中的内容

C）表单的属性描述了表单的行为

D）以上都正确

64. 为了改变表单上表格对象的显示顺序，应该设置_____。

A）表单的 Caption 属性　　　　　　　　　　B）表格对象的 ColumnCount 属性

C）表格对象的 ChildOrder 属性　　　　　　D）表格中列对象的 ColumnOrder 属性

65. 下列描述错误的是_____。

A）表单是容器类对象　　　　　　　　　　　B）表格是容器类对象

C）选项按钮组是容器类对象　　　　　　　　D）命令按钮是容器类对象

66. 下列_____对象用来确定控件是否起作用。

A）Enable　　　　　　B）Default　　　　　　C）Caption　　　　　　D）Visible

67. 表单的 Name 属性用于_____。

A）指定表单的执行程序　　　　　　　　　　B）指定表单的名字

C）指定表单的标题　　　　　　　　　　　　D）指定表单是否可见

68. 下列对编辑框控件属性的描述中，正确的是_____。

A）SelLength 属性的设置可以小于 0

B）当 ScrollBars 的属性值为 0 时，编辑框内包含水平滚动条

C）SelText 属性在做界面设计时不可用，在运行时进行读写

D）ReadOnly 属性值为 .T. 时，编辑框上的滚动条不可用

69. 下列对控件的描述中，正确的是_____。

A）可以在组合框中进行多重选择

B）可以在列表框中进行多重选择

C）可以在一个选项组中选中多个选项按钮

D）对一个表单内的一组复选框只能选中其中一个

70. 下列对象中，_____不属于容器类对象。

A）页框　　　　　　　B）列表框　　　　　　C）表单　　　　　　　D）表格

71. 下列对象中，_____不属于控件类对象。

A）组合框　　　　　　B）选项按钮组　　　　C）编辑框　　　　　　D）复选框

72. 在表单的常用事件中，按照触发时机的先后排列，其顺序为_____。

A）Init、Load、Destroy、Unload　　　　　　B）Init、Load、Unload、Destroy

C）Load、Init、Destroy、Unload　　　　　　D）Load、Init、Unload、Destroy

73. 不能接受用户通过键盘输入值的控件是＿＿＿＿＿＿＿。

A）文本框　　　　　B）列表框　　　　　C）编辑框　　　　　D）组合框

74. 下列事件名称中，＿＿＿＿＿＿＿是微调控件所特有的。

A）Click　　　　　B）UpClick　　　　　C）RightClick　　　　　D）DblClick

75. This 是对＿＿＿＿＿＿＿的引用。

A）当前对象　　　　　B）当前表单　　　　　C）任意对象　　　　　D）任意表单

76. 在某控件的事件代码中，若想调用与该控件处于同一容器的另外一个对象，应该使用相对调用的关键字是＿＿＿＿＿＿＿。

A）This　　　　　B）ThisForm　　　　　C）ThisForm. Parent　　　　　D）This. Parent

77. 在表单设计器环境中，要选定某选项按钮组中的某个选项按钮，正确的操作是＿＿＿＿＿＿＿。

A）双击要选择的选项按钮

B）先单击该选项按钮组，然后再单击要选择的选项按钮

C）右击选项按钮组，从快捷菜单中选择"编辑"命令，单击要选择的选项按钮

D）以上 B 和 C 都可以

78. 下面对事件的描述中，不正确的是＿＿＿＿＿＿＿。

A）事件是一种预先定义好的特定动作，可由用户、系统或代码激活

B）Visual FoxPro 基类的事件集合是由系统预先定义好的

C）Visual FoxPro 基类的事件也可以由用户创建

D）可以激活事件的用户动作有按键、单击鼠标、移动鼠标等

79. 下面关于属性、方法和事件的叙述中，错误的是＿＿＿＿＿＿＿。

A）属性用于描述对象的状态，方法用于表示对象的行为

B）基于同一个类产生的两个对象可以分别设置自己的属性值

C）事件代码也可以像方法一样被显示调用

D）在新建一个表单时，可以添加新的属性、方法和事件

80. 下面关于数据环境和数据环境中两个表之间关系的叙述中，正确的是＿＿＿＿＿＿＿。

A）数据环境是对象，关系不是对象

B）数据环境不是对象，关系是对象

C）数据环境是对象，关系是数据环境中的对象

D）数据环境和关系都不是对象

81. 在 Visual FoxPro 中双击鼠标左键，选择列表框或组合框中的选项并按 Enter 键会触发＿＿＿＿＿＿事件。

A）Click　　　　　B）DblClick　　　　　C）Load　　　　　D）MouseMove

82. 要使表单中某个控件不可见，则将该控件的＿＿＿＿＿＿＿属性设为. F.。

A）Caption　　　　　B）Name　　　　　C）Visible　　　　　D）Enable

83. 当一个复选框变为灰色时，此时 Value 的值为＿＿＿＿＿＿＿。

A）1　　　　　B）0　　　　　C）2 或 NULL　　　　　D）不确定

84. 在命令按钮中,通过修改_____属性,可以将按钮个数设为 5 个。

A) Caption   B) PageCount   C) ButtonCount   D) Value

85. 在对对象的引用中,ThisForm 表示_____。

A) 当前对象   B) 当前表单

C) 当前表单集   D) 当前对象的上一级

86. 方法 AddItem 用在_____。

A) 表格中   B) 文本框中   C) 命令按钮中   D) 列表框中

87. 属性 Interval 用于_____控件。

A) 文本框   B) 复选框   C) 页框   D) 计时器

88. 改变微调量,需要用下列_____属性。

A) Value   B) SpinnerHightValue   C) SpinnerLowValue   D) Increment

89. 如果要改变列表框中的数据源类型,应设置_____属性。

A) RowSourceType   B) ControlSourceType   C) RowSource   D) ControlSource

90. 属性 ScrollBars 用于_____控件。

A) 文本框   B) 编辑框   C) 复选框   D) 页框

91. 下列_____属性用于决定表格的数据源。

A) RowSource   B) ControlSource   C) RecordSource   D) Value

92. 当表格的数据取自打开表字段的内容时,应选择下列_____项。

A) 0-表   B) 1-别名   C) 2-提示   D) 3-查询

93. 要改变页框的页面数,应设置_____属性。

A) ButtonCount   B) PageCount   C) Count   D) Value

94. 在表单中,用于调整图片尺寸的是_____属性。

A) Stretch   B) Height   C) Width   D) Left

95. 在表单中,使文字为粗体的是_____属性。

A) FontName   B) FontShadow   C) FontSize   D) FontBold

96. 在表单中,改变文字颜色的是_____属性。

A) ForeColor   B) FontColor   C) BackColor   D) ColorSource

97. 使表单对象在窗口内居中的属性是_____。

A) AlwaysOnTop   B) AutoCenter   C) AlwaysOnBottom   D) AutoTop

98. 不能改变表单对象位置的属性是_____。

A) Left   B) Height   C) Top   D) Right

99. 下列资源中_____可以作为文本框的数据来源。

A) 数值型字段   B) 内存变量   C) 字符型字段   D) 备注型字段

6.2 填空题

1. 表单中的控件有两类:与数据绑定的控件和不与数据绑定的控件。与数据绑定的控件与_____有关。

2. 表单的_____用于定义表单及其控件的性质、特征。

3. 表单的事件是表单及其控件可以识别和响应的_____。

4. 表单的_____是对象能够执行的、完成相应任务的操作命令代码的集合。

5. 表单的数据环境是指在创建表单时需要打开的全部_____。

6. 创建基于两个表(按一对多关系联接)的表单,可以使用_____向导。

7. 在表单设计器中可以使用多种工具栏,如果要使用的工具栏没有出现,可选择_____菜单中的"工具栏"命令来显示相应的工具栏。

8. 在表单设计器的_____窗口和代码窗口中,可以设置表单及其对象的属性、事件和方法程序。

9. "文本框"控件与"标签"控件最主要的区别是使用的_____不同。

10. 要编辑备注型字段的文本,应使用_____控件。

11. 如果要使表单上的字幕滚动,要为计时器控件添加_____事件过程代码。

12. 如果要表示一个学生的多门课程的成绩,可以使用一对多表单向导或者_____控件。

13. 要在表格中显示成绩表的内容,应在表格的 RecordSourceType 属性值中填入"1—别名";在 RecordSource 属性值中填入_____。

14. 要显示数据表中每个学生的照片,应使用_____控件。

15. 如果要在一个表单中,分三页显示三个数据表的内容,应使用_____控件。

16. 表单中使用的_____是提供给用户的基于标准化图形界面的多功能、多任务的操作工具。

17. 指定对象的名字,用属性_____。

18. 用户可以直接将字段、表或视图从_____中拖动到表单中,拖动成功时会创建相应的控件。

19. 设置命令按钮 Com1 当前不能用的语句是_____。

20. 设置表单的页面数,使用_____属性。

21. 指定整个表格的数据源,使用_____属性。

22. 指定表格中某一列的数据源,使用_____属性。

23. 用当前窗体的 Label1 控件显示系统时间的语句是:
THISFORM. LABEL1. _____ =TIME( )

24. 在运行表单时,计时器控件是_____。

25. 用于确定选项按钮组中哪个选项按钮被选中,应使用_____属性。

26. 标签最主要的属性是_____。

27. 用于掩盖文本框输入文字的属性是_____。

28. 用于决定文字大小的属性是_____。

29. Format 属性用于指定控件的 Value 属性的_____格式。

30. ForeColor 属性用于指定对象的_____。

31. 组合框兼有编辑框和_____的功能。

32. 组合框和列表框的数据源都由_____属性决定。

33. 当复选框的 Value 值为 1 时,代表复选框_____。

34. MESSAGEBOX( )函数用于显示用户自定义_____。

35. ScrollBars 属性用于决定编辑框是否有_____。

36. 用于指定列表框中数据条目的个数的属性是_____。

37. InteractiveChange 事件是指用户使用_____和鼠标改变控件值时引发的事件。

38. 每单击一次微调按钮增减的数量由_____属性决定。

39. 计时器的主要事件是_____。

40. 命令按钮的主要事件是_____。

41. ButtonCount 属性可用来定义命令按钮组控件的_____个数。

42. 如果表格要选取打开表字段的内容,要设置 RecordSourceType 属性值为_____。

43. ActiveX 控件又称为_____控件。

44. 表单集是一个或多个相关表单的_____。

45. 要使命令按钮 Com1 不可用(灰色),应设置命令_____。

46. 在初始化时,要使复选框 Check1 处于没有选中的状态,应设置命令_____。

47. 要刷新表单,应设置命令_____。

48. 要使文本框 Text1 得到焦点,应设置命令_____。

49. 要退出表单,应设置命令_____。

50. 要使文本框 Text1 显示列表框 List1 中的当前值,应设置命令_____。

6.3 参考答案

6.3.1 单项选择题

1. D)	2. A)	3. C)	4. B)	5. C)	6. C)	7. A)
8. D)	9. D)	10. B)	11. A)	12. B)	13. C)	14. D)
15. A)	16. C)	17. A)	18. D)	19. A)	20. C)	21. C)
22. A)	23. B)	24. A)	25. B)	26. D)	27. A)	28. D)
29. A)	30. B)	31. C)	32. D)	33. A)	34. B)	35. C)
36. D)	37. B)	38. B)	39. D)	40. D)	41. C)	42. C)
43. B)	44. C)	45. A)	46. A)	47. A)	48. C)	49. D)
50. A)	51. C)	52. A)	53. A)	54. D)	55. D)	56. B)
57. A)	58. A)	59. C)	60. C)	61. A)	62. D)	63. A)
64. D)	65. D)	66. A)	67. B)	68. C)	69. B)	70. B)
71. B)	72. C)	73. B)	74. B)	75. A)	76. D)	77. C)
78. C)	79. C)	80. C)	81. B)	82. C)	83. C)	84. C)
85. B)	86. D)	87. D)	88. D)	89. A)	90. B)	91. C)
92. B)	93. B)	94. A)	95. D	96. A)	97. B)	98. D)
99. C)						

6.3.2 填空题

1. 数据源   2. 属性

3. 行为和动作　　　　　　　　4. 方法程序

5. 表、视图和关系　　　　　　6. 一对多表单

7. "显示"　　　　　　　　　　8. 属性

9. 数据源　　　　　　　　　　10. 编辑框

11. Timer　　　　　　　　　　12. 表格

13. "成绩表"　　　　　　　　14. ActiveX 绑定

15. 页框　　　　　　　　　　　16. 控件

17. Name　　　　　　　　　　18. 数据环境设计器

19. COM1. ENABLED = . F.　　20. PageCount

21. RecordSource　　　　　　22. ControlSource

23. Caption　　　　　　　　　24. 不可见的

25. Value　　　　　　　　　　26. Caption

27. Password Char　　　　　　28. FontSize

29. 输入输出　　　　　　　　　30. 前景色

31. 列表框　　　　　　　　　　32. RowSource

33. 被选中　　　　　　　　　　34. 对话框

35. 滚动条　　　　　　　　　　36. ListCount

37. 键盘　　　　　　　　　　　38. Increment

39. Timer　　　　　　　　　　40. Click

41. 命令按钮　　　　　　　　　42. 1-别名

43. OLE　　　　　　　　　　　44. 集合

45. COM1. ENABLED = . F.　　46. THISFORM. CHECK1. VALUE = 0

47. THISFORM. REFRESH　　　48. THISFORM. TEXT1. SETFOCUS

49. RELEASE THISFORM

50. THISFORM. TEXT1. VALUE = THISFORM. LIST1. VALUE

第7章 菜单、报表及应用系统集成

7.1 单项选择题

1. 连编生成的 APP 应用程序文件可以_____。
A）在 Windows 环境下运行
B）在 Visual FoxPro 中运行
C）在 Windows 环境下或 Visual FoxPro 中运行
D）任何情况下均可运行

2. 假设已经生成了名为 mymenu 的菜单，执行该菜单文件的命令是_____。
A）DO mymenu
B）DO mymenu. mpr
C）DO mymenu. pjx
D）DO mymenu. mnx

3. 使用报表向导定义报表时，定义报表布局的选项是_____。
A）列数、方向、字段布局
B）列数、行数、字段布局
C）行数、方向、字段布局
D）列数、行数、方向

4. 在 Visual FoxPro 中，使用菜单设计器定义菜单，最后生成的可执行菜单程序的扩展名是_____。
A）. MNX
B）. PRG
C）. MPR
D）. SPR

5. 调用报表文件 PP1 并预览报表的命令是_____。
A）REPORT FROM PP1 PREVIEW
B）DO FROM PP1 PREVIEW
C）REPORT FORM PP1 PREVIEW
D）DO FORM PP1 PREVIEW

6. 在 Visual FoxPro 中，为了将表单从内存中释放（清除），可将表单中的"退出"命令按钮的 Click 事件代码设置为_____。
A）THISFORM. REFRESH
B）THISFORM. DELETE
C）THISFORM. HIDE
D）THISFORM. RELEASE

7. 如果菜单项的名称为"统计"，热键是 T，在菜单名称一栏中应输入_____。
A）统计（\<T）
B）统计（Ctrl+T）
C）统计（Alt+T）
D）统计（T）

8. Visual FoxPro 的报表文件. FRX 中保存的是_____。
A）打印报表的预览格式
B）已经生成的完整报表
C）报表的格式和数据
D）报表设计格式的定义

9. 使用 Visual FoxPro 的菜单设计器时，选中菜单项之后，如果设计它的子菜单，应在"结果"列中选择_____。
A）"命令"
B）"子菜单"
C）"过程"
D）"填充命令"

10. 在创建快速报表时，基本带区包括_____。

A）标题、细节和总结　　　　　　　　　　B）页标头、细节和页注脚

C）组标头、细节和组注脚　　　　　　　　D）报表标题、细节和页注脚

11. 对于 Visual FoxPro 来说，要开发一个完整良好的应用系统，应建立一个_____。

A）数据库文件　　　B）菜单文件　　　C）报表文件　　　D）项目文件

12. 定义_____菜单时，可以使用菜单设计器中的"插入栏"按钮，以插入标准的系统菜单命令。

A）条形菜单　　　　　　　　　　　　B）下拉式菜单

C）快捷菜单　　　　　　　　　　　　D）选项 B 和 C 都可以

13. 报表的数据来源可以是_____。

A）自由表或其他报表　　　　　　　　B）数据库表、自由表或视图

C）数据库表、自由表或查询　　　　　D）表、查询或视图

14. 在使用菜单设计器定义菜单时，_____时可以使用"菜单"菜单中的"快速菜单"命令。

A）定义下拉式菜单　　　　　　　　　B）定义下拉式菜单时，且菜单当时为空

C）定义快捷菜单　　　　　　　　　　D）定义快捷菜单时，且菜单当时为空

15. 在 Visual FoxPro 主窗口中打开菜单设计器后，增加的系统菜单项是_____。

A）"屏幕"　　　B）"浏览"　　　C）"菜单"　　　D）"生成"

16. 连编应用程序不能生成的文件是_____。

A）.app 文件　　　B）.exe 文件　　　C）com dll 文件　　　D）.prg 文件

17. 与菜单无关的文件的扩展名是_____。

A）.MNX　　　B）.MEM　　　C）.MPR　　　D）.MNT

18. 在菜单设计器中，"结果"列中不包含_____。

A）"命令"　　　B）"子菜单"　　　C）"表单"　　　D）"过程"

19. 菜单设计器中没有包含_____按钮。

A）"修改"　　　B）"插入"　　　C）"删除"　　　D）"预览"

20. 如果要将用户自定义的菜单内容添加到系统菜单之后，应使用"显示"菜单中的"常规选项"命令，在"常规选项"对话框中的"位置"选项组中选择_____选项。

A）"替换"　　　B）"追加"　　　C）"在…之前"　　　D）"在…之后"

21. 下列_____不能作为应用软件的主程序。

A）表单　　　B）数据表　　　C）菜单　　　D）程序

22. 创建报表有三种方式，其中_____不能用于创建报表。

A）报表向导　　　B）快速报表　　　C）报表生成器　　　D）报表设计器

23. 使用报表向导创建报表的步骤中，不包括_____。

A）字段选取　　　B）建立索引　　　C）分组记录　　　D）定义报表布局

24. 打开报表设计器后，默认有三个带区，其中_____不是默认的带区。

A）页标头带区　　　B）细节带区　　　C）页注脚带区　　　D）总结带区

25. 如果要为报表的每一页设置一个标题，应使用_____带区。

A）标题　　　B）页标头　　　C）列标头　　　D）组标头

26. 表 xs.dbf 中的内容在连编后的应用程序中不能被修改,则应在连编前将其设置为_____。

A)包含　　　　　B)更改　　　　　C)排除　　　　　D)主文件

27. 如果要在报表中输出"学生"表中"姓名"字段的内容,应使用_____控件。

A) ▶　　　　　B) A　　　　　C) abl　　　　　D) OLE

28. 关于快速报表,正确的描述是_____。

A)快速报表就是报表向导

B)快速报表的字段布局有三种样式

C)快速报表所设置的带区是标题带区、细节带区和总结带区

D)在报表的细节带区已添加了域控件,就不能使用快速报表方法

29. 域控件的格式设计中,不包括数据类型为_____的格式设置。

A)字符型　　　　　B)逻辑型　　　　　C)数值型　　　　　D)日期型

30. 关于报表分组的说法,错误的描述是_____。

A)"数据分组"命令位于"报表"菜单中

B)组标头带区包含了用来分组的字段的域控件

C)如分别统计男女生的英语平均分,则分组表达式的内容是"英语"字段

D)输出分组统计数据的域控件应设置在组注脚带区

31. 在报表的页面设置中,把页面布局设置为两列,其含义是_____。

A)每页只输出两列字段值　　　　　B)一行可以输出两条记录

C)一条记录可以分成两列输出　　　　　D)两条记录可以在一列输出

32. 在报表设计器中,任何时候都可以使用预览功能查看报表的打印效果。以下_____操作不能实现预览功能。

A)选择"显示"菜单中的"预览"命令　　　　　B)选择"快捷"菜单中的"预览"命令

C)单击常用工具栏上的"打印预览"按钮　　　　　D)选择"报表"菜单中的"运行报表"命令

33. 如果要使报表输出时每个字段占一行,应使用下列_____布局类型。

A)列报表　　　　　B)行报表　　　　　C)一对多报表　　　　　D)多栏报表

34. 查询文件包含在项目管理器的_____选项卡中。

A)"数据"　　　　　B)"文档"　　　　　C)"代码"　　　　　D)"其他"

35. 在连编应用程序前应正确设置文件的排除和包含,以下说法正确的是_____。

A)排除是指将该文件从项目中删除

B)排除是指将项目编译为应用程序后,程序中不包含标记为排除的文件

C)包含是指将文件添加到项目文件中

D)包含是指将项目编译为应用程序后,所有标记为包含的文件都不能被修改

36. 在项目管理器的_____选项卡中包含表单、报表和标签。

A)"数据"　　　　　B)"文档"　　　　　C)"代码"　　　　　D)"其他"

37. 在项目管理器中,要打开一个数据库,应使用_____按钮。

A)"打开"　　　　　B)"修改"　　　　　C)"浏览"　　　　　D)"其他"

38. 要对一组功能相近的菜单项进行分组,可使用_____符号。

A) \<　　　　　　B) \>　　　　　　C) \-　　　　　　D) /-

39. 要为一个菜单项添加说明信息,应在"提示选项"对话框中的_____框中设置。

A) "跳过"　　　　B) "信息"　　　　C) "主菜单名"　　　　D) "备注"

40. 将一个预览成功的菜单存盘,再运行该菜单,却不能执行,可能是因为_____。

A) 没有放到项目中　　　　　　　　B) 要使用命令方式

C) 要编入程序逻辑　　　　　　　　D) 没有生成.MPR 文件

41. 设计菜单要完成的最终操作是_____。

A) 创建主菜单和子菜单　　　　　　B) 生成菜单程序

C) 指定各菜单任务　　　　　　　　D) 浏览菜单

42. 报表文件的扩展名为_____。

A) .FRX　　　　B) .FMT　　　　C) .FRT　　　　D) .LBX

43. 下面关于 Visual FoxPro 主程序的叙述,正确的是_____。

A) 主程序是 Visual FoxPro 应用系统的主要程序,可以完成应用系统的所有功能

B) 主程序中必须同时包含建立事件循环和结束事件循环的命令

C) 主程序是运行 Visual FoxPro 应用程序时首先启动的文件,是整个应用程序的入口

D) 每个数据库应用系统都可以包含多个主程序

44. 下列_____不是报表设计器中特有的工具栏。

A) 报表设计器工具栏　　　　　　　B) 报表控件工具栏

C) 布局工具栏　　　　　　　　　　D) 打印预览工具栏

45. 要为报表添加数据,要使用数据环境,下列_____不是打开数据环境的命令。

A) "显示"菜单中的"数据环境"命令

B) 快捷菜单中的"数据环境"命令

C) 报表设计器工具栏中的"数据环境"按钮

D) 报表控件工具栏中的"数据环境"按钮

46. 要在报表中添加一个图片,可使用_____控件。

A)　　　　　　B)　　　　　　C)　　　　　　D)

47. 下列_____属于报表的控件。

A) 标签　　　　B) 预览　　　　C) 数据源　　　　D) 布局

48. 将一个项目编译成一个应用程序时,下面叙述正确的是_____。

A) 所有的项目文件将组合为一个单一的应用程序文件

B) 所有项目的包含文件将组合为一个单一的应用程序文件

C) 所有项目排除的文件将组合为一个单一的应用程序文件

D) 由用户选定的项目文件将组合为一个单一的应用程序文件

49. 报表中的数据源不能是_____。

A) 表　　　　B) 视图　　　　C) SQL 的查询结果　　　D) 数据库

50. 在报表设计器中,可以使用的控件为_____。

A) 标签、域控件和线条　　　　　　B) 标签、域控件和列表框

C) 标签、文本框和组合框　　　　　D) 文本框、布局和数据源

51. 作为整个应用程序入口点的主程序，一般应具有_____功能。

A）初始化环境

B）初始化环境，显示初始用户界面

C）初始化环境，显示初始用户界面，控制事件循环

D）初始化环境，显示初始用户界面，控制事件循环，退出时恢复环境

52. 如果要创建一个按课程名（字符型数据）和成绩（数值型数据）进行两级分组的报表，当前索引的索引表达式应该是_____。

A）课程名,成绩　　　　　　　　B）课程名+成绩

C）课程名+STR（成绩）　　　　D）STR（成绩）+课程名

53. 在报表设计中，通常对每个字段都有一个说明性文字，完成这种说明文字的报表控件是_____。

A）标签控件　　　　B）域控件　　　　C）线条控件　　　　D）矩形控件

54. 连编后的应用程序在运行后直接返回到操作系统中，主要是因为_____。

A）程序中没有启动事件循环　　　　B）程序中有语法错误

C）连编前将某些命令文件设置成了排除　　　D）程序中没有退出事件循环的方法

7.2　填空题

1. 根据项目文件 mysub 连编生成 APP 应用程序的命令是：

　　BUILD APP mycom _____ mysub

2. 要为表单设计下拉式菜单，首先需要在设计菜单时，在"常规选项"对话框中选择"顶层表单"复选框；其次要将表单的 ShowWindow 属性值设置为_____，使其成为顶层表单；最后需要在表单的_____事件代码中添加调用菜单程序的命令。

3. 一个 Visual FoxPro 应用程序只有一个主文件，当重新设置主文件时，原来的设置_____。

4. 菜单运行后，会替代当前 Visual FoxPro 的菜单栏，若要恢复默认的 Visual FoxPro 系统菜单，可在命令窗口中输入_____命令。

5. 要将某个快捷菜单作为一个对象的快捷菜单，通常是在对象的_____事件代码中添加调用该快捷菜单程序的命令。

6. 使用应用程序向导，可以创建一个具有各种功能的应用程序，也可以创建一个_____。

7. 如果项目不是用"应用程序向导"创建的，应用程序生成器只有_____、"表单"和"报表"三个选项卡可用。

8. 可以在_____中将系统的各个文件组装在一起。

9. 在使用项目管理器对文件进行操作时，除了使用项目管理器中的按钮外，还可使用系统菜单栏中的_____菜单。

10. 经过连编，Visual FoxPro 将所有在项目中引用的文件，除了被标志为_____的文件外，合成为一个应用程序文件。

11. 在 Visual FoxPro 中，_____是报表数据的来源，_____用于定义报表中各个输出内

容的位置和格式。

12. 在 Visual FoxPro 中，报表布局主要保存在_____文件中。

13. 要在报表中输出数据表中"照片"字段的内容，应使用_____控件。

14. 当对报表中的数据进行了分组设计后，报表带区将自动出现_____和_____带区。

15. 在报表中需要对数据进行分组时，为了数据的正确分组，必须先对分组字段进行_____或索引。

16. 使用_____工具栏中的按钮可以调整报表设计器中选中控件的相对位置或大小。

17. 从软件开发的角度看，要组织管理应用系统的数据及其他资源，最好使用_____。

18. 要在项目管理器中生成在 Visual FoxPro 下运行的应用程序，应使用连编选项中的_____选项。

19. 使用菜单设计器创建的菜单文件的扩展名为_____。

20. 运行菜单是指执行扩展名为_____的文件。

21. 在下拉菜单中，用_____来划分功能相近的菜单项。

22. 如果要定义当前菜单的公共过程代码，应使用_____菜单中的"菜单选项"命令。

23. 菜单程序在项目管理器的_____选项卡中。

24. Visual FoxPro 提供了两种不同的报表向导，一种是_____，另一种是_____。

25. 要为报表的每一页添加一个页码，可以使用系统变量_____。

26. 要为报表添加一个标题，应增加一个标题带区，方法是选择"报表"菜单中的_____命令。

27. 要为报表添加某个数据表的内容，可以直接将数据环境中表的字段拖到报表设计器中，也可以使用报表控件工具栏上的_____按钮。

28. 双击报表中的某个域控件或单击报表控件工具栏上的"域控件"按钮后，在带区相应位置单击，将弹出_____对话框。

29. 报表的标题要使用_____控件定义。

30. 如果要对报表中数据进行分组，应使用"报表"菜单中的_____命令。

31. 多栏报表是通过_____对话框中的_____选项设置的。

32. 在报表中，打印输出内容的主要带区是_____带区。

33. 菜单设计器中的_____下拉列表框可用于上、下级菜单之间的切换。

34. 设计菜单中，若某菜单项对应的任务需要由多条命令才能完成，应利用_____选项添加多条命令。

35. 建立事件循环是为了等待用户操作并进行响应。用命令_____将启动事件处理，而命令_____将停止 Visual FoxPro 事件处理，使程序退出事件循环。

7.3 参考答案

7.3.1 单项选择题

1. B)	2. B)	3. A)	4. C)	5. C)	6. D)	7. A)
8. D)	9. B)	10. B)	11. D)	12. D)	13. D)	14. B)

15. C)　　　16. D)　　　17. B)　　　18. C)　　　19. A)　　　20. B)　　　21. B)

22. C)　　　23. B)　　　24. D)　　　25. B)　　　26. A)　　　27. C)　　　28. D)

29. B)　　　30. C)　　　31. B)　　　32. D)　　　33. B)　　　34. A)　　　35. D)

36. B)　　　37. B)　　　38. C)　　　39. B)　　　40. D)　　　41. B)　　　42. A)

43. C)　　　44. C)　　　45. D)　　　46. D)　　　47. A)　　　48. B)　　　49. D)

50. A)　　　51. D)　　　52. C)　　　53. A)　　　54. A)

7.3.2　填空题

1. FROM

2. 2　　　Init

3. 自动取消

4. SET SYSMENU TO DEFAULT

5. RightClick

6. 应用程序框架

7. "数据"

8. 项目管理器

9. "项目"

10. 排除

11. 数据源　　报表布局

12. 报表格式

13. 图片/ActiveX 绑定

14. 组标头　　组注脚

15. 排序

16. 布局

17. 项目管理器

18. "连编应用程序"

19. .MNX

20. .MPR

21. 分隔线

22. "显示"

23. "其他"

24. 报表向导　　一对多报表向导

25. _Pageno

26. "标题/总结"

27. "域控件"

28. "报表表达式"

29. 标签

30. "数据分组"

31. "页面设置"　　"列数"

32. 细节

33. "菜单级"

34. "过程"

35. READ EVENTS　　CLEAR EVENTS

第三部分　上机操作题及参考答案

1　基本操作题

1.1　基本操作1

1.1.1　上机题目

在"基本操作"文件夹中"第1题"文件夹下的"雇员管理"数据库中完成如下操作：

（1）为"雇员"表增加一个字段名为"EMAIL"、类型为"字符"、宽度为20的字段。

（2）设置"雇员"表中"性别"字段的有效性规则，性别只能取"男"或"女"，默认值为"女"。

（3）在"雇员"表中，将所有记录的"EMAIL"字段值使用"部门号"字段值加上"雇员号"字段值再加上"@xxxxx.com.cn"进行替换。

（4）通过"部门号"字段建立"雇员"表和"部门"表间的永久联系。

1.1.2　参考答案

（1）在数据库设计器中使用右键单击数据库表"雇员"，选择"修改"命令。在表设计器中选择"字段"选项卡，单击"插入"按钮，输入字段名"EMAIL"并选择相应类型为"字符型"、宽度为20。

（2）选择"性别"字段，在右下方的"字段有效性"选项组的"规则"文本框中输入"性别 = "男". OR. 性别 = "女""，在"默认值"文本框中输入""女""。

（3）在命令窗口输入：

```
replace all email with 部门号+雇员号+"@xxxxx.com.cn"
```

（4）在数据库设计器中，将"部门"表中的部门号索引拖到"雇员"表中的部门号索引上。

1.2　基本操作2

1.2.1　上机题目

在"基本操作"文件夹中"第2题"文件夹下完成如下操作：

（1）打开项目文件"工资管理"，将该文件夹下的数据库 salarydb 添加到该项目中。

（2）在 salarydb 数据库中为 dept 表创建一个主索引（升序），索引名和索引表达式均是"部门号"；为 salarys 表创建一个普通索引（升序），索引名和索引表达式均是"部门号"，再创建一个主索引（升序），索引名和索引表达式均是"雇员号"。

（3）通过"部门号"字段建立 salarys 表和 dept 表间的永久联系。

（4）为以上建立的联系设置参照完整性约束：更新规则为"限制"，删除规则为"级联"，插入规则为"限制"。

1.2.2　参考答案

（1）选择"文件"菜单中的"打开"命令，打开"工资管理"项目（文件类型选择"项目"）。选择"数据"选项卡，选择"数据库"选项，单击"添加"按钮，将该文件夹下的 salarydb 数据库添加到项目管理器中。

（2）选择 salarydb 数据库，单击"修改"按钮，选择 dept 表，单击右键，选择"修改"命令。在表设计器中选择"字段"选项卡，将"部门号"字段的索引选项设为升序。选择"索引"选项卡，将"部门号"索引的类型改为主索引。

用同样的方法为 salarys 表设置普通索引"部门号"和主索引"雇员号"。

（3）在数据库设计器中，将 dept 表中的"部门号"索引拖到 salarys 表中的"部门号"索引上。

（4）选择"数据库"菜单中的"清理数据库"命令，用右键单击 dept 表和 salarys 表间的关系线，选择"编辑参照完整性"命令。在弹出的参照完整性生成器中，根据题意，在相应的选项卡中设置参照规则，如图 1-1 所示。

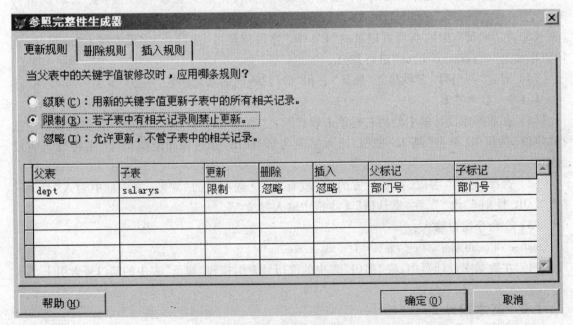

图 1-1　参照完整性生成器

1.3　基本操作3

1.3.1　上机题目

在"基本操作"文件夹中"第3题"文件夹下完成如下操作：

（1）在该文件夹下建立数据库 Cust_m。

（2）将该文件夹下的自由表 cust 和 order1 加入到刚建立的数据库中。

（3）为 cust 表建立主索引，索引名为 primarykey，索引表达式为"客户编号"。

（4）为 order1 表建立候选索引，索引名为 candi_key，索引表达式为"订单编号"。为 order1 表建立普通索引，索引名为 regularkey，索引表达式为"客户编号"。

1.3.2　参考答案

（1）选择"文件"菜单中的"新建"命令，选择"数据库"单选按钮，单击"新建文件"按钮。在"创建"对话框中输入数据库名称"Cust_m"，单击"保存"按钮。

（2）在数据库设计器中，单击右键，选择"添加表"命令，将表 cust 和表 order1 加入到刚建立的数据库中。

（3）在 cust 表上单击右键，选择"修改"命令，如图1-2所示。在表设计器中选择"索引"选项卡，输入索引名为 primarykey，"类型"为"主索引"，"表达式"选择"客户编号"，如图1-3所示。

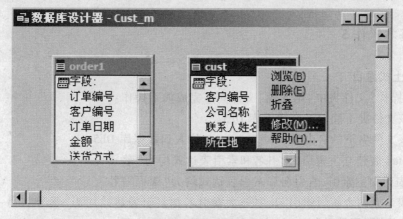

图1-2　数据库设计器

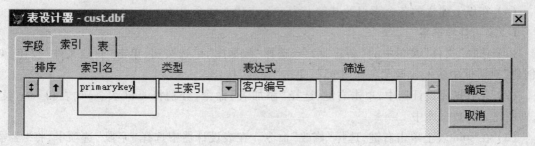

图1-3　表设计器

（4）用同样的方法为表 order1 分别建立候选索引 candi_key 和普通索引 regularkey。

1.4 基本操作4

1.4.1 上机题目

在"基本操作"文件夹中"第4题"文件夹下完成如下操作。将每道题的SQL命令粘贴到sqlanswer.txt文件中,每条命令占一行,如果某道题没有做,相应行为空行。

(1) 利用SQL的SELECT命令,将share.dbf表复制到share_bk.dbf表中。

(2) 利用SQL的INSERT命令,插入记录("600028",4.36,4.60,5500)到share_bk.dbf表中。

(3) 利用SQL的UPDATE命令,将share_bk.dbf表中"股票代码"为"600007"的股票的"现价"改为8.88。

(4) 利用SQL的DELETE命令,删除share_bk.dbf表中"股票代码"为"600000"的记录。

1.4.2 参考答案

(1) SELECT * FROM share INTO TABLE share_bk

(2) INSERT INTO share_bk VALUES("600028", 4.36, 4.60, 5500)

(3) UPDATE share_bk SET 现价=8.8 WHERE 股票代码="600007"

(4) DELETE FORM share_bk WHERE 股票代码="600000"

1.5 基本操作5

1.5.1 上机题目

在"基本操作"文件夹中"第5题"文件夹下完成如下操作:

(1) 在该文件夹下建立一个数据库Db5。

(2) 将该文件夹下的自由表stud、cour、scor加入到数据库Db5中。

(3) 为stud表建立主索引,索引名和索引表达式均为"学号"。

为cour表建立主索引,索引名和索引表达式均为"课程编号"。

为scor表建立两个普通索引,其中一个索引名和索引表达式均为"学号",另一个索引名和索引表达式均为"课程编号"。

(4) 在以上建立的各个索引的基础上为三个表建立联系。

1.5.2 参考答案

(1) 选择"文件"菜单中的"新建"命令,选择"数据库"单选按钮,单击"新建文件"按钮。在"创建"对话框中输入数据库名称"Db5",单击"保存"按钮。

(2) 在数据库设计器中,单击右键,选择"添加表"命令,分别将stud表、cour表和scor表加入到刚建立的数据库中。

(3) 在stud表上单击右键,选择"修改"命令。在表设计器中选择"字段"选项卡,将"学号"字段的索引项改为"升序"。选择"索引"选项卡,将"类型"改为"主索引",单击"确定"按钮。

用同样的方法为cour表和scor表建立相关的索引。

(4) 在数据库设计器中,将cour表中的"课程编号"索引拖到scor表中的"课程编号"索引上,将 stud 表中的"学号"索引拖到 scor 表中的"学号"索引上,如图 1-4 所示。

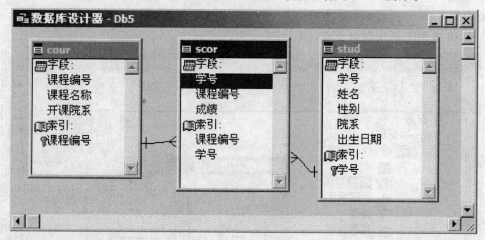

图 1-4 三个表之间的联系

1.6 基本操作 6

1.6.1 上机题目
在"基本操作"文件夹中"第 6 题"文件夹下完成如下操作:

(1) 在该文件夹下建立一个项目 Wy。

(2) 将该文件夹下的数据库 ks4 加入到新建的项目 Wy 中。

(3) 利用视图设计器在数据库中建立视图 NEW_VIEW,视图包括 Gjhy 表的全部字段(顺序同 Gjhy 表中的字段)和全部记录。

(4) 从 Hjqk 表中查询"奖级"为"一等"的学生的全部信息(Hjqk 表中的全部字段),并按分数的降序存入新表 New1 中。

1.6.2 参考答案
(1) 选择"文件"菜单中的"新建"命令,选择"项目"单选按钮,单击"新建文件"按钮。在"创建"对话框中输入项目名称"Wy",单击"保存"按钮。

(2) 在项目管理器中选择"数据"选项卡,选择"数据库"选项,单击"添加"按钮,将数据库 KS4 添加到项目中。

(3) 在项目管理器的"数据"选项卡中,展开数据库 ks4,选择"本地视图"选项,单击"新建"按钮。在"新建本地视图"对话框中单击"新建视图"按钮,如图 1-5 所示。将 Gjhy 表添加到视图中,在视图设计器中,选择"字段"选项卡,选择"全部添加"按钮,如图 1-6 所示。选择"文件"菜单中的"保存"命令(或按 Ctrl + S 键),输入视图名"NEW_VIEW ",单击"确定"按钮。

(4) 在项目管理器的"数据"选项卡中,选择"查询"选项,单击"新建"按钮。在"新建查询"对话框中单击"新建查询"按钮,将 Hjqk 表添加到查询中。在查询设计器的"字段"选项卡中单击"全部添加"按钮,如图 1-7 所示。选择"筛选"选项卡,按图 1-8 所示进行设置。选择"排序依据"选项卡,添加"分数"字段,将"排序选项"设置为"降序"。右击查询设计器中的 Hjqk 表,选择"输出设置"命令,单击"表"按钮,并输入表名"NEW1"。右击查询设计器中的 Hjqk 表,选

择"运行查询"命令,或者使用 SQL 语句:

  SELECT * FROM Hjqk WHERE 奖级 = "一等" ORDER BY 分数 DESC INTO TABLE New1.dbf

  (可以将该 SQL 语句在命令窗口中执行)

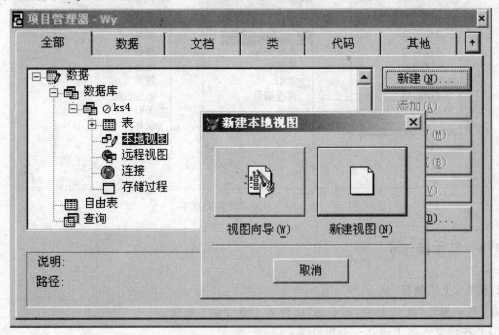

图 1-5 新建视图

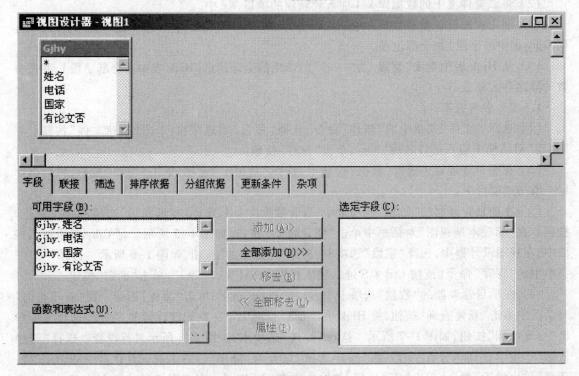

图 1-6 视图设计器

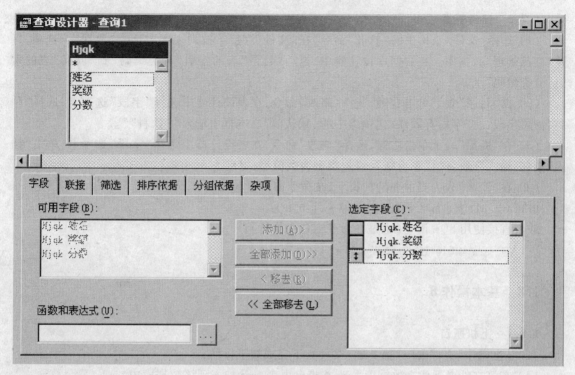

图 1-7 查询设计器

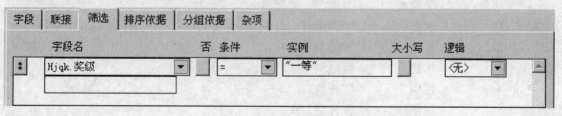

图 1-8 "筛选"选项卡

1.7 基本操作 7

1.7.1 上机题目

在"基本操作"文件夹中"第7题"文件夹下完成如下操作：

（1）打开数据库"商品管理"及数据库设计器,其中,两个表的必要索引已经建立,为这两个表建立永久性联系。

（2）设置"目录"表中"种类名称"字段的默认值为"饮料"。

（3）为"商品"表增加字段："优惠价格" N(8,2)。

（4）如果所有商品的优惠价格是在进货价格的基础上减少 12%,计算所有商品的优惠价格。

175

1.7.2 参考答案

（1）选择"文件"菜单中的"打开"命令，在"文件类型"下拉列表框中选择"数据库"选项，打开"商品管理"数据库。在数据库设计器中，拖动"目录"表的索引"分类编码"到"商品"表的索引"分类编码"上。

（2）在"目录"表上单击右键，选择"修改"命令，在表设计器中选择"字段"选项卡，选择"种类名称"字段，在"字段有效性"选项组中的"默认值"文本框中输入""饮料""。

（3）在"商品"表上单击右键，选择"修改"命令，在表设计器中选择"字段"选项卡，单击"插入"按钮，输入字段名"优惠价格"，设置类型为数值型，宽度为8，小数位为2。

（4）在"商品"表为当前表的前提下，在命令窗口中输入：

REPLACE ALL 优惠价格 WITH 进货价格 * (1-0.12)

或者直接使用 SQL 语句（也是在命令窗口中执行）：

UPDATE 商品 SET 优惠价格=进货价格 * (1-0.12)

1.8 基本操作8

1.8.1 上机题目

在"基本操作"文件夹中"第8题"文件夹下完成如下操作：

（1）在该文件夹下建立数据库 ks8，并将自由表 scor 加入到该数据库中。

（2）依照下面给出的表结构，为数据库添加表 stud。

字段	字段名	类型	宽度	小数
1	学号	字符型	2	
2	姓名	字符型	8	
3	年龄	数值型	2	0
4	性别	字符型	2	
5	院系号	字符型	2	

（3）为表 stud 建立主索引，索引名为学号，索引表达式为"学号"；为表 scor 建立普通索引，索引名为学号，索引表达式为"学号"。

（4）表 stud 和表 scor 必要的索引已建立，为两表建立永久性联系。

1.8.2 参考答案

（1）选择"文件"菜单中的"新建"命令，选择"数据库"单选按钮，单击"新建文件"按钮，输入数据库名称"ks8"。在数据库设计器中单击右键，选择"添加表"命令，将表 scor 加入到刚建立的数据库中。

（2）在数据库设计器中的空白地方单击右键，选择"新建表"命令。单击"新建表"按钮，输入表名"stud"，在表设计器中的"字段"选项卡中输入前面给出的字段名和类型及相关设置。

（3）在 stud 表的表设计器中，选择"字段"选项卡，将"学号"字段的索引项改为"升序"；选择"索引"选项卡，将"类型"改为"主索引"，单击"确定"按钮。

在 scor 表上单击右键，选择"修改"命令，在表设计器中选择"字段"选项卡，将"学号"字段的索引项改为"升序",单击"确定"按钮。

（4）在数据库设计器中,将 stud 表中的"学号"索引拖到 scor 表中的"学号"索引上。

1.9 基本操作9

1.9.1 上机题目

在"基本操作"文件夹中"第9题"文件夹下完成如下操作:

（1）在该文件夹下打开数据库"客户管理",为"客户"表建立主索引,索引名为客户编号,索引表达式为"客户编号"。

（2）"客户"表和"订单"表中必要的索引已经建立,为两表建立永久性联系。

（3）为"客户"表增为字段:"客户等级"C(2),字段值允许为空。

（4）为"订单"表 的"金额"字段增加有效性规则:金额>0,否则提示"金额必须大于零"。

1.9.2 参考答案

（1）选择"文件"菜单中的"打开"命令,打开数据库"客户管理"。在数据库设计器中,在"客户"表上单击右键,选择"修改"命令,在表设计器中选择"字段"选项卡,将"客户编号"字段的索引项改为"升序";选择"索引"选项卡,将索引"客户编号"的类型改为"主索引",单击"确定"按钮。

（2）在数据库设计器中,拖动"客户"表中的索引"客户编号"到"订单"表中的索引"客户编号"上。

（3）在数据库设计器中,在"客户"表上单击右键,选择"修改"命令,在表设计器的"字段"选项卡中单击"插入"按钮,输入字段名称"客户等级",类型为字符型,宽度为2,在 NULL 选项上打钩"√",单击"确定"按钮。

（4）在数据库设计器中,在"订单"表上单击右键,选择"修改"命令,在表设计器的"字段"选项卡中选择"金额"字段,在"字段有效性"选项组中的"规则"文本框中利用表达式生成器设置"规则"为"金额 > 0"（如图1-9所示）,设置"信息"为""金额必须大于零"",单击"确定"按钮。

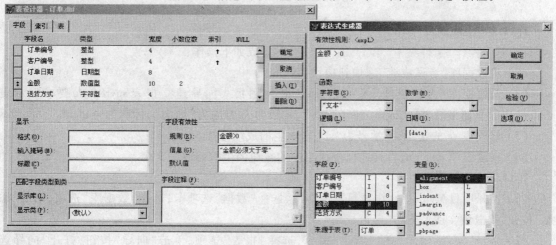

图1-9 表设计器和表达式生成器

1.10　基本操作 10

1.10.1　上机题目
在"基本操作"文件夹中"第 10 题"文件夹下完成如下操作：

（1）在该文件夹下建立项目 Stsc_m。

（2）把数据库 Stsc 加入到 Stsc_m 项目中。

（3）从 student 表中查询"金融"系学生的信息（student 表的全部字段），按学号升序存入新表 new。

（4）使用视图设计器在数据库中建立视图 NEW_VIEW。视图包括 student 表全部字段（字段顺序和 student 表一样）和全部记录（元组），记录按学号降序排序。

1.10.2　参考答案
（1）选择"文件"菜单中的"新建"命令，选择"项目"单选按钮，单击"新建文件"按钮，输入项目名称"Stsc_m"，单击"保存"按钮。

（2）在项目管理器中，选择"数据"选项卡，选择"数据库"选项，单击"添加"按钮，将数据库 stsc 添加到项目中。

（3）利用 SQL 语句完成查询：

SELECT ＊ FROM Student INTO TABLE New WHERE 院系＝"金融" ORDER BY 学号

（4）在项目管理器的"数据"选项卡中，展开数据库 stsc，选择"本地视图"选项，单击"新建"按钮，再单击"新建视图"按钮，将表 student 添加到视图中。在视图设计器中，选择"字段"选项卡，单击"全部添加"按钮；选择"排序依据"选项卡，选择"学号"字段，"排序选项"为"降序"，单击"添加"按钮。选择"文件"菜单中的"保存"命令（或者按 Ctrl + S 键），输入视图名 NEW_VIEW，单击"确定"按钮。

1.11　基本操作 11

1.11.1　上机题目
在"基本操作"文件夹中"第 11 题"文件夹下完成如下操作：

（1）将数据库"考试成绩"添加到项目 Myproject 中。

（2）对数据库"考试成绩"下的表 student，使用报表向导建立报表 myreport，要求显示表 student 中的全部字段，样式选择为"经营式"，列数为 3，方向为"纵向"，标题为 student。

（3）修改表 sc 的记录，将学号为"s2"的学生的成绩增加 5 分。

（4）修改表单 myform，将其选项按钮组中的按钮的个数修改为 3 个。

1.11.2　参考答案
（1）打开项目 Myproject，在项目管理器中，选择"数据"选项卡，选择"数据库"选项，单击"添加"按钮，双击该文件夹下的"考试成绩"数据库。

（2）选择"文件"菜单中的"新建"命令，选择"报表"选项，单击"向导"按钮，打开"向导选取"对话框。其中默认选中"报表向导"选项，单击"确定"按钮，在下一对话框的"数据库和表"

下拉列表框中选择"考试成绩"数据库,选择 student 表,将全部字段移到"选定字段"列表框中,如图 1-10 所示。单击"下一步"按钮,根据向导的提示,为报表样式选择"经营式";在定义报表布局中,设置列数为 3,方向为"纵向";设置标题为 student。单击"完成"按钮,输入文件名为"myreport"并保存。

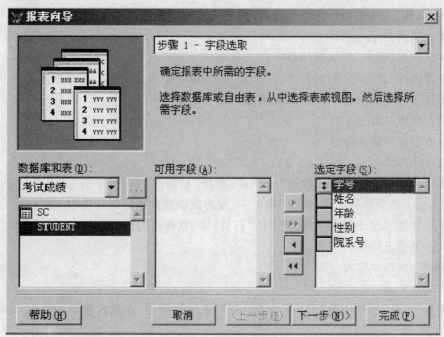

图 1-10　报表向导

（3）在命令窗口中输入：

UPDATE sc SET 成绩 = 成绩+5 WHERE 学号 = "s2"

（4）选择"文件"菜单中的"打开"命令,"文件类型"选择"表单",打开表单 myform。在表单设计器中选择选项按钮组控件,在属性窗口中将其 ButtonCount 属性设置为 3,如图 1-11 所示,并保存。

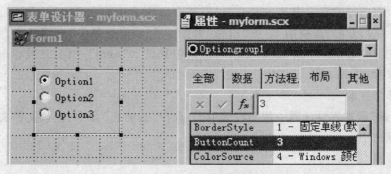

图 1-11　表单设计器

1.12 基本操作 12

1.12.1 上机题目

在"基本操作"文件夹中"第 12 题"文件夹下完成如下操作：

（1）建立项目 Myproject。

（2）将数据库"客户"添加到项目中。

（3）将数据库"客户"中的数据库表"订货"从数据库中移去（注意，不是删除）。

（4）将该文件夹中的表单 myform 的背景色改为蓝色。

1.12.2 参考答案

（1）在命令窗口输入命令：

CREATE PROJECT Myproject

（2）在项目管理器中，选择"数据"选项卡，选择"数据库"选项，单击"添加"按钮，打开"打开"对话框。双击该文件夹下的"客户"数据库，即将其添加到项目管理器中。

（3）打开数据库设计器，使用右键单击"订货"表，在弹出的快捷菜单中选择"删除"命令，在弹出的对话框上单击"移去"按钮。

（4）在命令窗口中输入：

MODIFY FORM myform

或者选择"文件"菜单中的"打开"命令，打开表单设计器，在属性窗口内将其 BackColor 属性设置为"0，0，255"，并保存。

1.13 基本操作 13

1.13.1 上机题目

在"基本操作"文件夹中"第 13 题"文件夹下完成如下操作：

（1）将自由表 book 添加到数据库"书籍"中。

（2）将 book 表中的记录复制到数据库"书籍"中的另一个表 books 中。

（3）使用报表向导建立报表 myreport。报表显示 book 表中的全部字段，无分组记录，样式为"简报式"，列数为 2，方向为"横向"。按"价格"升序排序，报表标题为"书籍浏览"。

（4）用一句命令显示一个对话框，要求对话框中只显示"word"一词，且只含一个"确定"按钮。将该命令保存在 mycomm. txt 中。

1.13.2 参考答案

（1）在"书籍"数据库设计器中使用右键单击，选择"添加表"命令，将该文件夹下的 book 自由表添加到数据库中。

（2）在命令窗口中输入：

USE book

COPY TO books

（3）选择"文件"菜单中的"新建"命令，选择"报表"单选按钮，单击"向导"按钮，默认选中

180

"报表向导"选项,单击"确定"按钮。在下一对话框的"数据库和表"下拉列表框中选择 book 表,将全部字段移到"选定字段"列表框中。分组记录选择"无";报表样式选择"简报式";在定义报表布局中,设置列数为 2,方向为"横向";选择索引标识为"价格"(升序);设置报表标题为"书籍浏览"。最后,单击"完成"按钮。

(4)在该文件夹下新建一个文本文件 mycomm.txt,在其中输入如下代码:

MESSAGEBOX("WORD")

1.14 基本操作 14

1.14.1 上机题目

在"基本操作"文件夹中"第 14 题"文件夹下完成如下操作:

(1)将数据库"学籍"和表单 myform 添加到项目"项目 1"中。

(2)永久删除数据库中的"课程"表。

(3)将数据库中的"选课"表变为自由表。

(4)将表单 myform 的"退出"命令按钮的标题改为"选择"。

1.14.2 参考答案

(1)打开"项目 1",在项目管理器中,选择"数据"选项卡,选择"数据库"选项,单击"添加"按钮,打开"打开"对话框,将该文件夹下的"学籍"数据库添加到项目管理器中。

选择"文档"选项卡,选择"表单"选项,单击"添加"按钮,打开"打开"对话框,将该文件夹下的"myform"表单添加到项目管理器中。

(2)在项目管理器中选择"数据"选项卡,选择数据库"学籍",单击"修改"按钮。在数据库设计器中,使用右键单击"课程"表,在弹出的快捷菜单中选择"删除"命令,在弹出的对话框中单击"删除"按钮。

(3)打开数据库设计器,使用右键单击"选课"表,在弹出的快捷菜单中选择"删除"命令。在弹出的对话框中选择"移去"按钮。

(4)在项目管理器中选择"文档"选项卡,选择"表单"选项,双击表单"myform",打开表单设计器。选择命令按钮"退出",在属性窗口将其属性 Caption 改为"选择",如图 1-12 所示。

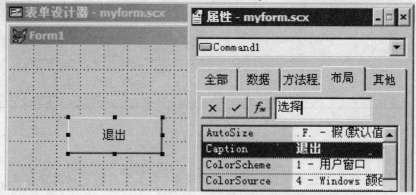

图 1-12 修改"退出"命令按钮的属性

1.15 基本操作15

1.15.1 上机题目

在"基本操作"文件夹中"第15题"文件夹下完成如下操作：

（1）建立自由表mytable（不要求输入数据），表结构如下：

考号   字符型（10）

考生姓名   字符型（10）

考试成绩   整型

（2）修改表单myform，将其名称改为"myform"，标题改为"欢迎界面"。

（3）建立简单的菜单mymenu，要求有两个菜单项："关注"和"退出"。其中，"关注"菜单项有子菜单"关注国家"和"关注世界"。"退出"菜单项负责返回到系统菜单，其他菜单项不作要求。

（4）从数据库student中永久性地删除数据库表"宿舍"，并将其从磁盘上删除。

1.15.2 参考答案

（1）选择"文件"菜单中的"新建"命令，选择"表"单选按钮，单击"新建文件"按钮。在弹出的"创建"对话框中输入表名"mytable"，在表设计器中依次输入每个字段的名字、类型和宽度，如图1-13所示。

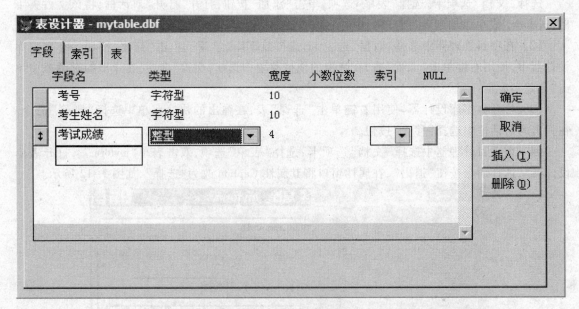

图1-13 新建表

（2）打开表单"myform"，在表单设计器中选择表单（单击空白部分），设置表单的Name属性为"myform"，Caption属性为"欢迎界面"。

（3）选择"文件"菜单中的"新建"命令,选择"菜单"选项,在菜单设计器中按题目要求输入主菜单名称"关注"。在"关注"菜单项的"结果"下拉列表框中选择"子菜单"。单击"创建"按钮,输入两个子菜单项"关注国家"和"关注世界"。返回上一级菜单设计界面,在下面的"菜单名称"框中输入新的菜单项"退出",在"结果"下拉列表框中选择"命令",在"选项"框中输入"set sysmenu to default",如图1-14所示,选择"菜单"菜单中的"生成"命令,并保存。

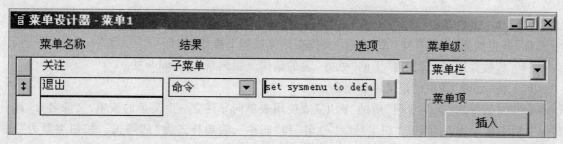

图1-14 菜单设计器

（4）打开数据库 student,在数据库设计器中,在"宿舍"表上单击右键,选择"删除"命令,在弹出的对话框中单击"删除"按钮。

1.16 基本操作16

1.16.1 上机题目

在"基本操作"文件夹中"第16题"文件夹下完成如下操作:

（1）为数据库 mydb 中的"积分"表增加"地址"字段,类型和宽度为 C(50)。

（2）为"积分"表的"积分"字段设置有效性规则,要求积分值大于1 000(含1 000),否则提示信息"输入的积分值太少"。

（3）设置"积分"表的"地址"字段的默认值为"成都市春熙路"。

（4）为"积分"表插入一条记录(张良,1800,服装公司,成都市荷花池),并用 SELECT 语句查询"积分"表中的积分在1 500以上(含1 500)的记录,将 SQL 语句存入 mytxt. txt 中。

1.16.2 参考答案

（1）打开数据库 mydb,在数据库设计器中,使用右键单击"积分"数据表,选择"修改"命令。在"积分"表的表设计器中选择"字段"选项卡,在列表框的最后输入一个新的字段,设置新的字段名为"地址",类型为"字符型",宽度为5。

（2）在数据库设计器中,使用右键单击"积分"表,选择"修改"命令。在表设计器中选择"积分"字段,在"字段有效性"选项组中的"规则"文本框中输入"积分>=1000",在"信息"文本框中输入"输入的积分太少"。

（3）在"积分"表的表设计器中选择"地址"字段,在"默认值"文本框中输入"成都市春熙路"。

（4）新建文本文件 mytxt. txt,输入以下语句:

INSERT INTO 积分 VALUES ("张良", 1800,"服装公司","成都市荷花池")

SELECT * FROM 积分 WHERE 积分 >= 1500

将以上两条语句在命令窗口中执行。

1.17　基本操作 17

1.17.1　上机题目

在"基本操作"文件夹中"第 17 题"文件夹下完成如下操作:

（1）将数据库"医院管理"下的"处方"表的结构复制到新表 mytable 中。

（2）将"处方"表中的记录添加到表 mytable 中。

（3）对数据库"医院管理"中的"医生"表使用表单向导建立一个简单的表单,文件名为"my-form",要求显示表中的字段"职工号"、"姓名"和"职称",表单样式为"凹陷式",按钮类型为"文本按钮",按"职工号"升序排序,表单标题为"医生浏览"。

（4）修改表单 myform,使表单运行时自动位于屏幕中央。

1.17.2　参考答案

（1）在命令窗口中使用 use 命令打开"处方"表,再输入命令:

COPY STRUCTURE to mytale

（2）在命令窗口中输入如下命令:

USE mytable

APPEND FROM 处方

（3）选择"文件"菜单中的"新建"命令,选择"表单"单选按钮,单击"向导"按钮,默认选中"表单向导"选项,单击"确定"按钮。在下一步对话框的"数据库和表"下拉列表框中选择"医生"表,选择"职工号"、"姓名"和"职称"字段,将其移到"选定字段"列表框中,单击"下一步"按钮。表单样式设置为"凹陷式",按钮类型为"文本";排序字段选择"职工号"(升序);设置表单标题为"医生浏览"。最后,单击"完成"按钮,将表单保存为"myform"。

（4）打开表单 myform,将表单对象(Form1)的 AutoCenter 属性修改为"T"。

1.18　基本操作 18

1.18.1　上机题目

在"基本操作"文件夹中"第 18 题"文件夹下完成如下操作:

（1）用 SQL 的 INSERT 语句插入记录("p7","PN7",1020)到"零件信息"表中。

（2）用 SQL 的 DELETE 语句从"零件信息"表中删除单价小于 600 的所有记录。

（3）用 SQL 的 UPDATE 语句将"零件信息"表中零件号为 p4 的零件的单价更改为 1 090。

（4）打开菜单文件 mymenu. mnx,生成可执行菜单程序 mymenu. mpr。

将上面(1)、(2)、(3)中使用的 SQL 语句保存到 mytxt. txt 中,每条命令占一行。

1.18.2 参考答案

（1）INSERT INTO 零件信息 VALUES("p7","PN7",1020)

（2）DELETE FROM 零件信息 WHERE 单价<600

（3）UPDATE 零件信息 SET 单价=1090 WHERE 零件号="p4"

（4）打开菜单文件,选择"菜单"菜单中的"生成"命令,单击"确定"按钮,生成可执行文件。

2 简单应用题

2.1 简单应用 1

2.1.1 上机题目

在"简单应用"文件夹中"第 1 题"文件夹下完成如下操作：

（1）建立数据库 db1，将该文件夹下的自由表 tscore 添加到 db1 数据库中。根据 tscore 表建立一个视图 score_view，视图中包含的字段与 tscore 表中的字段相同，但视图中只能查询到积分小于等于 1 500 的信息。然后利用新建立的视图查询其中的全部信息，并将结果按积分升序存入表 temp 中。

（2）建立一个菜单 filemenu，包括两个菜单项"文件"和"帮助"，"文件"菜单项将激活子菜单，子菜单中包括"打开"、"保存为"和"关闭"三个菜单项；"关闭"子菜单项用 SET SYSMENU TO DEFAULT 命令返回到系统菜单，其他菜单项的功能不做要求。

2.1.2 参考答案

（1）选择"文件"菜单中的"新建"命令，选择"数据库"单选按钮，单击"新建文件"按钮，在"创建"对话框中输入数据库名称"db1"，并保存。在数据库设计器中单击右键，选择"添加表"命令，将 tscore 表添加进来。在数据库设计器中选择"数据库"菜单中的"新建本地视图"命令，单击"新建视图"按钮，打开视图设计器。添加 tscore 表选择所有字段，在"筛选"选项卡中设置条件"积分<=1500"，关闭并保存。在数据库设计器中打开视图，在命令窗口中使用"sort on 积分 to temp"命令将结果存入新表。

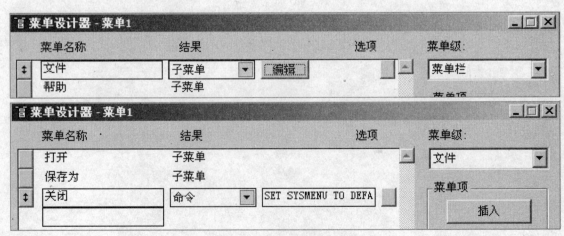

图 2-1　菜单编辑效果

（2）选择“文件”菜单中的“新建”命令，选择“菜单”单选按钮，单击“新建文件”按钮，再“单击”菜单按钮，调出菜单设计器（也可用 CREATE MENU 命令直接调出菜单设计器）。在“菜单名称”框中输入“文件”、“帮助”菜单项，在“文件”菜单项的“结果”下拉列表框中选择“子菜单”，单击“创建”按钮，在子菜单的“菜单名称”框中输入“打开”、“保存为”、“关闭”，在“关闭”菜单项的“结果”下拉列表框中选择“命令”，在“选项”框中输入“SET SYSMENU TO DEFAULT”，按Ctrl+S键，将文件保存为 filemenu。操作过程如图 2-1 所示。

2.2　简单应用 2

2.2.1　上机题目
在“简单应用”文件夹中“第 2 题”文件夹下完成如下操作：

（1）根据“考生”文件夹下的 teacher_info 表和 teacher_title 表建立一个查询 query，查询出单位是“成都大学”的所有教师的姓名、职称、电话，要求查询去向是表，表名是 result. dbf，并执行该查询。

（2）建立表单 enterform，表单中有两个命令按钮，命令按钮的名称分别为 cmdin 和 cmdout，标题分别为“进入”和“退出”。

2.2.2　参考答案
（1）建立查询可以使用“文件”菜单完成。选择“文件”菜单中的“新建”命令，选择“查询”单选按钮，单击“新建文件”按钮，将 teacher_info 和 teacher_title 添加到查询中，以“姓名”字段关联。在“字段”选项卡中选择“姓名”、“职称”和“电话”字段；在“筛选”选项卡中设置“单位 = 成都大学”。选择“查询”菜单中的“查询去向”命令，选择表，输入表名 result. dbf。最后保存并运行该查询。

（2）可以用三种方法调用表单设计器：在项目管理器环境下调用；选择“文件”菜单中的“新建”命令，在“新建”对话框中选择“表单”单选按钮；在命令窗口中输入 CREATE FORM 命令。打开表单设计器后，在表单控件工具栏上单击“命令按钮” ▭|，在表单上放置两个命令按钮。分别修改其 Name 属性为 cmdin 和 cmdout，Caption 属性为“进入”和“退出”。

2.3　简单应用 3

2.3.1　上机题目
在“简单应用”文件夹中“第 3 题”文件夹下有一个数据库 stsc，其中有数据库表 student、score 和 course，完成如下操作：

（1）利用 SQL 语句查询选修了“网络工程”课程的学生的全部信息，并将结果按学号降序存放在 temp. dbf 文件中（表的结构同 student 表，并在其后加入“课程号”和“课程名”字段）。将 SQL 语句保存到 temp. txt 文件中。

（2）利用数据库表 student，使用一对多报表向导制作一个名为 cj 的报表，存放在该文件夹中。要求：从父表 student 中选择“学号”和“姓名”字段，从子表 score 中选择“课程号”和“成绩”字段，排序字段选择“学号”（升序），报表式样为“简报式”，方向为“纵向”。报表标题为“学生成绩表"。

2.3.2　参考答案

（1）SQL 语句写法一：

SELECT student. * , score. 课程号 , course. 课程名 ;

FROM stsc！student INNER JOIN stsc！score ;

　INNER JOIN stsc！course ;

　ON score. 课程号 = course. 课程号 ;

　ON student. 学号 = score. 学号 ;

WHERE AT("网络工程" ,course. 课程名) > 0 ;

ORDER BY student. 学号 desc ;

INTO TABLE temp. dbf

SQL 语句写法二：

SELECT student. * , score. 课程号 , course. 课程名 ;

FROM stsc！student , stsc！score , stsc！course ;

WHERE score. 课程号 = course. 课程号 AND student. 学号 = score. 学号 ;

　AND course. 课程名 = "网络工程" ;

ORDER BY student. 学号 desc ;

INTO TABLE temp. dbf

（2）选择"文件"菜单中的"新建"命令，或者单击工具栏上的"新建"按钮 ▢ ，打开"新建"对话框，选择"报表"单选按钮，单击"向导"按钮。或者在"工具"菜单中选择"向导"子菜单，选择"报表"命令，或直接单击工具栏上的"报表向导"按钮 ▦ 。然后按照向导提示操作即可。

2.4　简单应用 4

2.4.1　上机题目

在"简单应用"文件夹中"第 4 题"文件夹下完成如下操作：

（1）在该文件夹中有一个学生数据库 STU，其中数据库表 STUDENT，用于存放学生信息。使用菜单设计器制作一个名为"STMENU"的菜单，菜单包括"数据操作"和"文件"两个菜单项。每个菜单项都包括一个子菜单。菜单结构如下：

　数据操作→数据输出

　文件→保存/退出

其中：① "数据输出"菜单项对应的过程完成下列操作：打开数据库 STU，使用 SQL 的 SELECT 语句查询数据库表 STUDENT 中的所有信息，然后关闭数据库。

② "退出"菜单项对应的命令为 SET SYSMENU TO DEFAULT，使之可以返回到系统菜单。"保存"菜单项不做要求。

（2）在该文件夹中有一个数据库 SDB，其中有数据库表 STUDENT2、SC 和 COURSE2。三个表的结构如下：

　STUDENT2(学号,姓名,年龄,性别,院系编号)

　SC(学号,课程号,成绩,备注)

COURSE2(课程号,课程名,先修课程号,学分)

用 SQL 语句查询"计算机软件基础"课程的考试成绩在 60 分以下(不含 60 分)的学生的全部信息并将结果按学号升序存入 TEMP. DBF 文件中(表的结构同 STUDENT2 表,并在其后加入"成绩"字段)。

2.4.2 参考答案

(1) 本题的重点是菜单的制作和数据库基本命令。

新建菜单可按下列步骤之一实现:

① 选择"文件"菜单中的"新建"命令,在"新建"对话框中选择"菜单"单选按钮,单击"新建文件"按钮□。在"新建菜单"对话框中单击"菜单"按钮,调出菜单设计器。

② 也可用 CREATE MENU 命令直接调出菜单设计器。

在"菜单名称"框中输入"数据操作",在"结果"下拉列表框中选择"子菜单",单击"创建"按钮,在子菜单的"菜单名称"框中输入"数据输出",在"结果"下拉列表框中选择"过程"。在过程窗口中输入下列命令:

OPEN DATA STSC

SELECT ＊ FROM STUDENT

CLOSE ALL

"文件"菜单的设置方法同上,其中在"退出"菜单项的"结果"下拉列表框中选择"命令",在"选项"框中输入命令 SET SYSMENU TO DEFAULT。

(2) 本题的重点是 SQL 语句的查询。查询如下。

SELECT STUDENT2. ＊ ,SC. 成绩;

FROM SDB! STUDENT2 INNER JOIN SDB! SC;

   INNER JOIN SDB!COURSE2;

   ON SC. 课程号 = COURSE2. 课程号;

   ON STUDENT2. 学号 = SC. 学号;

WHERE COURSE2. 课程名 IN（"计算机软件基础"） AND SC. 成绩 < 60;

ORDER BY STUDENT2. 学号;

INTO TABLE TEMP. DBF

2.5 简单应用 5

2.5.1 上机题目

在"简单应用"文件夹中"第 5 题"文件夹下完成如下操作:

(1) 根据 order 表建立一个视图 order_view,视图中包含的字段及顺序与 order 表的相同,但视图中只能查询到金额小于 1 000 的信息。然后利用新建立的视图查询其中的全部信息,并将结果按订单编号升序存入表 temp 中。

(2) 根据 order1 表和 cust 表建立一个查询 query1,查询出公司所在地是"北京"的所有公司的名称、订单日期、送货方式,要求查询去向是表,表名是 query1. dbf,并执行该查询。

2.5.2 参考答案

(1) 本题的重点是掌握视图的建立方法。可以通过新建一个项目,然后在项目管理器中新建一个数据库,把 order 表添加到该数据库中。选择"本地视图"选项,然后单击"新建"按钮,再单击"新建视图"按钮,打开视图设计器,添加 order 表。选择所有字段,在"筛选"选项卡中输入条件"金额<1000",关闭并保存,运行视图查询相关信息。在数据库设计器中打开视图(修改数据库,浏览视图),在命令窗口中输入" sort on 订单编号 to temp "命令,将结果存入新表。

(2) 本题的重点是掌握查询的建立方法。建立查询可以使用"文件"菜单完成。选择"文件"菜单中的"新建"命令,选择"查询"单选按钮,单击"新建文件"按钮,然后将 order1 表和 cust 表添加到查询设计器中。在"字段"选项卡中选择"名称"、"订单日期"、"送货方式",在"筛选"选项卡中选择"所在地=北京"。选择"查询"菜单中的"查询去向"命令,单击"表"按钮,输入表名 query1.dbf。最后保存并运行该查询。

2.6 简单应用6

2.6.1 上机题目

在"简单应用"文件夹中"第6题"文件夹下完成如下操作:

(1) 在该文件夹中有一个数据库 SDB,其中有数据库表 STUDENT、SC 和 COURSE。三个表的结构如下:

> STUDENT(学号,姓名,年龄,性别,院系编号)
> SC(学号,课程号,成绩,备注)
> COURSE2(课程号,课程名,先修课号,学分)

在该文件夹下有一个程序 dbtest.prg,该程序的功能是定义一个视图 VS,检索选课门数在3门以上的学生的学号、姓名、平均成绩、最低分、选课门数和院系编号,并按平均成绩降序排序。修改程序中的错误,并调试该程序,使之正确运行。不得增加或删减程序行。程序代码如下:

① SET TALK OFF
② SET SAFETY OFF
③ USE DATABASE SDB
④ CREATE VIEW VS
⑤ SELECT STUDENT2.学号, 姓名, AVG(成绩) 平均成绩, MIN(成绩) 最低分, COUNT(＊) 选课门数, 院系编号;
⑥ FROM STUDENT, COURSE;
⑦ WHERE STUDENT.学号 = SC.学号;
⑧ GROUP BY SC.学号 HAVING COUNT(课程号) > 3;
⑨ ORDER BY 成绩
⑩ CLOSE DATABASE

(2) 在该文件夹下有一个数据库 CUST_M,数据库中有 CUST 和 ORDER 两个表。使用菜单设计器制作一个名为"MY_MENU"的菜单,菜单只有"浏览"一个菜单项。"浏览"菜单项中有"客户"、"订单"和"退出"三个子菜单项:

"客户"子菜单项使用 SELECT ＊ FROM CUST 命令对 CUST 表进行查询。

"订单"子菜单项使用 SELECT ＊ FROM ORDER1 命令对 ORDER1 表进行查询。

"退出"子菜单项使用 SET SYSMENU TO DEFAULT 命令返回系统菜单。

（1）第一个错误是在第③行，应该是"OPEN DATABASE SDB"。

第二个错误是在第⑥行，应该是"FROM STUDENT, SC"。

第三个错误是在第⑨行，应该是"ORDER BY 平均成绩 DESC"。

（2）新建菜单可按下列步骤实现：选择"文件"菜单中的"新建"命令，在"新建"对话框中选择"菜单"单选按钮，单击"新建文件"按钮。在"新建菜单"对话框中单击"菜单"按钮，调出菜单设计器。也可用 CREATE MENU 命令直接调出菜单设计器。在"菜单名称"框中输入"浏览"，在"结果"下拉列表框中选择"子菜单"，单击"创建"按钮。在子菜单的"菜单名称"框中分别输入"客户"、"订单"和"退出"，在"结果"下拉列表框中选择"命令"，分别在对应的"选项"框中输入相应的命令，保存为 MY_MENU。

2.7 简单应用7

2.7.1 上机题目

在"简单应用"文件夹中"第7题"文件夹下完成如下操作：

（1）首先打开该文件夹中的数据库 STSC，然后使用表单向导制作一个表单，要求选择 STUDENT 表中的所有字段，表单样式为"阴影式"，按钮类型为"图片按钮"，排序字段选择"学号"（升序），表单标题为"学生信息数据输入维护"，最后将表单存放在"考生"文件夹中，表单文件名为 T1。

（2）在该文件夹中有一个商品数据库 COMMDB，其中有数据库表 SP，用于存放商品信息。使用菜单设计器制作一个名为"SMENU"的菜单，菜单包括"数据操作"和"文件"两个菜单项。每个菜单项都包括一个子菜单项。菜单的结构如下：

> 数据操作→数据输出

> 文件→退出

其中：① "数据输出"菜单项对应的过程完成下列操作：打开数据库 COMMDB，使用 SQL 的 SELECT 语句查询数据库表 SP 中的所有信息，然后关闭数据库。

② "退出"菜单项对应的过程含有命令 SET SYSMENU TO DEFAULT，使之可以返回到系统菜单。

2.7.2 参考答案

（1）选择"文件"菜单中的"新建"命令，在"新建"对话框中选择"表单"单选按钮，单击"向导"按钮，然后根据题目要求和向导提示完成操作。

（2）新建菜单可按下列步骤之一实现：

① 选择"文件"菜单中的"新建"命令，在"新建"对话框中选择"菜单"单选按钮，单击"新建文件"按钮 □。在"新建菜单"对话框中单击"菜单"按钮，调出菜单设计器。

② 也可用 CREATE MENU 命令直接调出菜单设计器。

在"菜单名称"框中输入"数据操作"，在"结果"下拉列表框中选择"子菜单"，单击"创建"按钮，在子菜单的"菜单名称"框中输入"数据输出"，在"结果"下拉列表框中选择"过程"。在过程窗口中输入下列命令：

```
OPEN DATABASE COMMDB
SELECT * FROM SP
CLOSE DATABSE
```

"文件"菜单的设置方法同上,其中在"退出"菜单项的"结果"下拉列表框中选择"过程",在过程窗口中输入命令为:

```
SET SYSMENU TO DEFAULT
```

2.8 简单应用8

2.8.1 上机题目

在"简单应用"文件夹中"第8题"文件夹下完成如下操作:

(1) 在该文件夹中有一个数据库 STSC,其中有数据库表 STUDENT、SCORE 和 COURSE。利用 SQL 语句查询选修了"C++"课程的学生的全部信息,并将结果按"学号"升序存放在 CPLUS . DBF文件中(表的结构同 STUDENT 表,并在其后加入"课程号"和"课程名"字段)。将 SQL 语句保存到程序文件 SQL. PRG 中。

(2) 打开 FORM1 表单,并按如下要求进行修改(注意,最后要保存所做的修改):

① 表单中有 5 个随机排列的命令按钮,不要移动或改变"基准按钮"的位置(否则视为操作失败),然后使其他命令按钮与"基准按钮"左部对齐。

② 在这组命令按钮的右边添加一个表格控件,并将它的 RecordSourceType 属性设置为"表",然后设置另一个相关属性,使在表格控件中显示 customer 表中的记录。

2.8.2 参考答案

(1) 新建一个程序文件,输入 SQL 语句如下:

```
SELECT STUDENT. * ,COURSE.课程号,COURSE.课程名;
FROM STUDENT,SCORE,COURSE;
WHERE STUDENT.学号 = SCORE.学号 AND SCORE.课程号 = COURSE.课程号;
    AND 课程名 = "C++";
    ORDER BY STUDENT.学号;
    INTO TABLE CPLUS
```

(2) 打开该文件夹下的 FROM1 表单,拖动鼠标选中 5 个随机放置的命令按钮和"基准按钮"控件,打开布局工具栏(单击 ⊞ 按钮),在布局工具栏上单击"左边对齐"按钮 ⊫,便完成了所有按钮的左对齐操作。

(3) 在表单上放置一个表格控件 ⊞。单击表单的空白部分,单击右键,选择"数据环境"命令,为表单"数据环境"添加 customer 表。设置表格控件的 RecordSourceType 属性为"表",RecordSource 属性为"customer",这样表格控件便可以显示 customer 表的内容,保存表单。

2.9 简单应用9

2.9.1 上机题目

在"简单应用"文件夹中"第9题"文件夹下完成如下操作：

（1）将 order_list1 表中的全部记录追加到 order_list 表中，然后用 SQL 的 SELECT 语句完成如下查询：按总金额降序列出所有客户的客户号、客户名及其订单号和总金额，并将结果保存到 results 表中（其中客户号、客户名取自 customer 表，订单号、总金额取自 order_list 表）。

（2）打开 modi1.prg 命令文件，该命令文件中包含3条 SQL 语句，每条 SQL 语句中都有一个错误，试改正之（注意：在出现错误的地方直接改正，不能改变 SQL 语句的结构和 SQL 短语的顺序）。程序如下：

```
&& 所有器件的单价增加5元
UPDATE order_detail1 SET 单价 WITH 单价 + 5
&& 计算每种器件的平均单价
SELECT 器件号，AVG(单价) AS 平均价 FROM order_detail1 ORDER BY 器件号 INTO CURSOR lsb
&& 查询平均价小于500的记录
SELECT * FROM lsb FOR 平均价<500
```

2.9.2 参考答案

（1）首先，打开 order_list，输入命令：

```
USE order_list
```

然后，利用 APPEND FROM 命令追加记录：

```
APPEND FROM order_list1
```

查询表中的数据要用到 SELECT 命令，要查询的数据来源于 customer 表和 order_list 表，将它们置于 FROM 的后面，用逗号隔开，并分别为它们指定一个别名 cu 和 ord。由于是联接查询，要指明查询的条件，将联接条件"cu.客户号＝ord.客户号"放在 WHERE 短语的后面。同时要对结果集按照总金额的降序进行排序，所以要将"总金额 DESC"放在 ORDER BY 短语的后面。结果集要保存到 results 表中，所以要将 results 放在 INTO TABLE 后面。由于查询的结果不是所有的属性，所以需要指明结果的属性，并且客户号在两个表中都存在，所以要特别指定此属性来自哪一个源表（这里用表的别名代替）。这样就形成了一个完整的查询语句：

```
SELECT cu.客户号，cu.客户名，ord.订单号，ord.总金额；
FROM customer cu，order_list1 ord；
WHERE cu.客户号＝ord.客户号；
ORDER BY 总金额 DESC；
INTO TABLE results
```

（2）① 所有器件的单价增加5元，应该改为：

```
UPDATE order_detail1 SET 单价=单价+5
```

② 计算每种器件的平均单价，应将 ORDER BY 改为 GROUP BY。

③ 查询平均价小于500的记录，应改为：

```
SELECT * FROM lsb WHERE 平均价 < 500
```

2.10 简单应用 10

2.10.1 上机题目

在"简单应用"文件夹中"第 10 题"文件夹下完成如下操作：

（1）打开并按如下要求修改 Form1 表单文件（注意，最后要保存所做的修改）：

① 在"确定"命令按钮的 Click 事件（过程）中的程序有两处错误，试改正之。程序如下：

```
&& 功能：如果用户输入的用户名与口令一致，则在提示信息后关闭该表单；
&& 否则要求重新输入用户名和口令。
IF THISFORM. TEXT1 = THISFORM. TEXT2
    WAIT "欢迎使用……" WINDOW TIMEOUT1
    THISFORM. CLOSE
ELSE
    WAIT "用户名或口令不对，请重新输入…"WINDOW TIMEOUT1
ENDIF
```

② 设置 Text2 控件的有关属性，使用户在输入口令时显示"＊"（星号）。

（2）该文件夹下有一个 Form2 表单文件，其中三个命令按钮的 Click 事件中的程序有错误，按如下要求进行修改（最后保存所做的修改）：

① 单击"刷新标题"命令按钮后，使表单的标题变为"简单应用"。

`THISFORM ="简单应用"`

② 单击"订单记录"命令按钮后，使表格控件中显示 order_list 表中的记录。

`THISFORM. GRID1 = "ORDER_LIST. DBF"`

③ 单击"关闭表单"命令按钮后，关闭表单。

`THISFORM. CLOSE`

注意：每处错误只能在原语句上进行修改，不可以增加语句。

2.10.2 参考答案

（1）① 第一处错误：应该将"THISFORM. TEXT1 = THISFORM. TEXT2"改为"THISFORM. TEXT1. VALUE = THISFORM. TEXT2. VALUE"或"THISFORM. TEXT1. TEXT = THISFORM. TEXT2. TEXT"。

第二处错误：应该将"THISFORM. CLOSE"改为"THISFORM. RELEASE"。

② 将 Text2 控件对象的 PasswordChar 属性设置为"＊"。

（2）① "THISFORM ="简单应用""应改为"THISFORM. CAPTION ="简单应用""。

② "THISFORM. GRID1 = " ORDER _ LIST. DBF""应改为"THISFORM. GRID1. RECORD-SOURCE = "ORDER_LIST. DBF""。

③ "THISFORM. CLOSE"应改为"THISFORM. RELEASE"。

2.11 简单应用11

2.11.1 上机题目

在"简单应用"文件夹中"第11题"文件夹下完成如下操作：

（1）列出总金额大于所有订购单总金额平均值的订购单（order_list）清单（按客户号升序排列），并将结果保存到results表中（表结构与order_list表结构相同）。

（2）利用Visual FoxPro的"快速报表"功能建立一个满足如下要求的简单报表：

① 报表的内容是order_detail表的记录（全部记录，横向）。

② 增加标题带区，然后在该带区中放置一个标签控件，该标签控件显示报表的标题"器件清单"。

③ 将页注脚区默认显示的当前日期改为显示当前的时间。

④ 最后将建立的报表保存为report1.frx。

2.11.2 参考答案

（1）为了能得到所有总金额大于平均总金额的订购单信息，应该首先得到总金额的平均值，利用命令"SELECT AVG（总金额）FROM order_list INTO ARRAY AFieldsValue"，并将总金额的平均值放到一个数组变量AFieldsValue中。

下一步就可以以"总金额>AFieldsValue"为条件得到总金额大于平均总金额的订购单信息，将这一条件放在WHERE子句的后面。查询结果的排序要用到ORDER BY子句"ORDER BY客户号"。查询结果要放入一个永久表中，需要用到INTO TABLE子句。结果保存到results表中，所以要用到INTO TABLE results。所以本题由两条SQL语句组成：

SELECT AVG（总金额）FROM ORDER_LIST INTO ARRAY AFieldsValue

SELECT * FROM ORDER_LIST WHERE 总金额>AFieldsValue;

　ORDER BY 客户号;

　INTO TABLE results

（2）第一步：单击工具栏上的"新建"按钮 ，打开"新建"对话框，在"文件类型"选项组中选择"报表"单击按钮，再单击"新建文件"按钮，系统弹出报表设计器，如图2-2所示。

第二步：选择"报表"菜单中的"快速报表"命令，打开"打开"对话框。选择该文件夹下的order_detail.dbf表，单击"确定"按钮，打开"快速报表"对话框，如图2-3所示。单击"确定"按钮后便生成了一个报表，将报表文件以文件名report1.frx保存在该文件夹下。

第三步：选择"报表"菜单中的"标题/总结"命令，打开"标题/总结"对话框。打开在"报表标题"选项组中选择"标题带区"复选框，单击"确定"按钮，如图2-4所示，这样就在报表中加入了一个标题带区。打开报表控件工具栏（通过"显示"菜单中的"报表控件工具栏"命令打开），如图2-5所示。在打开的报表控件工具栏上单击"标签"控件 A ，在标题带区单击鼠标，输入"器件清单"。

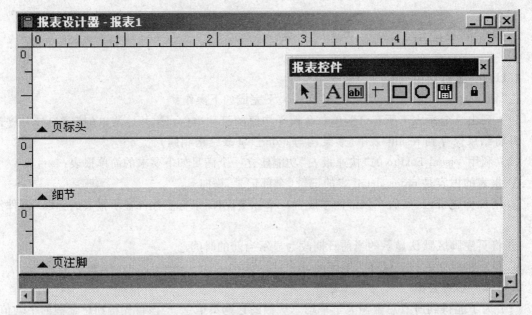

图 2-2　报表设计器

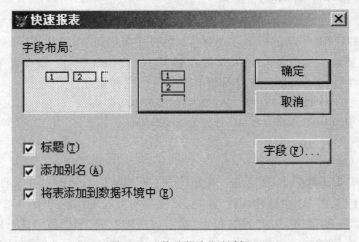

图 2-3　"快速报表"对话框

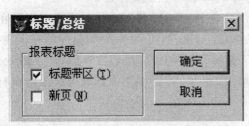

图 2-4　"标题/总结"对话框

图 2-5　报表控件工具栏

第四步:双击页注脚带区中的显示当前日期的域控件,打开"报表表达式"对话框。在"表达式"文本框中将原来的 DATE( )用 TIME( )来代替,单击"确定"按钮,如图 2-6 所示。

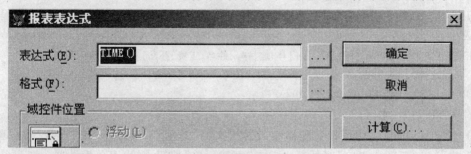

图 2-6　"报表表达式"对话框

第五步:报表设计器的最终形式如图 2-7 所示,最后以文件名 report1.frx 将报表文件保存在该文件夹下。

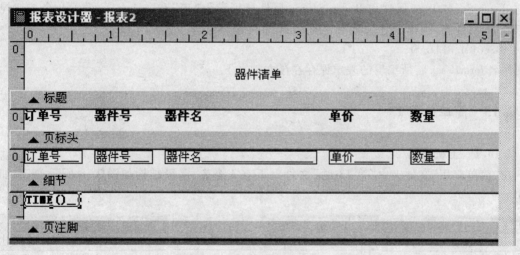

图 2-7　报表设计器的最终形式

2.12　简单应用 12

2.12.1　上机题目

在"简单应用"文件夹中"第 12 题"文件夹下完成如下操作:

（1）创建一个名称为 sview 的视图,该视图的 SELECT 语句查询 salarydb 数据库中 salarys 表（雇员工资表）的部门号、雇员号、姓名、工资、补贴、奖励、失业保险、医疗统筹和实发工资,其中实发工资由工资、补贴和奖励三项相加,然后再减去失业保险和医疗统筹得出,结果按"部门号"降序排序,最后将定义视图的命令代码存放到命令文件 T1.PRG 中并执行该程序。

（2）设计一个名称为 Form1 的表单,表单以表格方式（与"浏览"窗口方式相似,表格名称为 grdSalarys）显示 salarydb 数据库中 salarys 表的记录,供用户浏览。在该表单的右下方有一个命令按钮,名称为 Command1,标题为"退出浏览",当单击该按钮时退出表单。

2.12.2 参考答案

(1) 选择"文件"→"新建"命令,选择"程序"单选按钮,单击"新建文件"按钮。在程序编辑窗口输入如下代码:

```
CREATE VIEW SVIEW AS SELECT 部门号,雇员号,姓名,工资,补贴,奖励,失业保险;
    医疗统筹,工资+补贴+奖励-失业保险-医疗统筹 AS 实发工资;
FROM SALARYS ORDER BY 部门号 DESC
```

将其保存为 T1.PRG,并运行程序。

(2) 在项目 salary_p 的项目管理器中,选择"文档"选项卡,选择"表单"选项,然后单击"新建"按钮,在弹出的"新建表单"对话框中单击"新建表单"按钮,弹出表单设计器。在表单设计器中放置一个网格控件▦和一个命令按钮控件▭。将网格控件的 Name 属性改为"GrdSalarys",单击工具栏中的"数据环境"按钮▣,在弹出的"添加表或视图"对话框中选择 salary_db 数据库下的 salarys 表,单击"添加"按钮,然后单击"关闭"按钮。在表单设计器中将 GrdSalarys 网格控件的 RecordSourceType 属性和 RecordSource 属性分别设为"表"和"salarys";设置命令按钮控件的 Caption 属性为"退出浏览",并为它的 Click 事件编写代码:

```
THISFORM.RELEASE
```

以文件名 form1.scx 将所编辑的表单保存在该文件夹下。

2.13 简单应用 13

2.13.1 上机题目

在"简单应用"文件夹中"第13题"文件夹下有 3 个表,字段结构如图 2-8 所示,完成如下操作。

▦ 外汇代码			▦ 外汇汇率					▦ 外汇账户		
外币名称	外币代码		币种1	币种2	买入价	卖出价		外币代码	钞汇标志	金额
美元	14		澳元	美元	0.6583	0.6617		12	现汇	0.0000

图 2-8 "外汇汇率"、"外汇代码"和"外汇账户"表的结构

(1) 编写程序"汇率.prg"完成下列操作:根据"外汇汇率"表中的数据产生 rate 表。要求将所有"外汇汇率"表中的数据插入 rate 表中并且顺序不变,由于"外汇汇率"中的"币种1"和"币种2"存放的是"外币名称",而 rate 表中的"币种 1 代码"和"币种 2 代码"应该存放"外币代码",所以插入时要作相应的改动,"外币名称"与"外币代码"的对应关系存储在"外汇代码"表中。

注意:程序只需执行一次,保证 rate 表中有正确的结果。

(2) 使用查询设计器建立一个查询文件 JGM.qpr。查询要求:外汇账户中有多少日元和欧元。查询结果包括了"外币名称"、"钞汇标志"、"金额",结果按"外币名称"升序排序,在"外币名称"相同的情况下按"金额"降序排序,并将查询结果存储于表 JG.dbf 中。

2.13.2 参考答案

（1）① 在命令窗口中输入：

MODIFY COMMAND 汇率. prg

② 输入如下的代码：

SELECT 外汇代码. 外币代码 AS 币种 1 代码, 外汇代码_a. 外币代码 AS 币种 2 代码;

外汇汇率. 买入价, 外汇汇率. 卖出价;

FROM 外汇代码, 外汇汇率, 外汇代码 外汇代码_a;

WHERE 外汇代码. 外币名称 = 外汇汇率. 币种 1 AND 外汇代码_a. 外币名称 = 外汇汇率. 币种 2;

INTO TABLE rate. dbf

③ 关闭文件保存。

（2）① 选择"文件"→"新建"菜单命令，选择"查询"单选按钮后，单击"新建文件"按钮，打开查询设计器。

② 将"外币代码"、"外币账户"和"外币汇率"三个表添加到查询设计器中。在"联接条件"对话框中单击"确定"按钮，使用默认的联接方式。

③ 在查询设计器的"字段"选项卡中，在"可用字段"列表框中，按照题目要求，将相应的字段添加到"选定字段"列表框中。

④ 在"排序依据"选项卡中将"选定字段"列表框中的"外币名称"和"金额"依次添加到"排序条件"列表框中，在"排序选项"选项组中可选择"升序"和"降序"单选按钮。

⑤ 选择"查询"→"查询去向"菜单命令，然后单击"表"按钮，输入表名"JG"。

⑥ 完成查询设计，将查询以"JGM"为文件名保存。

2.14 简单应用 14

2.14.1 上机题目

在"简单应用"文件夹中"第 14 题"文件夹下有表单 myForm 和数据库"供应零件"，该数据库中有两个表，结构如图 2-9 所示，按要求完成如下操作：

零件			
零件号	零件名	颜色	重量
P1	PN1	红	12

供应			
供应商号	零件号	工程号	数量
S1	P1	J1	200

图 2-9 "零件"表和"供应"表的结构

（1）用 SQL 语句完成下列操作：查询出所有与"红"颜色零件相关的信息（"供应商号"、"工程号"和"数量"），并将检索结果按"数量"降序存放于表 SupplyTemp 中，将 SQL 语句保存在 sql. txt 中。

（2）建立一个名为 QuickMenu 的快捷菜单，菜单中有两个菜单项"查询"和"修改"。在表单 myForm 的 RightClick 事件中调用该快捷菜单。

2.14.2 参考答案

（1）在命令窗口输入如下 SQL 语句并执行：

SELECT 供应商号,工程号,数量 FROM 供应,零件;
WHERE 供应.零件号 = 零件.零件号 AND 零件.颜色 = "红";
ORDER BY 数量 DESC INTO TABLE SupplyTemp

新建 sql. txt 文本文件,并且将该语句输入(或复制)到该文本文件中。

(2) ① 在命令窗口中输入命令:

Create Menu QuickMenu

单击"快捷菜单"按钮。

② 在菜单设计器中按题目要求输入主菜单名称"查询"和"修改",并在 Visual FoxPro 窗口中选择"菜单"→"生成"菜单命令生成菜单文件。

③ 使用 MODIFY FORM myForm 命令打开要进行修改的表单。

图 2-10　表单运行效果

④ 在表单控件的 RightClick 事件中输入如下语句:

DO QuickMenu. mpr

⑤ 保存表单,运行结果如图 2-10 所示。

2.15　简单应用 15

2.15.1　上机题目

在"简单应用"文件夹中"第 15 题"文件夹下完成如下操作:

(1) 对该文件夹中的数据库 EC 中的"会员"表的结构做如下修改:指定"会员号"为主索引,索引名和索引表达式均为"会员号"。指定"年龄"为普通索引,索引名为 ages,索引表达式为"年龄"。"年龄"字段的有效性规则是"年龄>= 18",默认值是 25。

(2) 修改并执行名为 myForm 的表单,要求如下:为表单建立数据环境,并向其中添加"产品"表和"外形"表。将表单标题改为"产品查看"。修改命令按钮的 Click 事件中的语句,使得单击该按钮时使用 SQL 语句查询出"S02"供应商供应的产品的编号、名称和颜色。两个表的字段组成如图 2-11 所示。

产品		
产品编号	供应商号	数量
101	S01	100

外形		
产品编号	产品名称	颜色
102	A01	红

图 2-11　"产品"表和"外形"表的结构

2.15.2　参考答案

(1) ① 选择"文件"→"打开"菜单命令,在"文件类型"选项组中选择"数据库",选择该目录下的数据库 EC,打开数据库设计器。右键单击"会员"表,选择"修改"命令。

② 选择"索引"选项卡,将字段索引名改为"会员号",在"索引"下拉列表框中选择索引类型为"主索引",将字段表达式修改为"会员号"。

③ 按照上面的方法再添加一个普通索引,索引名为 ages,索引表达式为"年龄"。

④ 在"字段"选项卡中选择"年龄"字段，在"字段有效性"选项组中的"规则"文本框中输入"年龄>=18"，在"默认值"文本框中输入25，如图2-12所示。

⑤ 单击"确定"按钮，保存对表结构的修改。

（2）在命令窗口输入如下命令：

MODIFY FORM myForm

打开表单编辑窗口，并将"产品"表和"外形"表添加到表单的数据环境中。

将表单的 Caption 属性改为"产品查看"，然后双击命令按钮，在其 Click 事件代码窗口中输入以下 SQL 语句：

SELECT 外形. * FROM 外形,产品；

WHERE 外形.产品编号=产品.产品编号 AND 产品.供应商号="S02"

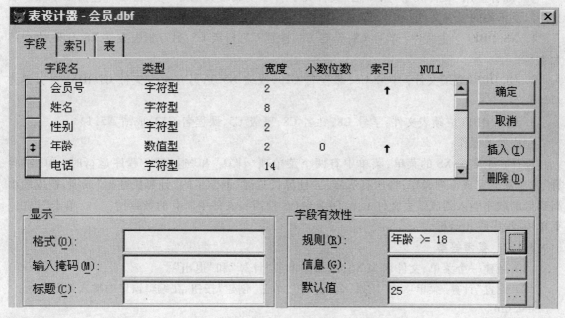

图2-12 表设计器的"字段"选项卡

3 综合应用题

3.1 综合应用1

3.1.1 上机题目

在"综合应用"文件夹中"第1题"文件夹下有学生成绩数据库 XUSHENG,包括如下三个表文件以及相关的索引文件:

1. XS. DBF(学生文件:学号 C8,姓名 C8,性别 C2,班级 C5;另有索引文件 XS. IDX,索引键为学号)

2. CJ. DBF(成绩文件:学号 C8,课程名 C20,成绩 N5.1;另有索引文件 CJ. IDX,索引键为学号)

3. CJB. DBF(成绩表文件:学号 C8,姓名 C8,班级 C5,课程名 C12,成绩 N5.1)

完成如下操作:

设计一个名为 XS 的菜单,菜单中有两个菜单项"计算"和"退出"。程序运行时,单击"计算"菜单项应完成下列操作:将所有选修了"计算机基础"的学生的"计算机基础"成绩,按成绩由高到低的顺序插入到成绩表文件 CJB. DBF 中(事前需将文件中原有的数据清空)。单击"退出"菜单项,程序终止运行。

3.1.2 参考答案

(1) 新建一个菜单,文件名为 XS,添加菜单项"计算"和"退出"。

(2) 设置"计算"菜单项的"结果"为"过程",单击"创建"按钮,在编辑窗口中输入如下命令:

```
USE CJB
DELETE ALL
PACK
SELECT XS. 学号,姓名,班级,课程名,成绩 FROM XS,CJ;
    WHERE XS. 学号=CJ. 学号 AND 课程名="计算机基础" ORDER BY 成绩 DESC INTO ARRAY Fvalue
INSERT INTO CJB FROM ARRAY Fvalue
CLOSE ALL
```

(3) 设置"退出"菜单的"结果"为"命令",并输入如下命令:

```
SET SYSMENU TO DEFAULT
```

3.2 综合应用2

3.2.1 上机题目

在"综合应用"文件夹中"第2题"文件夹下完成如下操作:

该文件夹下已建有项目 test1,在该项目中已有自由表"设备表. dbf"和"库存表. dbf"。利用已有的数据表"设备表.dbf"和"库存表.dbf"设计如图3-1所示的表单。

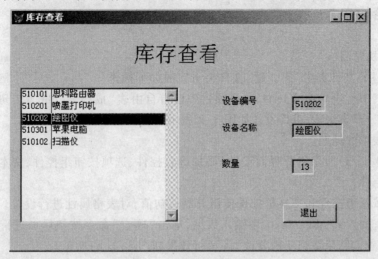

图3-1 表单的运行效果

要求：

(1) 表单运行时自动位于屏幕中央。

(2) 通过在列表框中选择项目(设备名)，各文本框中的数据发生相应改变。

(3) 运行时不允许修改各文本框的值。

(4) 单击"退出"命令按钮，结束表单运行。

3.2.2　参考答案

(1) 数据环境。添加"设备表"和"库存表"。设置"设备表.设备编号"与"库存表.设备编号"关联，并从中拖出"设备编号"、"设备名称"、"数量"三个字段到表单中。

(2) 属性设置。

Form1 的 Caption 属性为"库存查看"。

Form1 的 AutoCenter 属性为"T-真"。

Label1 的 Caption 属性为"库存查看"，FontSize 属性为22。

List1 的 ColumnCount 属性为2，RowSourceType 属性为"6-字段"。

RowSource 属性为"设备表.设备编号,设备名称"

(3) 编写 Form1 的 Init 事件代码。

THISFORM.txt设备编号.READONLY = .T.

THISFORM.txt设备名称.READONLY = .T.

THISFORM.txt数量.READONLY = .T.

(4) 编写 List1 的 Click 事件代码。

THISFORM.REFRESH

(5) 编写 Command1 的 Click 事件代码。

THISFORM.RELEASE

203

3.3　综合应用3

3.3.1　上机题目

在"综合应用"文件夹中"第3题"文件夹下完成如下操作：

在该文件夹中已建立项目test4，在该项目中已有自由表"成绩表.dbf"和"班级表.dbf"。利用"成绩表.dbf"与"班级表.dbf"设计如图3-2所示的表单，要求：

（1）修改表单的标题。

（2）按图3-2(a)所示进行界面设计（添加标签控件、选项按钮组控件、文本框控件、命令按钮控件和表格控件）。

（3）选项按钮组控件和文本框控件使用其默认初值，对表格属性进行设置。

（4）选择查询方式，再在Text1中输入数据，单击"确定"命令按钮后可进行查询，查询结果在表格中显示（查询结果数据不能修改）。运行效果如图3-2(b)所示。

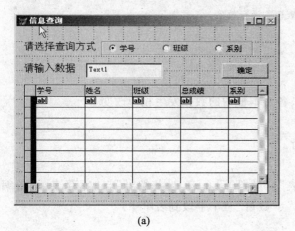
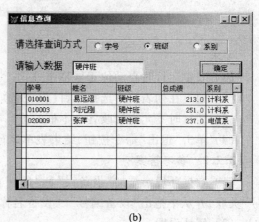

(a)　　　　　　　　　　　　　　　(b)

图3-2　表单设计及运行效果

3.3.2　参考答案

1）方法一

（1）数据环境。添加"成绩表.dbf"、"班级表.dbf"，且设置"成绩表.学号"与"班级表.学号"关联。

（2）属性设置。

Form1的Caption属性为"信息查询"。

Label1的Caption属性为"请选择查询方式"，FontSize属性为12。

Label2的Caption属性为"请输入数据"，FontSize属性为12。

Optiongroup1的ButtonCount属性为3。

Option1的Caption属性为"学号"。

Option2的Caption属性为"班级"。

Option3的Caption属性为"系别"。

204

在表单上右击 Optiongroup1,选择快捷菜单中的"编辑"命令,分别调整各选项按钮的位置。

Grid1 的 ColumnCount 属性为 5, RecordSource 属性为"成绩表",ReadOnly 属性为". T."。

Grid1 的 Column1 的 ControlSource 属性为"成绩表.学号",Column1 的 Header1 的 Caption 为"学号"。

Grid1 的 Column2 的 ControlSource 属性为"成绩表.姓名",Column2 的 Header1 的 Caption 为"姓名"。

Grid1 的 Column3 的 ControlSource 属性为"班级表.班级",Column3 的 Header1 的 Caption 为"班级"。

Grid1 的 Column4 的 ControlSource 属性为"成绩表.总成绩",Column4 的 Header1 的 Caption 为"总成绩"。

Grid1 的 Column5 的 ControlSource 属性为"成绩表.系别",Column5 的 Header1 的 Caption 为"系别"。

(3) 编写 Command1 的 Click 事件代码。

```
X = THISFORM. OPTIONGROUP1. VALUE
Y = ALLTRIM( THISFORM. TEXT1. VALUE)
DO CASE
  CASE X = 1
    SET FILTER TO 学号 = Y
  CASE X = 2
    SET FILTER TO 班级表. 班级 = Y
  CASE X = 3
    SET FILTER TO 系别 = Y
ENDCASE
THISFORM. REFRESH
```

2)方法二

(1) 数据环境(同上)。

(2) 属性设置(同上)。

(3) 编写 Command1 的 Click 事件代码。

```
SET DELETE OFF
RECALL ALL
SET DELETE ON
X = THISFORM. OPTIONGROUP1. VALUE
Y = ALLTRIM( THISFORM. TEXT1. VALUE)
DO CASE
  CASE X = 1
    SELE 成绩表
    DELE ALL FOR 学号 <> Y
  CASE X = 2
    SELE 成绩表
    DELE ALL FOR 班级表. 班级 <> Y
```

```
    CASE X = 3
        SELE 成绩表
        DELE ALL FOR 系别<>Y
ENDCASE
THISFORM. REFRESH
```

3）方法三

（1）数据环境（同上）。

（2）属性设置。

Grid1 的 RecordSource 属性为"空"。

Grid1 的 RecordSourceType 属性为"4-SQL"。

Grid1 的 Column1 ~ Column5 的 ControlSource 属性为"空"，Column1 ~ Column5 的 Header1 ~ Header5 的 Caption 属性设置同上。

（3）编写 Command1 的 Click 事件代码。

```
X = THISFORM. OPTIONGROUP1. VALUE
Y = ALLTRIM( THISFORM. TEXT1. VALUE)
DO CASE
    CASE X = 1
        THISFORM. GRID1. RECORDSOURCE = " SELE 成绩表. 学号, 成绩表. 姓名, 班级表. 班级, 成绩表. 总
            成绩, 成绩表. 系别 FROM 成绩表, 班级表 WHERE 成绩表. 学号 = 班级表. 学号 AND 成绩表. 学号
            = Y INTO CURSOR TEMP1"
    CASE X = 2
        THISFORM. GRID1. RECORDSOURCE = " SELE 成绩表. 学号, 成绩表. 姓名, 班级表. 班级, 成绩表. 总
            成绩, 成绩表. 系别 FROM 成绩表, 班级表 WHERE 成绩表. 学号 = 班级表. 学号 AND 班级表. 班级
            = Y INTO CURSOR TEMP2"
    CASE X = 3
        THISFORM. GRID1. RECORDSOURCE = " SELE 成绩表. 学号, 成绩表. 姓名, 班级表. 班级, 成绩表. 总
            成绩, 成绩表. 系别 FROM 成绩表, 班级表 WHERE 成绩表. 学号 = 班级表. 学号 AND 成绩表. 系别
            = Y INTO CURSOR TEMP3"
ENDCASE
THISFORM. REFRESH
```

3.4   综合应用4

3.4.1   上机题目

在"综合应用"文件夹中"第4题"文件夹下完成如下操作：

利用"设备价格表. DBF"、"系设备价值表. DBF"和"校设备表. DBF"三个表设计如图3-3所示的表单界面，要求如下：

（1）表单标题栏显示"校设备信息查询"，运行时自动位于屏幕中央。

（2）在表单上放置标签控件、文本框控件和命令按钮控件。

（3）选择系名并输入设备名，单击"查询"命令按钮。若设备存在,显示相应设备的信息;若

设备不存在,出现一个信息提示窗口,提示"无此设备!",此时输入设备的文本框 Text1 被清空,并获得焦点。

(4)单击"退出"命令按钮,结束表单运行。表单运行效果如图 3-3(b)所示。

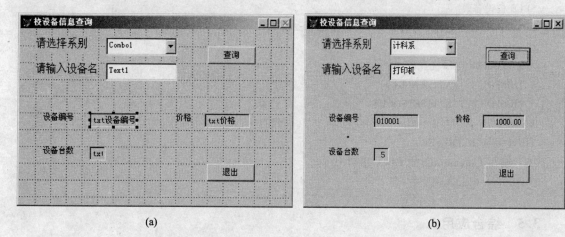

(a)　　　　　　　　　　　　　　　(b)

图 3-3　表单设计与运行效果

3.4.2　参考答案

(1)数据环境。添加"设备价格表.DBF"、"系设备价值表.DBF"和"校设备表.DBF",且设置"校设备表.设备名称"与"设备价格表.设备名称"关联。

(2)属性设置。

Form1 的 Caption 属性为"校设备信息查询",AutoCenter 属性为"T-真"。

Label1 的 Caption 属性为"请选择系别",FontSize 属性为 12。

Label2 的 Caption 属性为"请输入设备名",FontSize 属性为 12。

Combo1 的 RowSourceType 属性为"6-字段",RowSource 属性为"系设备价值表.系名"。

(3)从数据环境中拖曳"设备编号"、"设备台数"、"价格"三个字段到表单的适当位置,并设置相应属性。

"txt 设备编号"的 ReadOnly 属性为".T."。

"txt 价格"的 ReadOnly 属性为".T."。

"txt 设备台数"的 ReadOnly 属性为".T."。

Command1 的 Caption 属性为"查询"。

Command2 的 Caption 属性为"退出"。

(4)编写 Form1 的 Init 事件代码。

```
SELE 校设备表
GO BOTTOM
SKIP
```

(5)编写 Command1 的 Click 事件代码。

```
X = ALLTRIM(THISFORM. TEXT1. VALUE)
Y = THISFORM. COMBO1. VALUE
```

```
SELE 系设备价值表
LOCA ALL FOR 系名 = Y
Z = ALLTRIM(系设备价值表. 系编号)
SELE 校设备表
LOCA FOR 设备名称 = X AND LEFT(设备编号,2) = Z
IF EOF( )
    MESSAGEBOX("无此设备!")
    THISFORM. TEXT1. VALUE = " "
    THISFORM. TEXT1. SETFOCUS
ENDIF
THISFORM. REFRESH
```

(6) 编写 Command2 的 Click 事件代码。

```
THISFORM. RELEASE
```

3.5 综合应用5

3.5.1 上机题目

在"综合应用"文件夹中"第5题"文件夹下完成如下操作：

利用已有的数据库表"教师信息表.dbf"，建立一个可添加和删除记录的表单，要求：

(1) 表单标题栏显示为"教师信息修改"。

(2) 添加5个标签控件、4个文本框控件、一个命令按钮组控件(包含5个命令按钮)。

(3) 当记录显示到第一条记录时，"上一条"命令按钮不可用；当记录显示到最后一条记录时，"下一条"命令按钮不可用；当记录既不是第一条也不是最后一条时，"上一条"和"下一条"命令按钮都可使用。在通过命令按钮浏览记录时数据不能修改。

(4) 当单击"添加记录"命令按钮时，可向数据表添加新的记录数据。

(5) 当单击"删除记录"命令按钮时，可删除当前记录(在删除记录前要求用户确认)。

(6) 单击"退出"命令按钮时，结束表单的运行。

表单运行效果如图3-4所示。

3.5.2 参考答案

(1) 数据环境。添加"教师信息表.dbf"，并从数据环境中拖曳"教师编号"、"姓名"、"性别"、"出生日期"和"籍贯"5个字段到表单的适当位置。

(2) 属性设置。

在数据环境中选中"教师信息表.dbf"，单击鼠标右键，选择"属性"命令，设置 Cursor1 的 Exclusive 属性为". T."。

Form1 的 Caption 属性为"教师信息编辑"。

Label1 的 Caption 属性为"教师信息编辑"，FontSize 属性为18。

Commandgroup1 的 Command1 ~ Command5 的 Caption 属性分别为"上一条"、"下一条"、"添加记录"、"删除记录"和"退出"。

(3) 编写 Form1 的 Init 事件代码。

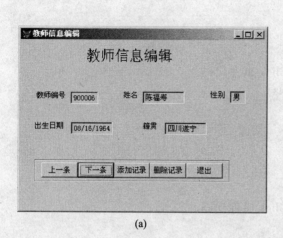

(a)

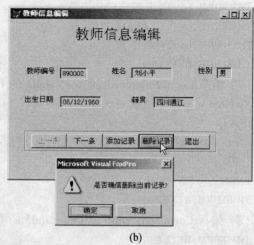

(b)

图 3-4　表单运行效果

THISFORM. COMMANDGROUP1. COMMAND1. ENABLED = . F.

THISFORM. txt 教师编号. READONLY = . T.

THISFORM. txt 姓名. READONLY = . T.

THISFORM. txt 性别. READONLY = . T.

THISFORM. txt 出生日期. READONLY = . T.

THISFORM. txt 籍贯. READONLY = . T.

（4）编写 Commandgroup1 的 Command1 的 Click 事件代码。

```
SKIP -1
IF RECNO( ) = 1
   THISFORM. COMMANDGROUP1. COMMAND1. ENABLED = . F.
ENDIF
THISFORM. COMMANDGROUP1. COMMAND2. ENABLED = . T.
THISFORM. REFRESH
```

（5）编写 Commandgroup1 的 Command2 的 Click 事件代码。

```
SKIP 1
IF RECNO( ) = RECCOUNT( )
   THISFORM. COMMANDGROUP1. COMMAND2. ENABLED = . F.
   THISFORM. COMMANDGROUP1. COMMAND1. SETFOCUS
ENDIF
THISFORM. COMMANDGROUP1. COMMAND1. ENABLED = . T.
THISFORM. REFRESH
```

（6）编写 Commandgroup1 的 Command3 的 Click 事件代码。

```
APPEND BLANK
THISFORM. txt 教师编号. READONLY = . F.
THISFORM. txt 姓名. READONLY = . F.
```

THISFORM. txt 性别. READONLY = . F.

THISFORM. txt 出生日期. READONLY = . F.

THISFORM. txt 籍贯. READONLY = . F.

THISFORM. txt 教师编号. SETFOCUS

THISFORM. REFRESH

（7）编写 Commandgroup1 的 Command4 的 Click 事件代码。

X = MESSAGEBOX("是否确信删除当前记录?" ,1+48)

IF X = 1

 DELE IN "教师信息表"

 PACK

ENDIF

THISFORM. REFRESH

（8）编写 Commandgroup1 的 Command5 的 Click 事件代码。

THISFORM. RELEASE

3.6 综合应用6

3.6.1 上机题目

在"综合应用"文件夹中"第6题"文件夹下完成如下操作。要求：

（1）建立如图 3-5（a）所示的表单，表单标题为"计算器"。

（2）表单运行时，有一行文字"欢迎使用计算器"在表单上从右至左滚动显示，当文字移出左边线后，又从右边线开始滚动显示。

（3）分别在"操作数 1"（Label1）和"操作数 2"（Label2）下的文本框（分别为 Text1 和 Text2）中输入数字（不接受其他字符输入），通过选项按钮组（Optiongroup1,4 个运算符选择项）选择运算符（Option1 为"＋"，Option2 为"－"，Option3 为" ＊ "，Option4 为"／"），然后单击"计算"命令按钮，就会在"计算结果"文本框 Text4 中显示计算结果。

（4）单击"退出"命令按钮，结束表单的运行。表单的运行效果如图 3-5（b）所示（注意：所涉及的数字和字母均为半角字符）。

3.6.2 参考答案

（1）属性设置。

Form1 的 Caption 属性为"计算器"。

Label1 的 Caption 属性为"欢迎使用计算器"，FontSize 属性为 18。

Label2 的 Caption 属性为"操作数 1"，FontSize 属性为 12。

Label3 的 Caption 属性为"操作数 2"，FontSize 属性为 12。

Label4 的 Caption 属性为"计算结果"，FontSize 属性为 12。

Label5 的 Caption 属性为"请选择运算符"，FontSize 属性为 12。

Timer1 的 Interval 属性为 200。

Optiongroup1 的 Option1 ~ Option4 的 Caption 属性分别为"＋"、"－"、" ＊ "、"／"。

Command1 与 Command2 的 Caption 属性分别为"计算"和"退出"。

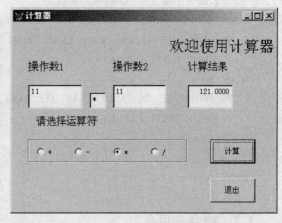

图 3-5　表单设计与运行效果

（2）编写 Timer1 的 Time 事件代码。

```
IF THISFORM. LABEL1. LEFT+THISFORM. LABEL1. WIDTH<0
   THISFORM. LABEL1. LEFT = THISFORM. WIDTH
ELSE
   THISFORM. LABEL1. LEFT = THISFORM. LABEL1. LEFT−10
ENDIF
```

（3）编写 Optiongroup1 的 Click 事件代码。

```
DO CASE
   CASE THIS. VALUE = 1
      THISFORM. TEXT3. VALUE = " + "
   CASE THIS. VALUE = 2
      THISFORM. TEXT3. VALUE = " − "
   CASE THIS. VALUE = 3
      THISFORM. TEXT3. VALUE = " * "
   CASE THIS. VALUE = 4
      THISFORM. TEXT3. VALUE = "/"
ENDCASE
```

（4）编写 Command1 的 Click 事件代码。

```
N = THISFORM. OPTIONGROUP1. VALUE
DO CASE
   CASE N = 1
      THISFORM. TEXT4. VALUE = VAL( ALLTRIM( THISFORM. TEXT1. VALUE ) ) +VAL( ALLTRIM( THIS-
         FORM. TEXT2. VALUE ) )
   CASE N = 2
```

```
THISFORM. TEXT4. VALUE = VAL( ALLTRIM( THISFORM. TEXT1. VALUE)) - VAL( ALLTRIM( THIS-
    FORM. TEXT2. VALUE))
  CASE N = 3
    THISFORM. TEXT4. VALUE = VAL( ALLTRIM( THISFORM. TEXT1. VALUE)) * VAL( ALLTRIM( THIS-
    FORM. TEXT2. VALUE))
  CASE N = 4
    THISFORM. TEXT4. VALUE = VAL( ALLTRIM( THISFORM. TEXT1. VALUE))/VAL( ALLTRIM( THIS-
    FORM. TEXT2. VALUE))
ENDCASE
```

（5）编写 Command2 的 Click 事件代码。

```
THISFORM. RELEASE
```

3.7   综合应用7

3.7.1   上机题目

在"综合应用"文件夹中"第 7 题"文件夹下完成如下操作：

在该文件夹下有工资数据库 WAGE，包括数据表文件：ZG(仓库号 C(4)，职工号 C(4)，工资 N(4))。

设计一个名为 TJ 的菜单，菜单中有两个菜单项"统计"和"退出"。

（1）单击"统计"菜单项应完成下列操作：检索出工资低于本仓库职工平均工资的职工信息，并将这些职工信息按照仓库号升序，在仓库号相同的情况下再按职工号升序存放到 EMP 文件中，该数据表文件和 ZG 数据表文件具有相同的结构。

（2）单击"退出"菜单项，程序终止运行。

3.7.2   参考答案

（1）新建一个菜单文件，利用菜单设计器定义两个菜单项，名称分别为"统计"和"退出"。

（2）在菜单名称为"统计"的菜单项的"结果"下拉列表框中选择"过程"，单击"编辑"按钮，打开一个窗口来添加"统计"菜单项要执行的命令。程序代码如下：

```
OPEN DATABASE WAGE. DBC
SELECT 仓库号,AVG(工资) AS AvgGZ FROM ZG;
  GROUP BY 仓库号 INTO CURSOR Temp
SELECT ZG. * FROM ZG,Temp;
  WHERE ZG. 仓库号 = Temp. 仓库号 AND ZG. 工资 < Temp. AvgGZ;
  ORDER BY ZG. 仓库号,职工号;
  INTO TABLE EMP
```

注释：利用第一个 SELECT 语句，得到每一个仓库的职工平均工资，并将结果放在一个临时的表 Temp 中。有了临时表 Temp 后，可以将其与 ZG 进行联接查询，利用第二个 SELECT 语句得到最后的结果并输出到表 EMP 中。

（3）在菜单名称为"退出"的菜单项的"结果"下拉列表框中选择"命令"，并在后面的"选项"框中输入以下退出菜单的命令：

3.8 综合应用 8

3.8.1 上机题目

在"综合应用"文件夹中"第 8 题"文件夹下对"雇员管理"数据库完成如下操作：

（1）建立一个名称为 VIEW1 的视图，查询每个雇员的部门号、部门名、雇员号、姓名、性别和年龄。

（2）设计一个名称为 Form2 的表单，表单上设计一个页框，页框有"部门"和"雇员"两个选项卡，在表单的右下角有一个"退出"命令按钮。运行效果如图 3-6 所示。要求如下：

① 表单的标题名称为"商品销售数据输入"。

② 选择"雇员"选项卡，在其中使用"表格"方式显示 VIEW1 视图中的记录（表格名称为 grd-View1）。

③ 选择"部门"选项卡，在其中使用"表格"方式显示"部门"表中的记录（表格名称为"grd部门"）。

④ 单击"退出"命令按钮，关闭表单。

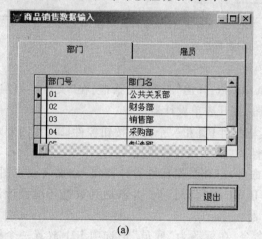
(a)

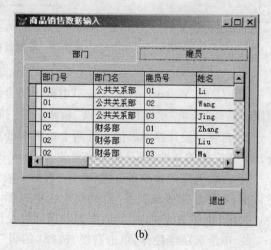
(b)

图 3-6　表单运行效果

3.8.2 参考答案

（1）① 打开该文件夹下的"雇员管理"数据库。

② 选择"数据库"→"新建本地视图"菜单命令，打开"新建本地视图"对话框。单击"新建视图"按钮，打开视图设计器和"添加表或视图"对话框。将"雇员管理"数据库下的两个表"雇员"和"部门"都添加到视图设计器中，单击"添加表或视图"对话框中的"关闭"按钮。

③ 在视图设计器的"字段"选项卡中，在"可用字段"列表框中依次选择"部门号"、"部门名"、"雇员号"、"姓名"、"性别"和"年龄"字段，将其移到"选定字段"列表框中。单击工具栏上的"保存"按钮，将设计的视图以 VIEW1 为名称保存在数据库中，如图 3-7 所示。

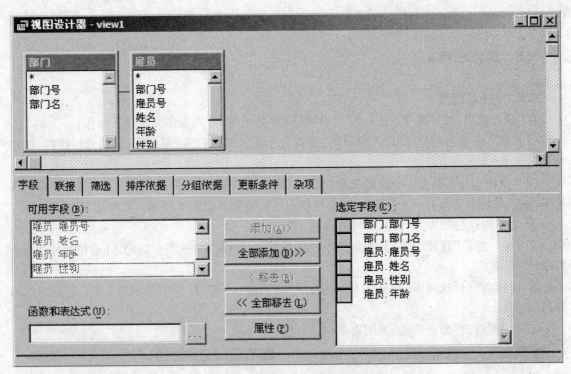

图 3-7　视图设计器的参数设置

（2）① 在 Visual FoxPro 主窗口中按下组合键 Ctrl+N，弹出"新建"对话框，在"文件类型"选项组中选择"表单"单选按钮，单击"新建文件"按钮，打开表单设计器。

② 在表单设计器中添加含有两个选项卡的页框控件 ▢ 和一个命令按钮控件 ▭，并按要求分别设置它们的属性，并且修改表单的 Caption 属性为"商品销售数据输入"。

③ 在表单空白处单击右键，选择"数据环境"命令，打开数据环境设计器和"添加表或视图"对话框。在"添加表或视图"对话框中选中视图 VIEW1 和"部门"表，并添加到数据环境设计器中。关闭"添加表或视图"对话框和数据环境设计器。

④ 单击选项卡控件，单击右键，选择"编辑"命令，在标题为"雇员"的选项卡上放置一个网格控件，并修改网格控件的名称为"GrdView1"，并将 RecordSourceType 属性修改为"表"，将 RecordSource 属性修改为"VIEW1"。用同样的方法在标题为"部门"的选项卡上也放置一个网格控件，其 RecordSourceType 也设定为"表"，RecordSource 属性修改为"部门"。

⑤ 在标题为"退出"的命令按钮控件的 Click 事件中添加以下代码：

THISFORM. RELEASE

⑥ 以文件名 Form2. scx 将表单保存在该文件夹下。

3.9　综合应用 9

3.9.1　上机题目

在"综合应用"文件夹中"第 9 题"文件夹下对"商品销售"数据库完成如下操作：

（1）① 编写名称为 change_c 的程序并执行，该程序实现下面的功能：将"商品表"进行备份，备份文件名为"SPBAK.dbf"。

② 将"商品表"中"商品号"前两位编号为"10"的商品的"单价"修改为比出厂单价提高10%。

③ 使用"单价调整表"对"商品表"中部分商品的出厂单价进行修改（"商品号"相同，出厂价以"单价调整表"为准）。

（2）设计一个名称为 Form2 的表单，其上有"调整"（名称为 Command1）和"退出"（名称为Command2）两个命令按钮。单击"调整"命令按钮时，调用 change_c 程序实现商品单价的调整；单击"退出"命令按钮时，关闭表单。

注意：以上两个命令按钮中均只包含一条语句，不可以有多余的语句。

3.9.2 参考答案

（1）在 Visual FoxPro 主窗口中按下组合键 Ctrl+N，打开"新建"对话框。在"文件类型"选项组中选择"程序"单选按钮，单击"新建文件"按钮，打开代码编辑器窗口。

（2）在代码编辑器窗口中，输入以下代码：

```
SET TALK OFF
SET SAFETY OFF
CLOSE ALL
&& 备份商品表
SELECT * FROM 商品表 INTO TABLE SPBAK.DBF
&& 修改商品的单价
UPDATE 商品表 SET 单价=出厂单价*1.1 WHERE LEFT(商品号,2)="10"
USE 单价调整表
DO WHILE NOT EOF()
    UPDATE 商品表 SET 出厂单价=单价调整表.出厂单价;
    WHERE 商品号=单价调整表.商品号
    SKIP
ENDDO
CLOSE ALL
SET TALK ON
SET SAFETY ON
```

（3）以文件名 change_c.prg 保存程序文件到该文件夹下，并执行。

（4）在 Visual FoxPro 的主窗口中按下组合键 Ctrl+N，打开"新建"对话框。在"文件类型"选项组中选择"表单"单选按钮，单击"新建文件"按钮。

（5）打开表单编辑器，在新表单上放置两个标题分别为"调整"和"退出"的命令按钮控件，并为标题为"调整"的命令按钮添加如下 Click 事件代码：

```
DO CHANGE_C.PRG
```

为标题为"退出"的命令按钮添加如下 Click 事件代码：

```
THISFORM.RELEASE
```

（6）以文件名 Form2.scx 保存表单，并保存在该文件夹下。

3.10　综合应用 10

3.10.1　上机题目

在"综合应用"文件夹中"第 10 题"文件夹下完成如下操作：

将 order_detail 表中的全部内容复制到 od_bak 表，然后对 od_bak 表编写完成如下功能的程序。

（1）把"订单号"尾部字母相同并且订货相同（"器件号"相同）的订单合并为一张订单，新的"订单号"取原来的尾部字母，"单价"取最低价，"数量"取合计。

（2）结果先按新的"订单号"升序排序，再按"器件号"升序排序。

（3）将最终的记录处理结果保存在 od_new 表中。

（4）最后将程序保存为 prog1.prg，并执行该程序。

3.10.2　参考答案

（1）在 VisualFoxPro 主窗口下按组合键 Ctrl+N，打开"新建"对话框，在"文件类型"选项组中选择"程序"单选按钮，单击"新建文件"按钮。

（2）在弹出的程序编辑窗口中输入以下代码：

```
SET TALK OFF
SET SAFETY OFF
SELE  *  FROM order_detail INTO table od_bak
&& 复制一个表用来存放结果
USE OD_BAK
COPY STRUCTURE TO OD_NEW
&& 首先得到所有的新订单号和器件号
SELECT RIGHT(订单号,1) AS 新订单号,器件名,器件号,;
    RIGHT(订单号,1)+器件号 AS NEWNUM;
  FROM OD_BAK;
  WHERE RIGHT(订单号,1)+器件号=RIGHT(订单号,1)+器件号;
  GROUP BY NEWNUM;
  ORDER BY 新订单号,器件号;
  INTO CURSOR CurTable
DO WHILE NOT EOF()
  && 得到单价和数量
  SELECT MIN(单价) AS 最低价,SUM(数量) AS 数量合计;
    FROM OD_BAK;
    WHERE RIGHT(订单号,1)=CurTable.新订单号 AND 器件号=CurTable.器件号;
    INTO ARRAY AFieldsValue
  INSERT INTO OD_NEW VALUES;
    (CurTable.新订单号,CurTable.器件号,CurTable.器件名,AFieldsValue(1,1),AFieldsValue(1,2))
  SKIP
ENDDO
```

216

```
CLOSE ALL
SET TALK ON
SET SAFETY ON
```

（3）单击工具栏上的"保存"按钮，以文件名 prog1.prg 保存程序文件到该文件夹下，并运行程序。

3.11　综合应用 11

3.11.1　上机题目

在"综合应用"文件夹中"第 11 题"文件夹下使用报表设计器建立一个报表，具体要求如下：

（1）报表的内容（细节带区）是 order_list 表的订单号、订购日期和总金额。

（2）增加数据分组，分组表达式是"order_list.客户号"，组标头带区的内容是"客户号"，组注脚带区的内容是该组订单的总金额合计。

（3）增加标题带区，标题是"订单分组汇总表（按客户）"，要求是 3 号字、黑体，括号是全角符号。

（4）增加总结带区，该带区的内容是所有订单的总金额合计。最后将建立的报表文件保存为 report1.frx 文件。

提示：在考试的过程中可以使用"显示"→"预览"菜单命令查看报表的效果。

3.11.2　参考答案

（1）在 Visual FoxPro 的主窗口中按下组合键 Ctrl+N，打开"新建"对话框。在"文件类型"选项组中选择"报表"单选按钮，单击"新建文件"按钮，则系统打开报表设计器。

（2）选择"显示"→"数据环境"菜单命令，系统打开数据环境设计器。这时主菜单栏出现"数据环境"菜单，从中选择"添加"命令，系统打开"添加表或视图"对话框。选择该文件夹下的 order_list 表，单击"关闭"按钮。

（3）在报表设计器和数据环境设计器都可见的情况下，在数据环境设计器中 order_list 表的"订单号"字段上按下鼠标左键，并将其拖动到报表设计器的细节带区，在合适的位置松开鼠标。用同样的方法将订购日期、总金额都放置在细节带区的合适位置。

（4）选择"报表"→"数据分组"菜单命令，系统打开"数据分组"对话框。单击对话框中的省略号按钮，打开表达式生成器，从中选择分组表达式"order_list.客户号"，如图 3-8 所示。

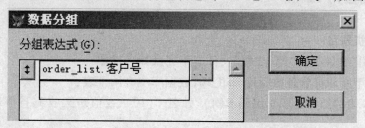

图 3-8　"数据分组"对话框

这样报表设计器中增加组标头带区和组注脚带区。适当调整两个新增加的带区的高度。利用第三步的方法,在组标头带区中添加显示"order_list.客户号"字段的域控件。单击报表控件工具栏上的"域控件"按钮**abl**,然后在"组注脚1:客户号"带区的适当位置上单击鼠标,系统打开"报表表达式"对话框。在"表达式"文本框中通过单击右侧的省略号按钮,打开"表达式生成器"对话框。从中选择"order_list.总金额"字段,单击"确定"按钮,单击"报表表达式"对话框中的"计算"按钮,打开"计算字段"对话框。选中"总和"计算类型,单击"确定"按钮,在"报表表达式"对话框中单击"确定"按钮,这样组注脚带区设置完成,如图3-9(a)所示。

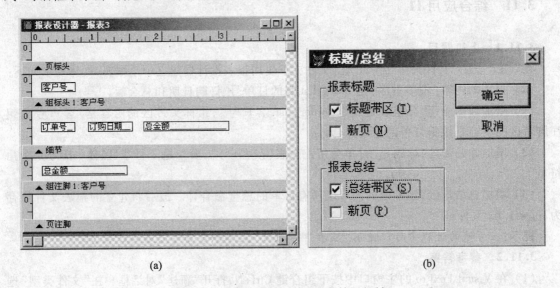

(a)　　　　　　　　　　　　　　　　(b)

图3-9　报表设计器和"标题/总结"对话框

(5)选择"报表"→"标题/总结"菜单命令,如图3-10(b)所示。选择"标题带区"和"总结带区"复选框,单击"确定"按钮。单击报表控件工具栏上的"标签"按钮 **A**,为报表添加页标头,并通过"格式"菜单中的"字体"命令按要求设置字体。单击报表控件工具栏上的"域控件"按钮**abl**,用设置组注脚同样的方法为报表设置总结带区。

(6)以文件名report1.frx将报表文件保存在该文件夹下。

3.12　综合应用12

3.12.1　上机题目

在"综合应用"文件夹中"第12题"文件夹下完成如下操作:

在该文件夹下有职员管理数据库staff_10,数据库中有两个表:

YUANGONG表的结构是职工编码C(4)、姓名C(10)、夜值班天数I、昼值班天数I、加班费N(10,2)。

ZHIBAN表的结构是值班时间C(2)、每天加班费N(7,2),ZHIBAN表中只有两条记录,分别记载了白天和夜里的每天加班费标准。

编写符合下列要求的程序:

（1）设计一个名为 staff_m 的菜单，菜单中有两个菜单项"计算"和"退出"。

（2）程序运行时，单击"计算"菜单项应完成下列操作：

① 计算 YUANGONG 表的"加班费"字段值，计算方法是：

加班费＝夜值班天数 ＊ 夜每天加班费＋昼值班天数 ＊ 昼每天加班费

② 根据上面的结果，将员工的职工编码、姓名、加班费存储到 staff_d 表中，并按加班费降序排列，如果加班费相等，则按职工编码的升序排列。

（3）单击"退出"菜单项，程序终止运行。

3.12.2　参考答案

（1）选择"文件"→"新建"菜单命令，选择"菜单"单选按钮，单击"新建文件"按钮，在菜单设计器中输入两个菜单项"计算"和"退出"。

（2）设置"计算"菜单项的"结果"为"过程"，单击"创建"按钮，输入程序代码如下：

SET TALK OFF　　　　　　　　&& 在程序运行时关闭命令结果的显示

SET SAFETY OFF　　　　　　　&& 关闭文件重名的提示

OPEN DATABASE STAFF_10　　&& 打开数据库文件 STAFF_10

SELECT 每天加班费 FROM ZHIBAN WHERE 值班时间 ="昼" INTO ARRAY zhou

&& 由于要得到"昼"和"夜"的每天的加班费，所以要用到 SELECT 查询

&& WHERE 条件表达式可以用来限定结果集，将条件表达式"值班时间 ="昼""

&& 放在 WHERE 的后面；也可以将结果集的列数进行限制，这里只需要得到

&& 每天加班费，将其放在 SELECT 的后面；可将结果集放入一个数组变量中

&& 用到 INTO ARRAY 数组变量名

SELECT 每天加班费 FROM ZHIBAN WHERE 值班时间 ="夜" INTO ARRAY ye

&& 同上，这样可以在 ye 中得到"值班时间 ="夜""的每天加班费

UPDATE YUANGONG SET 加班费 =夜值班天数 ＊ ye+昼值班天数 ＊ zhou

&&UPDATE 语句用来修改某一个或某几个字段的值

&&UPDATE 表名 SET 字段名 1 =表达式 1[,字段名 2 =表达式 2 ...]

&&[WHERE 条件表达式 1[AND|OR 条件表达式 2]]

SELECT 职工编码,姓名,加班费 FROM YUANGONG;

　ORDER BY 加班费 DESC,职工编码;

　INTO TABLE STAFF_D

&& 利用 SQL 语句中的 ORDER BY 子句可以对结果集进行排序，有多个排序依据时

&& 它们按优先级的高低依次排在 ORDER BY 的后面，默认是升序，如果要以

&& 降序需显示指明 DESC；利用"INTO TABLE 表名"可以将结果放入一个永久表中

CLOSE ALL

&& 关闭所有打开的文件

SET SAFETY ON

&& 恢复文件重复的提示设置

SET TALK ON

&& 恢复命令结果显示设置

（3）设置"退出"菜单项的"结果"为"命令"，输入命令：

SET SYSMENU TO DEFAULT

（4）保存菜单为 staff_m 并运行。

3.13　综合应用 13

3.13.1　上机题目

在"综合应用"文件夹中"第 13 题"文件夹下有学生管理数据库 stu_nine。数据库中有 score1 表，其结构是学号 C(10)、少数民族 L、优秀干部 L、三好生 L、考试成绩 I、总成绩 I。其中，前五项已有数据，编写并运行符合下列要求的程序：

（1）设计一个名为 form_stu 的表单，表单中有两个命令按钮控件，命令按钮的名称分别为 cmdYes 和 cmdNo，标题分别为"计算"和"关闭"。

（2）程序运行时，单击"计算"命令按钮应完成下列操作：

① 计算每一个学生的总成绩。总成绩的计算方法是：考试成绩+加分。加分的规则是：如果该学生是少数民族（相应数据字段为.T.）加 5 分，优秀干部加 10 分，三好生加 20 分，加分不累计，取最高的。例如，如果该学生既是少数民族又是三好生，则加分为 20 分。如果都不是，总成绩等于考试成绩。

② 根据上面的计算结果，生成一个新的表 ZCJ，该表只包括学号和总成绩两项，并按总成绩的升序排序，如果总成绩相等，则按学号的升序排序。

（3）单击"关闭"命令按钮，程序终止运行。

3.13.2　参考答案

（1）利用表单设计器建立所要求的表单，在表单上添加两个命令按钮控件。分别按要求设置两个命令按钮控件的标题属性（Caption）和名称属性（Name）。

（2）双击标题为"计算"的命令按钮控件，在新打开的窗口中添加其 Click 事件代码：

```
SET TALK OFF                 && 在程序运行下关闭命令结果的显示
OPEN DATABASE STU_NINE       && 打开数据库文件
USE SCORE1                   && 打开成绩表
DO WHILE NOT EOF( )          && 遍历成绩表中的每一条记录
  STORE 0 TO JF              && 对变量 JF 赋值 0
  DO CASE
    CASE 三好生
      JF = 20
    CASE 优秀干部
      JF = 10
    CASE 少数民族
      JF = 5
    OTHERWISE
      JF = 0
  ENDCASE
  &&DO CASE…ENDCASE 条件语句中每次仅运行其中的一组命令
  && 如果第一个 CASE 条件表达式中条件表达式为.T.,则执行第一个 CASE
```

&& 和第二个 CASE 之间的语句,而即使下面有满足条件的 CASE 也不再执行

&& 如果所有的 CASE 条件都不满足,则执行 OTHERWISE 与 ENDCASE 之间的语句

&& 所以这里要将"三好生"放在第一个 CASE 中,"优秀干部"放在第二个 CASE 中,

&&"少数民族"放在第三个 CASE 中

REPLACE 总成绩 WITH 考试成绩+JF

&& 将当前成绩与加分之和作为总成绩

 SKIP

ENDDO

SELECT 学号,总成绩 FROM SCORE1 ORDER BY 总成绩,学号;

 INTO TABLE ZCJ

&& 利用 ORDER BY 子句可以将查询结果集按一定的顺序进行排序

&& 默认是以升序进行排序,如果要以降序进行排序,需在排序依据的后面加上 DESC

&& 在排序的时候可以指定多个排序的依据,根据优先级的不同依次放在 ORDER BY 的后面

&& 利用"INTO TABLE 表名"可以将结果集放入一个永久表中

CLOSE ALL

SET TALK ON   && 恢复命令结果的显示

(3)双击标题为"退出"的命令按钮控件,在新打开的窗口中添加其 Click 事件代码:

 THISFORM. RELEASE   && 退出本表单

(4)以文件名 form_stu 保存表单,并运行表单。

3.14 综合应用 14

3.14.1 上机题目

在"综合应用"文件夹中"第 14 题"文件夹下有仓库数据库 GZ3,包括两个表文件:

 ZG(仓库号 C(4),职工号 C(4),工资 N(4))

 DGD(职工号 C(4),供应商号 C(4),订购单号 C(4),订购日期 D,总金额 N(10))

按要求完成如下操作:

(1)首先建立工资文件数据表:GJ3(职工号 C(4),工资 N(4))。

(2)设计一个名为 YEWU3 的菜单,菜单中有两个菜单项"查询"和"退出"。

(3)程序运行时,单击"查询"命令按钮,应完成下列操作:检索出与供应商 S7、S4 和 S6 都有业务联系的职工的职工号和工资,并将其存放到所建立的 GJ3 文件中。单击"退出"菜单项,程序终止运行。

3.14.2 参考答案

(1)利用菜单设计器定义两个菜单项,在菜单名称为"查询"的菜单项的"结果"下拉列表框中选择"过程",并通过单击"编辑"按钮打开一个窗口来添加"查询"菜单项要执行的命令。在菜单名称为"退出"的菜单项的"结果"下拉列表框中选择"命令",并在后面的"选项"框中输入以下"退出"菜单的命令:

SET SYSMENU TO DEFAULT

(2)单击"计算"菜单项后面的"编辑"按钮,在所打开的窗口中添加如下的过程代码:

SET TALK OFF   && 在程序运行时关闭命令结果的显示

```
OPEN DATABASE GZ3          && 打开数据库文件 GZ3
USE DGD                    && 打开表 DGD
CREATE TABLE GJ3(职工号 C(4),工资 N(4))
SELECT 职工号 FROM DGD WHERE 供应商号 IN ("S4","S6","S7");
    GROUP BY 职工号;
    HAVING COUNT(DISTINCT 供应商号)= 3;
    INTO CURSOR CurTable
&&SELECT 语句中的 GROUP BY 子句可以用来指定结果集的组,
&& 得到供应商号是 "S4"、"S6"或"S7"的订购单,同时以订购单所在的职工号进行分组,
&& 并且保证每个分组里面供应商号有三个(也就是三个供应商都应有订购单);这样就得到了满
&& 足条件的职工号,将返回的结果集放于一个临时表 CurTable 中"INTO CURSOR CurTable"
SELECT ZG.职工号,工资 FROM ZG,CurTable WHERE ZG.职工号=CurTable.职工号;
    ORDER BY 工资 DESC;
    INTO ARRAY AFieldsValue
&& 将生成的临时表与 DGD 表进行联接查询,便可以得到满足条件的职工号和工资
&& 返回的结果集放入数组 AFieldsValue 中"INTO ARRAY AFieldsValue"
INSERT INTO GJS FROM ARRAY AFieldsValue
&& 在新建的表中追加记录
CLOSE ALL
&& 关闭打开的文件
SET TALK ON
&& 恢复命令结果的显示设置
```

(3) 以文件名 YEWU3. MNX 保存菜单源文件,并生成菜单(选择"文件"→"生成"菜单命令),运行菜单。

3.15   综合应用 15

3.15.1   上机题目

在"综合应用"文件夹中"第 15 题"文件夹下有"项目信息"、"零件信息"和"使用零件"三个数据表,按要求完成如下操作:

设计一个文件名为 myform 的表单,所有控件的属性必须在表单设计器的属性窗口中设置。表单的标题设为"零件金额查询"。表单中有两个标签控件、一个组合框控件(Combo1)、一个文本框控件(Text1)和一个命令按钮控件"退出"。

运行表单时,组合框中有"s1"、"s2"、"s3"、"s4"、"s5"、"s6"等项目信息,表中的项目号可供选择,选择某个项目号以后,则文本框中显示出组合框中的项目编号对应的项目所用零件的金额(某种零件的金额=单价×数量)。

单击"退出"命令按钮关闭表单。

表单的编辑和运行效果如图 3-10 所示。

3.15.2   参考答案

(1) 在 Visual FoxPro 的命令窗口中输入命令:

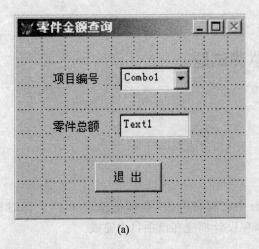
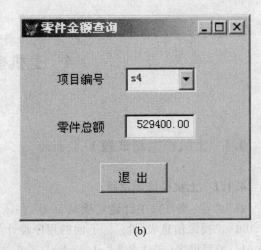

(a)　　　　　　　　　　　　　　　　　　　　　(b)

图 3-10　表单设计及运行界面

```
CREAT FORM myform
```
打开表单设计器,设置其属性 Caption 值为"零件金额查询"。

(2) 在表单空白处单击右键,选择"数据环境"命令,将"项目信息"、"零件信息"和"使用零件"三个数据表添加到数据环境中。

(3) 单击表单控件工具栏上的"标签"控件 **A**,在表单上添加两个标签控件,并分别设置其 Caption 属性为"项目编号"和"零件总额"。

(4) 单击表单控件工具栏上的"文本框"控件图标 **abl**,向表单中添加一个文本框控件。

(5) 单击表单控件工具栏上的"组合框"控件图标 **▦**,向表单中添加一个组合框控件。将组合框的 RowSourceType 属性设为"6-字段",将 RowSource 属性设为"项目信息.项目号"。双击组合框,在其 InterActiveChange 事件中输入如下代码:

```
SELECT SUM(零件信息.单价 * 使用零件.数量);
   FROM 零件信息,项目信息,使用零件;
   WHERE 使用零件.项目号=项目信息.项目号 AND 零件信息.零件号=使用零件.零件号;
      AND 使用零件.项目号=ALLTRIM(THISFORM.COMBO1.VALUE);
   GROUP BY 项目信息.项目号 INTO ARRAY temp
THISFORM.TEXT1.VALUE=temp
```

(6) 单击表单控件工具栏上的"命令按钮"控件图标 **▭**,向表单中添加一个命令按钮控件,将其 Caption 属性改为"退出"。双击该命令按钮,在 Click 事件中输入如下代码:

```
THISFORM.RELEASE
```

(7) 保存表单。

4 上机模拟测试题

4.1 上机模拟测试题 1

4.1.1 上机模拟测试题

在"考生"文件夹中已建立项目 test1,在该项目中已有自由表"教师信息表.dbf"、"课时费表.dbf"、"授课信息表.dbf"。下面的程序设计与表单设计都应在该项目中完成。

1. 编写程序(文件名为"a1.prg")

利用已有的数据表实现以下功能:

(1) 计算"教师信息表.dbf"中的岗位津贴(岗位津贴等于课时数乘以对应职称的课时费)和应发工资(应发工资等于基本工资加上岗位津贴)。

(2) 按教师编号进行查询,显示姓名、职称、课时数和应发工资。如果输入教师编号错误,将出现提示信息"无此编号!",并让用户选择是否继续查询。

(3) 将课时数在60及其以上的人员的教师编号、姓名、课时数进行数据备份并显示(备份文件名为 databack.dbf)。运行程序,显示效果如图4-1所示。

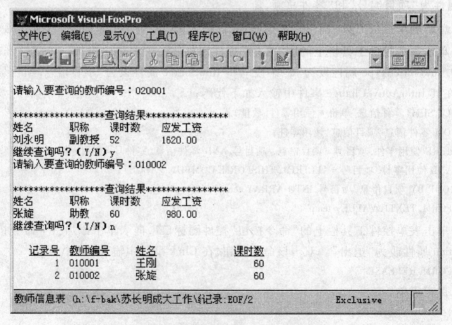

图4-1 "a1.prg"程序运行时的效果

2. 表单设计(文件名为"表单1.scx")

根据"教师信息表.dbf"、"课时费表.dbf"、"授课信息表.dbf"设计查询表单,界面如图4-2

所示。实现功能:通过选项按钮组选择教师编号或姓名,在文本框中输入相应查询值以查询相关记录,查询结果字段值不允许修改。

表单运行效果如图4-2所示。

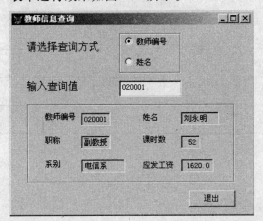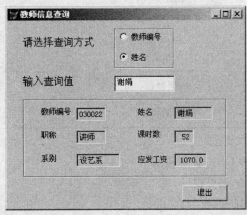

图4-2 "表单1"运行时的效果

4.1.2 原始数据

"教师信息表.dbf"、"授课信息表.dbf"、"课时费表.dbf"分别如表4-1、表4-2和表4-3所示。

表4-1 教师信息表

教师编号 C(6)	姓名 C(10)	职称 C(6)	基本工资 N(7,2)	系别 C(10)	岗位津贴 N(5)	应发工资 N(7,2)
010001	王刚	讲师	650	计科系		
010002	张旋	助教	500	计科系		
020001	刘永明	副教授	840	电信系		
020004	代东风	副教授	890	电信系		
030012	王怒涛	副教授	900	设艺系		
030022	谢娟	讲师	550	设艺系		

表4-2 授课信息表

教师编号 C(6)	课程名 C(10)	课时数 N(3)
010001	数据结构	60
010002	操作系统	60
020001	信号与系统	52
020004	接口技术	48
030012	美术史	48
030022	陶艺	52

表 4-3　课时费表

职称 C(6)	课时费 N(5)
助教	8
讲师	10
副教授	15
教授	20

4.1.3　参考答案

1．编写程序

```
SET TALK OFF
SET SAFE OFF
CLEAR
CLOSE ALL
USE 授课信息表
INDEX ON 教师编号 TO JSBH
SELE 2
USE 课时费表
INDE ON 职称 TO ZC
SELE 3
USE 教师信息表
SET RELA TO 教师编号 INTO A
SET RELA TO 职称 INTO B ADDI
REPL ALL 岗位津贴 WITH A.课时数 * B.课时费,应发工资 WITH 基本工资+岗位津贴
X='Y'
DO WHILE UPPER(X)= "Y"
  ACCEPT "请输入要查询的教师编号:" TO BH
  LOCA ALL FOR 教师编号=ALLTRIM(BH)
  IF EOF( )
    MESSAGEBOX("无此编号!")
    WAIT "继续查询吗? (Y/N)" TO X
  ELSE
    ? " * * * * * * * * *查询结果 * * * * * * * * * * * *"
    ?"姓名　职称　课时数　应发工资"
    ? 姓名,职称,A.课时数,应发工资
    WAIT "继续查询吗? (Y/N)" TO X
  ENDIF
ENDDO
```

```
COPY TO DATABACK FIELD 教师编号,姓名,A.课时数 FOR A.课时数>=60
USE DATABACK
LIST
WAIT
CLEA
SET TALK ON
SET SAFE ON
CLOSE ALL
RETU
```

2. 表单设计

1）方法一：先选择 Optiongroup1,再输入 Text1 的内容

（1）数据环境。添加"教师信息表. dbf"、"授课信息表. dbf",且设置"教师信息表. 教师编号"与"授课信息表. 教师编号"关联。从数据环境窗口拖动"教师编号"、"职称"、"系别"、"姓名"、"课时数"、"应发工资"6 个字段到表单上。

（2）属性设置。

Form1 的 Caption 属性为"教师信息查询"。

Label1 的 Caption 属性为"请选择查询方式",FontSize 属性为 12。

Optiongroup1 的 Option1 的 Caption 属性为"教师编号"。

Optiongroup1 的 Option2 的 Caption 属性为"姓名"。

Label2 的 Caption 属性为"输入查询值",FontSize 属性为 12。

Shape1 的 SpecialEffect 属性为"0-3 维"。

分别设置：txt 教师编号、txt 职称、txt 系别、txt 姓名、txt 课时数和 txt 应发工资 6 个文本框的 ReadOnly 属性为". t."。

（3）编写 Text1 的 InteractiveChange 事件代码。

```
SELE 教师信息表
IF THISFORM. OPTIONGROUP1. VALUE=1
    LOCAT FOR 教师编号=ALLTRIM(THIS. VALUE)
ELSE
    LOCAT FOR 姓名=TRIM(THIS. VALUE)
ENDIF
THISFORM. REFRESH
```

2）方法二：先输入 Text1 的内容,再选择 Optiongroup1

（1）数据环境（同上）。

（2）属性设置（同上）。

（3）编写 Optiongroup1 的 Click 事件代码。

```
SELE 教师信息表
IF THIS. VALUE=1
    LOCAT FOR 教师编号=ALLTRIM(THISFORM. TEXT1. VALUE)
ELSE
    LOCAT FOR 姓名=ALLTRIM(THISFORM. TEXT1. VALUE)
```

ENDIF

THISFORM. REFRESH

3）方法三：先输入 Text1 的内容，再选择 Optiongroup1

（1）数据环境（同上）。

（2）属性设置（同上）。

（3）编写 Optiongroup1. Option1 的 Click 事件代码。

SELE 教师信息表

LOCAT FOR 教师编号 = ALLTRIM(THISFORM. TEXT1. VALUE)

THISFORM. REFRESH

（4）编写 Optiongroup1. Option2 的 Click 事件代码。

SELE 教师信息表

LOCAT FOR 姓名 = ALLTRIM(THISFORM. TEXT1. VALUE)

THISFORM. REFRESH

（5）编写 Command1 的 Click 事件代码。

THISFORM. REFRESH

4.2 上机模拟测试题 2

4.2.1 上机模拟测试题

在"考生"文件夹中已建有项目 test2，在项目中有数据库"学生. dbc"，包含"学生综合成绩表（xszh. dbf）"、"学生成绩表（xscj. dbf）"和"学生信息. dbf"三个表文件，下面的程序设计与表单设计都应在该项目中完成。

1. 编写程序（文件名为"a2. prg"）

利用已有的数据表实现以下功能：

（1）利用 xscj. dbf 中的"平时成绩"和"期末成绩"字段，修改 xszh. dbf 中的"平时成绩"和"期末考试"字段。

（2）计算总评成绩（计算公式为平时成绩占 20%、期末成绩占 80%）。

（3）显示 xszh. dbf 表中总评成绩大于 60 分的所有学生的学号、姓名和总评成绩。

显示效果如下所示：

学号	姓名	总评成绩
* *		
20060101	王明	79. 2
20060102	张华	84. 4
20060103	赵娟	85. 0
20060104	孙利	85. 8

2. 表单设计（文件名为"表单 2. scx"）

利用项目 test2 中的数据表文件"学生信息. dbf"，在项目中建立一个表单文件"表单 2. scx"，实现对表中记录的修改。

表单功能要求：

（1）数据浏览时不能进行修改，只有单击"修改"命令按钮后才能进行记录修改。

（2）当记录指针移到文件尾时，"下一条"命令按钮呈不可用状态。

（3）当记录指针移到文件头时，"上一条"命令按钮呈不可用状态。

表单运行时如图4-3所示。

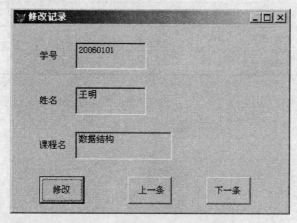

图4-3 "表单2"运行时的效果

4.2.2 原始数据

"学生成绩表"、"学生信息表"、"学生综合成绩表"分别如表4-4、表4-5和表4-6所示。

表4-4 学生成绩表（xscj.dbf）

学号 C(8)	平时成绩 N(5,1)	期末成绩 N(5,1)
20060101	76	80
20060102	82	85
20060103	85	85
20060104	81	87

表4-5 学生信息表（学生信息.dbf）

学号 C(8)	姓名 C(8)	课程名 C(10)
20060101	王明	数据结构
20060102	张华	英语
20060103	赵娟	数据库原理
20060104	孙利	郭小华

表 4-6　学生综合成绩表(xszh.dbf)

学号 C(8)	姓名 C(8)	平时成绩 N(5,1)	期末考试 N(5,1)	总评成绩 N(5,1)
20060101	王明			
20060102	张华			
20060103	赵娟			
20060104	孙利			

4.2.3　参考答案

1. 编写程序

```
SET SAFE OFF
SET TALK OFF
SELE 1
USE XSZH
INDEX ON 学号 TAG XH1
SELE 2
USE XSCJ
INDEX ON 学号 TAG XH2
SELE 1
UPDATE ON 学号 FROM B REPL 平时成绩 WITH B.平时成绩,期末考试 WITH B.期末成绩
REPLACE ALL 总评成绩 WITH 平时成绩*0.2+期末考试*0.8
LOCATE FOR 总评成绩>=60
?"学号     姓名     总评成绩 "
?"* * * * * * * * * * * * * * * * * * * * * * * * * * *"
DO WHILE FOUND( )
    ? 学号,姓名,总评成绩
    CONT
ENDDO
CLOSE ALL
SET SAFE ON
SET TALK ON
RETURN
```

2. 表单设计

(1) 数据环境。添加"学生信息.dbf"。

(2) 属性设置。

Form1 的 Caption 属性为"修改记录"。

Label1 的 Caption 属性为"学号"。

Label2 的 Caption 属性为"姓名"。

Label3 的 Caption 属性为"课程名"。

230

Text1 的 Name 属性为"Xuehao"，ControlSource 属性为"学生信息.学号"。

Text2 的 Name 属性为"Xingming"，ControlSource 属性为"学生信息.姓名"。

Text3 的 Name 属性为"Kechengming"，ControlSource 属性为"学生信息.课程名"。

Command1 ~ Command3 的 Caption 属性分别为"修改"、"上一条"、"下一条"。

（3）编写 Command1 的 Click 事件代码。

```
THISFORM. XUEHAO. READONLY = . F.
THISFORM. XINGMING. READONLY = . F.
THISFORM. KECHENGMING. READONLY = . F.
THISFORM. COMMAND1. ENABLED = . F.
THISFORM. REFRESH
```

（4）编写 Command2 的 Click 事件代码。

```
THISFORM. XUEHAO. READONLY = . T.
THISFORM. XINGMING. READONLY = . T.
THISFORM. KECHENGMING. READONLY = . T.
IF RECNO( ) = RECCOUNT( )
  GO BOTTOM
  THISFORM. COMMAND3. ENABLED = . F.
ELSE
  SKIP
ENDIF
THISFORM. COMMAND2. ENABLED = . T.
THISFORM. COMMAND1. ENABLED = . T.
THISFORM. REFRESH
```

（5）编写 Command3 的 Click 事件代码。

```
THISFORM. XUEHAO. READONLY = . T.
THISFORM. XINGMING. READONLY = . T.
THISFORM. KECHENGMING. READONLY = . T.
IF RECNO( ) = 1
  GO TOP
  THISFORM. COMMAND2. ENABLED = . F.
ELSE
  SKIP -1
ENDIF
THISFORM. COMMAND3. ENABLED = . T.
THISFORM. COMMAND1. ENABLED = . T.
THISFORM. REFRESH
```

（6）编写 Form1 的 Init 事件代码。

```
GO TOP
THISFORM. XUEHAO. READONLY = . T.
THISFORM. XINGMING. READONLY = . T.
THISFORM. KECHENGMING. READONLY = . T.
```

4.3 上机模拟测试题 3

4.3.1 上机模拟测试题

在"考生"文件夹中已建立项目 test3,在该项目中已有自由表"商品表.dbf"、"销售表.dbf"和"汇总表.dbf"。下面的程序设计与表单设计都应在该项目中完成。

1. 编写程序(文件名为"a3.prg")

利用该文件夹中给定的表文件编写程序(a3.prg),实现如下操作:

(1) 将所有销售额大于 3 000 元的记录,按销售额从高到低的顺序填入到空的"汇总表.dbf"文件中。

(2) 按以下格式显示"汇总表.dbf"中的记录。

商品编号	商品名称	销量	销售额
* *			
040001	电热器	30	6 000.00
040003	热水器	6	4 800.00
040004	科龙冰箱	4	10 400.00

2. 表单设计(文件名:表单 3.scx)

利用该文件夹中已有的表文件"商品表.dbf"、"销售表.dbf"、"汇总表.dbf",建立界面如图 4-4 所示的表单,通过组合框控件选择"商品编号"来查询记录。当单击"退出"命令按钮后结束表单运行。

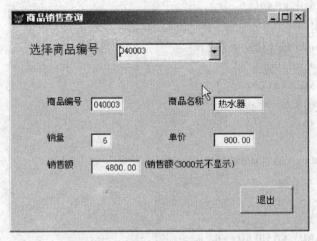

图 4-4 "表单 3"运行时的效果

4.3.2 原始数据

"商品表.dbf"、"销售表.dbf"、"汇总表.dbf"分别如表 4-7、表 4-8 和表 4-9 所示。

表 4-7 商 品 表

商品编号 C(6)	商品名称 C(10)	生产厂商 C(10)	邮编 C(11)
040001	电热器	成都彩虹	610066
040002	火腿肠	成都希望	632001
040003	热水器	成都前锋	620075
040004	科龙冰箱	成都科龙	610106

表 4-8 销 售 表

商品编号 C(6)	单价 N(8,2)	销量 N(3)	销售额 N(10,2)
040001	200	30	
040002	10	200	
040003	800	6	
040004	2 600	4	

表 4-9 汇 总 表

商品编号 C(6)	商品名称 C(10)	销量 N(3)	销售额 N(10,2)

4.3.3 参考答案

1. 编写程序

```
SET TALK OFF
SET SAFE OFF
CLEAR
CLOSE ALL
SELE A
USE 商品表
INDEX ON 商品编号 TO XX
SELE B
USE 销售表
REPL ALL 销售额 WITH 单价 * 销量
INDEX ON 商品编号 TO YY
SET RELA TO 商品编号 INTO A
COPY TO ZZ FIELD 商品编号,A.商品名称,销量,销售额 FOR 销售额>3000
USE 汇总表
APPEND FROM ZZ
```

```
?"商品编号　商品名称　销量　　　　　销售额"
?"＊＊＊＊＊＊＊＊＊＊＊＊＊＊＊＊＊＊＊＊＊＊＊＊＊＊＊＊＊＊＊"
GO TOP
DO WHILE. NOT. EOF( )
  ? 商品编号,"　　　",商品名称,"　　　　",销量,"　　　　　",销售额
  SKIP
ENDDO
WAIT
CLEAR
CLOSE ALL
SET SAFE ON
SET TALK ON
RETU
```

2. 表单设计

（1）数据环境。添加"商品表. dbf"、"销售表. dbf"和"汇总表. dbf"。设置"销售表. 商品编号"与"商品表. 商品编号"关联,"销售表. 商品编号"与"汇总表. 商品编号"关联,并拖曳"商品编号"、"商品名称"、"销量"、"单价"、"销售额"5 个字段到表单适当位置。

（2）属性设置。

Form1 的 Caption 属性为"商品销售查询"。

Label1 的 Caption 属性为"选择商品编号", FontSize 属性为 12。

Label2 的 Caption 属性为"（销售额<3000 元不显示）"。

Combo1 的 RowSourceType 属性为"6-字段", RowSource 属性为"销售表. 商品编号"。

Command1 的 Caption 属性为"退出"。

（3）编写 Form1 的 Init 事件代码。

```
THISFORM. COMBO1. VALUE = 销售表. 商品编号
LOCATE FOR 学生成绩. 课程名 = "计算机应用"
THISFORM. REFRESH
```

（4）编写 Combo1 的 Click 或 InteractiveChange 事件代码。

```
LOCA FOR 销售表. 商品编号 = THIS. VALUE
THISFORM. REFRESH
```

（5）编写 Command1 的 Click 事件代码。

```
THISFORM. RELEASE
```

4.4　上机模拟测试题 4

4.4.1　上机模拟测试题

在"考生"文件夹中已建立项目 test4, 在该项目中已有数据库"学生论文. dbc", 其中有表文件"学生论文信息表. dbf"、"指导教师评阅表. dbf"和"评阅教师评阅表. dbf"。下面的程序设计与表单设计都应在该项目中完成。

1. 编写程序（文件名为"a4. prg"）

利用已有的数据库表实现以下功能：

（1）利用"指导教师评阅表.dbf"、"评阅教师评阅表.dbf"计算"学生论文信息表.dbf"中"论文"字段的值。计算公式为：指导教师给出的成绩 * 60% + 评阅教师的评阅成绩 * 40%。

（2）按学号查询学生的论文成绩，并显示学号、姓名和论文成绩，显示效果如图 4-5 所示（论文合格的条件：论文成绩大于等于 60 分，且指导教师和评阅教师给出的成绩都得大于或等于 60 分；若论文成绩合格，则显示具体分数，若论文成绩不合格，则显示"论文不合格"）。

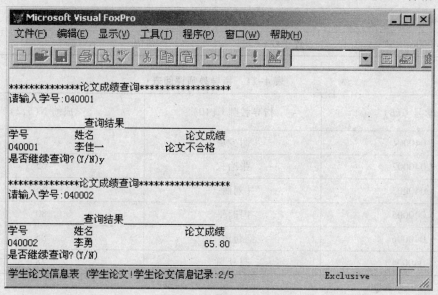

图 4-5　"a4. prg"程序运行时的效果

（3）将"学生论文信息表.dbf"中论文成绩超过 80 分（含 80 分）的学生备份以作推"优"准备，新表文件中包含"学号"、"姓名"、"指导教师"和"论文成绩"4 个字段（备份文件名为"推优学生名单.dbf"）。

2. 表单设计（文件名为"表单 4. scx"）

根据"学生论文信息表.dbf"、"指导教师评阅表.dbf"和"评阅教师评阅表.dbf"设计"学生论文成绩查询"表单，运行效果如图 4-6 所示。实现功能：通过选项按钮组选择教师编号或姓名，在文本框中输入相应查询值以查询相关记录。

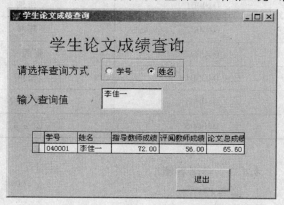

图 4-6　"表单 4"运行时的效果

4.4.2　原始数据

"学生论文信息表.dbf"、"指导教师评阅表.dbf"、"评阅教师评阅表.dbf"分别如表 4-10、表 4-11 和表 4-12 所示。

表 4-10 学生论文信息表

学号 C(6)	姓名 C(10)	指导教师 C(10)	论文成绩 N(5,2)
040001	李佳一	谢少勇	
040002	李勇	张治权	
040003	张志刚	刘丽	
040005	谢小岚	冯时平	
040006	钟正权	苟倩	

表 4-11 指导教师评阅表

学号 C(6)	指导教师 C(10)	成绩 N(5,2)
040001	谢少勇	72
040002	张治权	65
040003	刘丽	55
040005	冯时平	80
040006	苟倩	85
040004	赵秋凤	78

表 4-12 评阅教师评阅表

学号 C(6)	评阅教师 C(10)	成绩 N(5,2)
040001	苟倩	56
040002	郑林	67
040003	张海东	60
040004	傅燕	70
040005	张治权	83
040006	谢少勇	90

4.4.3 参考答案

1. 编写程序

```
SET TALK OFF
SET SAFE OFF
CLEAR
CLOSE ALL
SELE 1
USE 指导教师评阅表
```

```
INDE ON 学号 TO XH1
SELE 2
USE 评阅教师评阅表
INDE ON 学号 TO XH2
SELE 3
USE 学生论文信息表
SET RELA TO 学号 INTO A
SET RELA TO 学号 INTO B ADDI
REPL ALL 论文成绩 WITH A.成绩*0.6+B.成绩*0.4
Z='Y'
DO WHILE UPPER(Z)='Y'
    ?"********论文成绩查询**********"
    ACCEPT "请输入学号:" TO XH
    LOCA ALL FOR 学号=XH
    IF 论文成绩<60 OR A.成绩<60 OR B.成绩<60
        W="论文不合格"
    ELSE
        W=论文成绩
    ENDIF
    ?"_____查询结果_____"
    ?"学号 姓名        论文成绩"
    ? 学号,SPACE(5),姓名,SPACE(6),W
    WAIT "是否继续查询?(Y/N)" TO Z
    ? CHR(13)
ENDDO
COPY TO 推优学生名单 FIEL 学号,姓名,指导教师,论文成绩 FOR 论文成绩>=80
CLEA
SET TALK ON
SET SAFE ON
CLOSE ALL
RETU
```

2. 表单设计

1)方法一:先选择 Optiongroup1,再输入 Text1 的内容

(1)数据环境。添加"学生论文信息表.dbf"、"指导教师评阅表.dbf"、"评阅教师评阅表.dbf",且设置"学生论文信息表.学号"与"指导教师评阅表.学号"关联,"学生论文信息表.学号"与"评阅教师评阅表.学号"关联。

(2)属性设置。

Form1 的 Caption 属性为"学生论文成绩查询"。

Label1 的 Caption 属性为"学生论文成绩查询",FontSize 属性为 20。

Label2 的 Caption 属性为"请选择查询方式",FontSize 属性为 12。

Optiongroup1 的 Option1 的 Caption 属性为"学号"。

Optiongroup1 的 Option2 的 Caption 属性为"姓名"。

Label3 的 Caption 属性为"输入查询值",FontSize 属性为 12。

Grid1 的 ColumnCount 属性为 5。

调整 Grid1 控件表格的高度,使其只能显示一条记录,即显示当前记录。

Grid1 的 RecordSource 属性为"学生论文信息表. dbf"。

Grid1 的 ScrollBars 属性为"0-无"。

Grid1 的 Column1 的 ControlSource 属性为"学生论文信息表. 学号"。

Grid1 的 Column1 的 Header1 的 Caption 属性为"学号"。

Grid1 的 Column2 的 ControlSource 属性为"学生论文信息表. 姓名"。

Grid1 的 Column2 的 Header1 的 Caption 属性为"姓名"。

Grid1 的 Column3 的 ControlSource 属性为"指导教师评阅表. 成绩"。

Grid1 的 Column3 的 Header1 的 Caption 属性为"指导教师成绩"。

Grid1 的 Column4 的 ControlSource 属性为"评阅教师评阅表. 成绩"。

Grid1 的 Column4 的 Header1 的 Caption 属性为"评阅教师成绩"。

Grid1 的 Column5 的 ControlSource 属性为"学生论文信息表. 论文成绩"。

Grid1 的 Column5 的 Header1 的 Caption 属性为"论文总成绩"。

Grid1 的 Column1 ~ Column5 的 ReadOnly 属性为". T. "。

（3）编写 Text1 的 InteractiveChange 事件代码。

```
SELE 学生论文信息表
IF THISFORM. OPTIONGROUP1. VALUE = 1
    LOCAT FOR 学号 = ALLTRIM( THIS. VALUE)
ELSE
    LOCAT FOR 姓名 = TRIM( THIS. VALUE)
ENDIF
THISFORM. REFRESH
```

2）方法二:先输入 Text1 的内容,再选择 Optiongroup1

（1）数据环境（同上）。

（2）属性设置（同上）。

（3）编写 Optiongroup1 的 Click 事件代码。

```
SELE 学生论文信息表
IF THIS. VALUE = 1
    LOCAT FOR 学号 = ALLTRIM( THISFORM. TEXT1. VALUE)
ELSE
    LOCAT FOR 姓名 = ALLTRIM( THISFORM. TEXT1. VALUE)
ENDIF
THISFORM. REFRESH
```

3）方法三:先输入 Text1 的内容,再选择 Optiongroup1

（1）数据环境（同上）。

（2）属性设置（同上）。

（3）编写 Optiongroup1. Option1 的 Click 事件代码。

SELE 学生论文信息表

LOCAT FOR 学号 = ALLTRIM(THISFORM. TEXT1. VALUE)

THISFORM. REFRESH

（4）编写 Optiongroup1. Option2 的 Click 事件代码。

SELE 学生论文信息表

LOCAT FOR 姓名 = ALLTRIM(THISFORM. TEXT1. VALUE)

THISFORM. REFRESH

（5）编写 Command1 的 Click 事件代码。

THISFORM. REFRESH

4）方法四：采用 SQL 的查询语句。

（1）数据环境（同上）。

（2）属性设置。

Grid1 的 ColumnCount 属性为 5，Recordsource 属性为"无"。RecordSourceType 属性为"4 -SQL"，ScrollBars 属性为"0 - 无"。

Grid1 的 Column1 ~ Column5 的 ControlSource 属性为"无"。

Grid1 的 Column1 ~ Column5 的 ReadOnly 属性为". T. - 真"。

Grid1 的 Header1 ~ Header5 的 Caption 属性不变（同上）。

（3）编写 Optiongroup1 的 Click 事件代码。

IF THIS. VALUE = 1

  THISFORM. GRID1. RECORDSOURCE = "SELE A. 学号, A. 姓名, B. 成绩, C. 成绩, A. 论文成绩 FROM 学生
    论文信息表 A, 指导教师评阅表 B, 评阅教师评阅表 C WHERE A. 学号 = B. 学号 AND A. 学号 = C. 学号
    AND A. 学号 = ALLTRIM(THISFORM. TEXT1. VALUE) INTO CURSOR TEMP"

ELSE

  THISFORM. GRID1. RECORDSOURCE = "SELE A. 学号, A. 姓名, B. 成绩, C. 成绩, A. 论文成绩 FROM 学生
    论文信息表 A, 指导教师评阅表 B, 评阅教师评阅表 C WHERE A. 学号 = B. 学号 AND A. 学号 = C. 学号
    AND A. 姓名 = ALLTRIM(THISFORM. TEXT1. VALUE) INTO CURSOR TEMP"

ENDIF

THISFORM. REFRESH

（4）编写 Text1 的 Click 事件代码。

THISFORM. GRID1. RECORDSOURCE = " "

（5）编写 Command1 的 Click 事件代码。

THISFORM. REFRESH

4.5 上机模拟测试题 5

4.5.1 上机模拟测试题

在"考生"文件夹中已建立项目 test5，在该项目中已有自由表"出勤表. dbf"和"考评表. dbf"。下面的程序设计与表单设计都应在该项目中完成。

1. 编写程序（文件名为"a5. prg"）

利用已有的数据表实现以下功能：

（1）计算"出勤表.dbf"中"实际旷工"字段的值（将迟到和早退情况视为缺勤0.5天，将请假视为缺勤0.3天，将旷工视为1天）。

（2）利用"出勤表.dbf"中的"实际旷工"字段值修改"考评表.dbf"中的"实际旷工"字段。

（3）根据"实际旷工"字段值对"考评表.dbf"中的"总评"字段进行处理：

"实际旷工"小于等于1天的，其总评为"优"。

"实际旷工"小于等于2天的，其总评为"良"。

"实际旷工"小于等于3天的，其总评为"中"。

"实际旷工"大于3天的，其总评为"差"。

（4）显示所有员工的"员工号"、"姓名"、"实际旷工"、"总评"。

程序运行如图4-7所示。

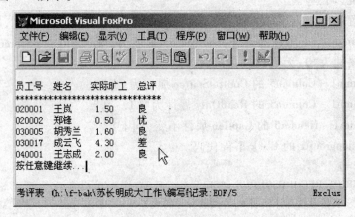

图4-7　"a5.prg"程序运行时的效果

2.表单设计（文件名为"表单5.scx"）

根据文件夹中已有的数据库表"出勤表.dbf"、"考评表.dbf"，建立一张查询表单，设置界面如图4-8所示。实现功能：通过选项按钮的选择，表格控件中的数据随之改变。

运行效果如图4-9所示。

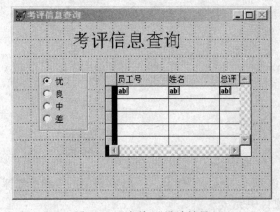

图4-8　"表单5"设计效果

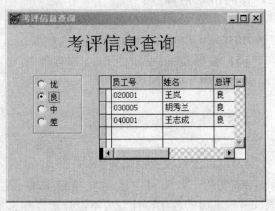

图4-9　"表单5"运行时的效果

240

4.5.2 原始数据

"出勤表.dbf"、"考评表.dbf"分别如表4-13和表4-14所示。

表4-13 出 勤 表

员工号 C(6)	姓名 C(8)	迟到 N(2,0)	早退 N(2,0)	请假 N(2,0)	旷工 N(2,0)	实际旷工 N(4,2)
020001	王岚	2	1	0	0	
020002	郑锋	1	0	0	0	
030005	胡秀兰	0	2	2	0	
030017	成云飞	5	1	1	1	
030001	王志成	1	1	0	1	

表4-14 考 评 表

员工号 C(2)	实际旷工 N(4,2)	总评 C(2)
020001		
020002		
030005		
030017		
040001		

4.5.3 参考答案

1. 编写程序

```
SET TALK OFF
SET SAFE OFF
CLEAR
CLOSE ALL
USE 出勤表
REPL ALL 实际旷工 WITH 迟到＊0.5+早退＊0.5+请假＊0.3+旷工
INDEX ON 员工号 TO CQ
SELE B
USE 考评表
SET RELA TO 员工号 INTO A
REPL ALL 实际旷工 WITH A.实际旷工
REPL ALL 总评 WITH "优" FOR 实际旷工<=1
REPL ALL 总评 WITH "良" FOR 实际旷工>1 AND 实际旷工<=2
REPL ALL 总评 WITH "中" FOR 实际旷工>2 AND 实际旷工<=3
REPL ALL 总评 WITH "差" FOR 实际旷工>3
?"员工号    姓名      实际旷工   总评  "
```

```
?"* * * * * * * * * * * * * * * * * * * * * * * * * * * * * *"
GO TOP
DO WHILE .NOT.EOF( )
  ? 员工号," ",A.姓名,实际旷工," ",总评
  SKIP
ENDDO
WAIT
CLEAR
CLOSE ALL
SET TALK ON
SET SAFE ON
RETU
```

2. 表单设计

（1）数据环境。添加"出勤表.dbf"和"考评表.dbf"，且设置"考评表.员工号"与"出勤表.员工号"关联。

（2）属性设置。

Form1 的 Caption 属性为"考评信息查询"。

Label1 的 Caption 属性为"考评信息查询"，FontSize 属性为 20。

Optiongroup1 的 ButtonCount 属性为 4。

Option1 ~ Option3 的 Caption 属性分别为"优"、"良"、"中"、"差"。

Grid1 的 ColumnCount 属性为 3，RecordSource 属性为"考评表"，ReadOnly 属性为".T."。

Grid1 的 Column1 的 ControlSource 属性为"出勤表.员工号"，Column1 的 Header1 的 Caption 属性为"员工号"。

Grid1 的 Column2 的 ControlSource 属性为"出勤表.姓名"，Column2 的 Header1 的 Caption 属性为"姓名"。

Grid1 的 Column3 的 ControlSource 属性为"考评表.总评"，Column3 的 Header1 的 Caption 属性为"总评"。

（3）编写 Form1 的 Init 事件代码。

```
SELE 考评表
SET FILTER TO 总评='优'
THISFORM.REFRESH
```

（4）编写 Optiongroup1 的 Click 或 InteractiveChange 事件代码。

```
X = THIS.VALUE
SELE 考评表
DO CASE
  CASE X = 1
    SET FILTER TO 总评='优'
  CASE X = 2
    SET FILTER TO 总评='良'
  CASE X = 3
```

242

```
      SET FILTER TO 总评 ='中'
   CASE X = 4
      SET FILTER TO 总评 ='差'
ENDCASE
THISFORM. REFRESH
```

4.6　上机模拟测试题 6

4.6.1　上机模拟测试题

在"考生"文件夹中已建立项目 test6,在该项目中已有 4 张自由表"产品表. dbf"、"供应商表. dbf"、"供货表. dbf"、"催款表. dbf"。下面的程序设计与表单设计都应在该项目中完成。

1. 编写程序(文件名为"a6. prg")

编写程序实现以下功能:

在"供货表. dbf"中利用当前日期与供货日期求出供货天数,然后进行判定处理。凡供货天数超过 120 天(含 120 天)的,就将"供应商表. dbf"中的"是否催款"字段设置为". T. ",并在"催款表. dbf"中产生一条新记录;否则,设置"供应商表. dbf"中的"是否催款"字段设置为". F. "。

运行程序,效果如图 4-10 所示。

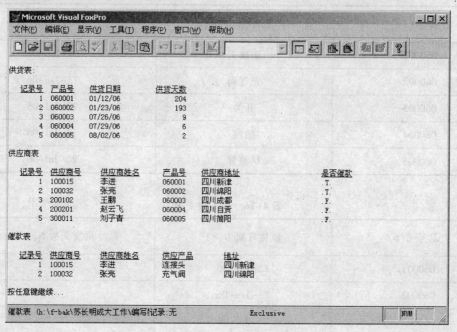

图 4-10　"a6. prg"程序运行时的效果

2. 表单设计(文件名为"表单 6. scx")

用该文件夹中已有的自由表"产品表. dbf"、"供应商表. dbf"、"供货表. dbf"、"催款表. dbf",建立一张查询表单,设置界面如图 4-11 所示。实现功能:通过组合框控件选择供应商姓名,查询记录,表单中的数据随之改变;当单击"退出"命令按钮后,结束表单运行。表单运行效果如图

4-12所示。

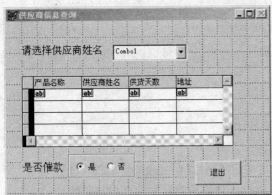

图 4-11 "表单 6"设计效果

图 4-12 "表单 6"运行时的效果

4.6.2　原始数据

"产品表.dbf"、"供货表.dbf"、"催款表.dbf"、"供应商表.dbf"分别如表 4-15、表 4-16、表 4-17 和表 4-18 所示。

表 4-15　产　品　表

产品号 C(6)	产品名称 C(10)	生产日期 D(8)
060001	连接头	01-Jan-06
060002	充气阀	13-Jan-06
060003	开关	12-Jul-06
060004	插座	18-Jul-06
060005	U 型管	20-Jul-06

表 4-16　供　货　表

产品号 C(6)	供货日期 D(8)	供货天数 N(3,0)
060001	12-Jan-06	
060002	23-Jan-06	
060003	26-Jul-06	
060004	29-Jul-06	
060005	02-Aug-06	

表 4-17　催　款　表

供应商号 C(6)	供应商姓名 C(10)	供应产品 C(10)	地址 C(20)

表 4-18　供 应 商 表

供应商号 C(6)	供应商姓名 C(8)	产品号 C(6)	供应商地址 C(20)	是否催款 L(1)
100015	李进	060001	四川新津	
100032	张亮	060002	四川绵阳	
200102	王鹏	060003	四川成都	
200201	赵云飞	060004	四川自贡	
300011	刘子青	060005	四川简阳	

4.6.3　参考答案

1. 编写程序

```
SET TALK OFF
SET SAFE OFF
CLEAR
CLOSE ALL
USE 催款表
SELE B
USE 供应商表
INDEX ON 供应商号 TO GYSH
INDEX ON 产品号 TO CPH1
SELE C
USE 产品表
INDE ON 产品号 TO CPH2
SELE B
SET RELA TO 产品号 INTO C
SELE D
USE 供货表
SET RELA TO 产品号 INTO B
DO WHILE .NOT. EOF()
  REPL 供货天数 WITH DATE()-供货日期
  IF 供货天数>=120
    SELE B
    REPL 是否催款 WITH .T.
    SELE A
```

245

```
        APPEND BLANK
        REPL 供应商号 WITH B.供应商号,供应商姓名 WITH B.供应商姓名,供应产品 WITH C.产品名称,地
        址 WITH B.供应商地址
      ENDIF
      SELE D
      SKIP
   ENDDO
   ?"供货表:"
   LIST
   SELE B
   ?"供应商表:"
   LIST
   SELE A
   ?"催款表:"
   LIST
   WAIT
   CLEAR
   CLOSE ALL
   RETU
```

2. 表单设计

（1）数据环境。添加"产品表.dbf"、"供应商表.dbf"、"供货表.dbf",且设置"供应商表.产品号"与"产品表.产品号"关联、"供应商表.产品号"与"供货表.产品号"关联。

（2）属性设置。

Form1 的 Caption 属性为"供应商信息查询"。

Label1 的 Caption 属性为"请选择供应商姓名",FontSize 属性为 12。

Label2 的 Caption 属性为"是否催款",FontSize 属性为 12。

Combo1 的 RowSourceType 属性为"6-字段",RowSource 属性为"供应商表.供应商姓名"。

Optiongroup1 的 ButtonCount 属性为 2。

Optiongroup1 的 Option1 的 Caption 属性为"是",Option2 的 Caption 属性为"否"。

在表单上右键选中 Optiongroup1,选择快捷菜单中的"编辑"命令,分别调整各选项按钮的位置。

Grid1 的 ColumnCount 属性为 4,RecordSource 属性为"供应商表",ReadOnly 属性为". T."。

Grid1 的 Column1 的 ControlSource 属性为"产品表.产品名称",Column1 的 Header1 的 Caption 属性为"产品名称"。

Grid1 的 Column2 的 ControlSource 属性为"供应商表.供应商姓名",Column2 的 Header1 的 Caption 属性为"供应商姓名"。

Grid1 的 Column3 的 ControlSource 属性为"供货表.供货天数",Column3 的 Header1 的 Caption 属性为"供货天数"。

Grid1 的 Column4 的 ControlSource 属性为"供应商表.供应商地址",Column4 的 Header1 的 Caption 属性为"地址"。

Command1 的 Caption 属性为"退出"。

（3）编写 Form1 的 Init 事件代码。

THISFORM. OPTIONGROUP1. VALUE = -1

（4）编写 Combo1 的 Click 或 InteractiveChange 事件代码。

SELE 供应商表

X = ALLTRIM(THISFORM. COMBO1. VALUE)

SET FILTER TO 供应商姓名 = X

IF 供货表. 供货天数 > = 120

　　THISFORM. OPTIONGROUP1. VALUE = 1

ELSE

　　THISFORM. OPTIONGROUP1. VALUE = 2

ENDIF

THISFORM. REFRESH

SET FILTER TO

（5）编写 Command1 的 Click 事件代码。

THISFORM. RELEASE

4.7　上机模拟测试题 7

4.7.1　上机模拟测试题

在"考生"文件夹中已建有项目 test7, 在该项目中已有数据库"教师. dbc", 其中有表文件"ZG. dbf"、和"KC. dbf", 下面的程序设计与表单设计都应在该项目中完成。

1. 编写程序（文件名为"a7. prg"）

利用已有的数据表实现以下功能：

（1）建立工资数据表文件：GZ（职工号 C(6), 工资 N(4)）。

（2）检索出所承担课程性质为"专业"、"基础"和"实践"三种都有的职工的职工号和工资, 并按工资降序存放到所建立的"GZ. dbf"文件中。程序运行后, 最后的"GZ. dbf"文件中应形成以下记录：

记录号	职工号	工资
1	019201	1800
2	019502	1700
3	029402	1600

2. 表单设计（文件名为"表单 7. scx"）

利用已有的表文件"KC. dbf", 设计如图 4-13 所示的表单, 实现对表中数据的计算。

表单功能要求：

（1）单击"计算"命令按钮后进行计算, 且"计算"命令按钮呈不可用状态（计算方法："基础"课程每课时 8.5 元,"专业"课程每课时 9 元,"实践"课程每课时 9.5 元）。

（2）当记录指针移到文件尾时,"下一条"命令按钮呈不可用状态。

（3）当记录指针移到文件头时,"上一条"命令按钮呈不可用状态。

（4）表中的"职工号"、"课程性质"、"课时数"三个字段的字段值不能修改。

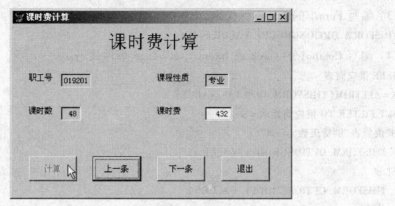

图 4-13　"表单 7"运行时的效果

4.7.2　原始数据

职工表、课程表分别如表 4-19 和表 4-20 所示。

表 4-19　职工表（ZG.dbf）

院系编号 C(6)	职工号 C(6)	工资 N(4)
511201	019201	1800
511202	029402	1600
511203	039208	1750
511204	040011	1200
511201	019502	1700

表 4-20　课程表（KC.dbf）

职工号 C(6)	课程性质 C(4)	课时数 N(3)	课时费 N(5,2)
019201	专业	48	
029402	实践	16	
040011	专业	52	
019201	实践	16	
029402	基础	64	
019502	基础	64	
019201	基础	64	
029402	基础	64	
019502	专业	48	
019502	实践	8	
029402	专业	48	

4.7.3 参考答案

1. 编写程序

1) 方法一

```
SET TALK OFF
SET SAFE OFF
CLOSE ALL
SELE A
USE KC
INDE ON 职工号 TO ZGH
TOTAL ON 职工号 TO TEMP1
SELE B
USE ZG
JOIN WITH A TO TEMP2 FOR 职工号=A. 职工号 FIEL 职工号,工资,A. 课程性质
USE TEMP2
COPY STRU TO GZ FIEL 职工号,工资
SELE C
USE GZ
SELE D
USE TEMP1
GO TOP
DO WHILE NOT EOF( )
    Y=0
    SELE B
    COUNT TO Y FOR 职工号=D. 职工号
    LOCA ALL FOR 职工号=D. 职工号
    IF Y=3
        SELE C
        APPE BLANK
        REPL 职工号 WITH D. 职工号,工资 WITH B. 工资
    ENDIF
    SELE D
    SKIP
ENDDO
CLOSE ALL
SET TALK ON
SET SAFE ON
RETURN
```

2) 方法二

```
SET TALK OFF
SET SAFE OFF
OPEN DATABASE 教师
```

```
USE KC
CREATE TABLE GZ(职工号 C(6),工资 N(4))
SELECT 职工号 FROM KC WHERE 课程性质 IN ("专业","基础","实践");
  GROUP BY 职工号;
  HAVING COUNT(DISTINCT 课程性质)=3;
  INTO CURSOR TEMP
SELECT ZG.职工号,ZG.工资 FROM ZG,TEMP WHERE ZG.职工号=TEMP.职工号;
  ORDER BY ZG.工资 DESC;
  INTO ARRAY AA
&& 将生成的临时表与 TEMP 表进行联接查询
&& 返回的结果集放入数组 AA 中
INSERT INTO GZ FROM ARRAY AA
CLOSE ALL
SET TALK ON
SET SAFE ON
```

2. 表单设计

(1) 数据环境。添加"KC.dbf",并从数据环境中拖曳全部字段到表单上。

(2) 属性设置。

Form1 的 Caption 属性为"课时费计算"。

Label1 的 Caption 属性为"课时费计算",FontSize 属性为 20。

Command1 的 Caption 属性为"计算"。

Command2 的 Caption 属性为"上一条"。

Command3 的 Caption 属性为"下一条"。

Command4 的 Caption 属性为"退出"。

(3) 编写 Form1 的 Init 事件代码。

```
THISFORM.TXT职工号.READONLY=.T.
THISFORM.TXT课程性质.READONLY=.T.
THISFORM.TXT课时数.READONLY=.T.
```

(4) 编写 Command1 的 Click 事件代码。

```
DO CASE
  CASE 课程性质="基础"
    REPL KC.课时费 WITH KC.课时数 * 8.5
  CASE 课程性质="专业"
    REPL KC.课时费 WITH KC.课时数 * 9
  CASE 课程性质="实践"
    REPL KC.课时费 WITH KC.课时数 * 9.5
ENDCASE
THISFORM.COMMAND1.ENABLED=.F.
THISFORM.REFRESH
```

(5) 编写 Command2 的 Click 事件代码。

```
SKIP
IF  RECNO( ) = RECCOUNT( )
    THIS. ENABLED = . F.
ENDIF
THISFORM. COMMAND1. ENABLED = . T.
THISFORM. COMMAND3. ENABLED = . T.
THISFORM. REFRESH
```
（6）编写 Command3 的 Click 事件代码。
```
SKIP-1
IF  RECNO( ) = 1
    THIS. ENABLED = . F.
ENDIF
THISFORM. COMMAND2. ENABLED = . T.
THISFORM. COMMAND1. ENABLED = . T.
THISFORM. REFRESH
```
（7）编写 Command4 的 Click 事件代码。
```
THISFORM. RELEASE
```

4.8　上机模拟测试题 8

4.8.1　上机模拟测试题

在"考生"文件夹中已建立项目 test8,在该项目中已有三张自由表"设备价格表. dbf"、"校设备表. dbf"、"密码表. dbf"。下面的程序设计与表单设计都应在该项目中完成。

1. 编写程序(文件名为"a8. prg")

利用已有的数据表实现以下功能:

（1）利用该文件夹中已有的数据表,计算各系的设备总值。

（2）用选单实现查询功能,选单格式如下:

　　校设备资产查询

　　1. 按设备名查询　　　2. 按系查询　　　3. 退出

　　请选择(1,2,3):

选择 1,则按设备名分别统计全校各类设备的数量及总价,并显示:

记录号	设备名称	设备台数	总价
1	打印机	12	12000. 00
2	复印机	15	120000. 00
3	扫描仪	8	24000. 00

选择 2,则分别统计全校各系的设备的总价,并显示:

记录号	所属系	设备台数	总价
1	电信系	7	41000. 00

2	机械系	6	38000.00
3	计科系	12	46000.00
4	设艺系	10	31000.00

选择3,退出循环。

程序能够循环执行,每次显示完毕后,提示"按任意键继续……"。

按任意键后回到选单界面。

2. 表单设计(文件名为"表单8.scx")

某校的"固定资产管理系统"的用户名和密码都存储在"密码表.dbf"中,设计验证用户名和密码的表单。若用户名和密码输入错误,则用对话框提示出错信息,共可输入三次,三次输入错误则禁止进入系统。表单运行效果如图4-14所示。

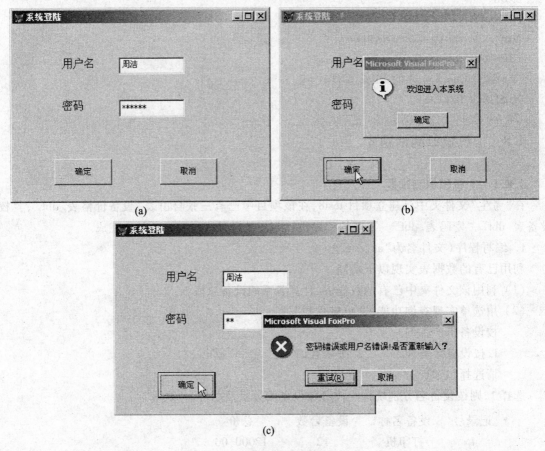

图4-14 "表单8"运行时的效果

4.8.2 原始数据

"密码表.dbf"、"设备价格表.dbf"、"校设备表.dbf"分别如表4-21、表4-22和表4-23所示。

252

表 4-21　密 码 表

用户名 C(10)	密码 C(6)
陈尧宇	111111
周洁	222222
刘世奇	333333

表 4-22　设备价格表

设备名称 C(10)	价格 N(10)
打印机	1000
复印机	8000
扫描仪	3000

表 4-23　校 设 备 表

设备编号 C(6)	设备名称 C(10)	设备台数 N(2)
010001	打印机	5
010003	复印机	4
010004	扫描仪	3
020001	扫描仪	3
020002	复印机	4
030001	复印机	3
030002	打印机	7
040001	扫描仪	2
040005	复印机	4

（注:设备编号的头两位为系编号）

4.8.3　参考答案

1. 编写程序

1）方法一

```
SET TALK OFF
SET SAFE OFF
DO WHILE .T.
  CLEAR
  ?"校设备资产查询"
  ?"1.按设备名查询 2.按系查询 3.退出"
  WAIT "请选择(1,2,3):" TO X
  DO CASE
    CASE X="1"
```

```
        CLEAR
        CLOSE ALL
        SELE 1
        USE 设备价格表
        INDEX ON 设备名称 TO SBM1
        SELE 2
        USE 校设备表
        INDEX ON 设备名称 TO SBM2
        TOTAL ON 设备名称 TO XSBT FIELD 设备台数
        USE XSBT
        SET RELA TO 设备名称 INTO A
        INDE ON 设备名称 TO SBM3
        SELE 3
        CREATE TABLE TEMP(设备名称 C(10),设备台数 N(2),总价 N(10,2))
        USE TEMP
        APPE FROM XSBT
        SET RELA TO 设备名称 INTO B
        REPL ALL 总价 WITH B.设备台数 * A.价格
        INDE ON 设备名称 TO SBM4
        TOTAL ON 设备名称 TO XSBT2 FIELD 总价
        USE XSBT2
        LIST ALL FIELD 设备台数,总价
        WAIT
CASE X = "2"
        CLEAR
        CLOSE ALL
        SELE 1
        USE 设备价格表
        INDEX ON 设备名称 TO SBM1
        SELE 2
        CREATE TABLE TEMP(设备名称 C(10),所属系 C(10),设备台数 N(2),总价 N(10,2))
        USE TEMP
        APPE FROM 校设备表
        SET RELA TO 设备名称 INTO A
        REPL ALL 总价 WITH 设备台数 * A.价格
        INDEX ON 所属系 TO SSX
        TOTAL ON 所属系 TO XSBT FIELD 设备台数,总价
        USE XSBT
        LIST ALL FIELD 所属系,设备台数,总价
        WAIT
CASE X = "3"
        EXIT
```

```
        ENDCASE
     ENDDO
     CLEAR
     CLOSE ALL
     SET TALK ON
     SET SAFE ON
     RETU
```

2) 方法二

```
   SET TALK OFF
   SET SAFE OFF
   DO WHILE .T.
     CLEAR
     ?" 校设备资产查询"
     ?"1.按设备名查询   2.按系查询 3.退出"
     WAIT "请选择(1,2,3):" TO X
     DO CASE
       CASE X="1"
         CLEAR
         CLOSE ALL
         SELECT A.设备名称,SUM(B.设备台数) * A.价格 AS 总价 FROM 设备价格表 A,校设备表 B;
            GROUP BY A.设备名称 WHERE A.设备名称=B.设备名称
       CASE X="2"
         CLEAR
         CLOSE ALL
         SELECT B.所属系,B.设备台数,B.设备台数 * A.价格 AS 单价 FROM 设备价格表 A,;
            校设备表 B WHERE A.设备名称=B.设备名称 INTO TABLE TEMP
         SELECT 所属系,SUM(设备台数) AS 设备台数, SUM(单价) AS 总价 FROM TEMP;
            GROUP BY 所属系
       CASE X="3"
         EXIT
     ENDCASE
   ENDDO
   CLEAR
   CLOSE ALL
   RETU
```

2. 表单设计

（1）数据环境。添加"mm.dbf"。

（2）属性设置。

Label1 的 Caption 属性为"用户名"。

Label2 的 Caption 属性为"密码"。

Text2 的 PasswordChar 属性为" * "。

Command1 的 Caption 属性为"确定"。

Command2 的 Caption 属性为"取消"。

（3）编写 Form1 的 Init 事件代码。

PUBLIC N

N=0

（4）编写 Command1 的 Click 事件代码。

SELE 密码表

LOCA ALL FOR ALLTRIM(用户名)= = ALLTRIM(THISFORM. TEXT1. VALUE) AND ALLTRIM(密码)= = ALLTRIM(THISFORM. TEXT2. VALUE)

IF EOF( )

  X=MESSAGEBOX("密码错误或用户名错误! 是否重新输入?",5+16+0)

  ELSE

  X=MESSAGEBOX("欢迎进入本系统!",0+64)

ENDIF

IF X=2

  THISFORM. RELEASE

ELSE

  THISFORM. TEXT1. VALUE=" "

  THISFORM. TEXT2. VALUE=" "

  THISFORM. TEXT1. SETFOCUS

ENDIF

N=N+1

IF N=3

  THISFORM. TEXT1. ENABLED=. F.

  THISFORM. TEXT2. ENABLED=. F.

  THISFORM. COMMAND1. ENABLED=. F.

ENDIF

（5）编写 Command2 的 Click 事件代码。

THISFORM. RELEASE

4.9 上机模拟测试题 9

4.9.1 上机模拟测试题

在"考生"文件夹中已建立项目 test9,在该项目中已有自由表"学生成绩表. dbf"和"成绩汇总表. dbf"。下面的程序设计与表单设计都应在该项目中完成。

1. 编写程序(文件名为"a9. prg")

在项目 test9 中利用已有的数据表编程实现以下功能:

（1）计算"学生成绩表. dbf"的"总评"字段的成绩,总评成绩的计算方法为平时成绩占 20%、期末成绩占 80%。

（2）将"学生成绩表. dbf"的"总评"字段填入"成绩汇总表. dbf"的"总评成绩"字段,利用

"学生成绩表.dbf"计算各班平均成绩并填入"成绩汇总表.dbf"的"全班平均"字段,最后显示"成绩汇总表.dbf"的内容。程序运行效果如图4-15所示。

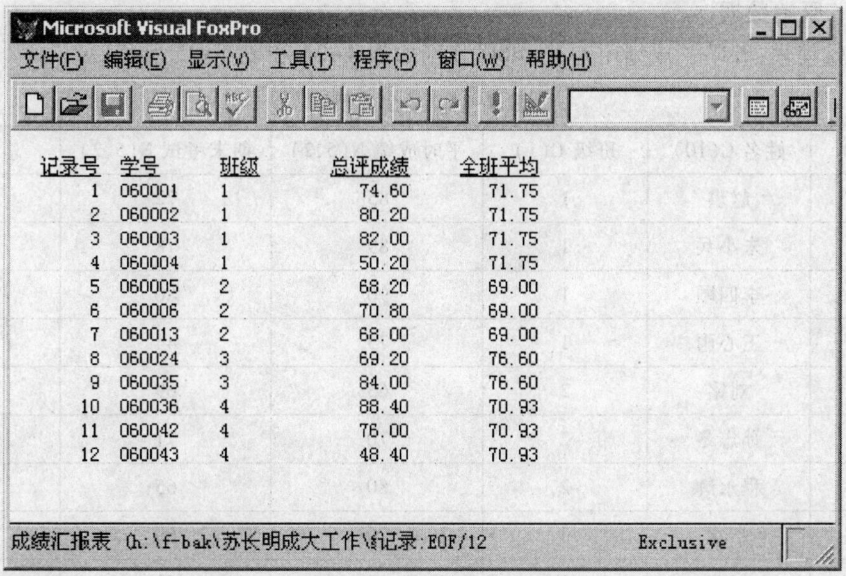

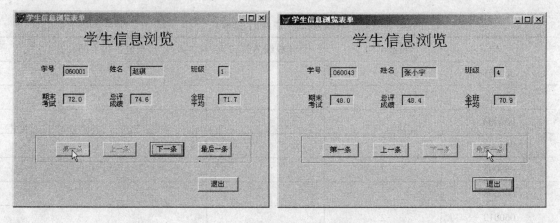

图4-15 "a9.prg"程序运行时的效果

2. 表单设计(文件名为"表单9.scx")

利用"学生成绩表.dbf"和"成绩汇总表.dbf"设计一个如图4-16所示的"学生信息浏览表单"。要求:

图4-16 "表单9"运行时的效果

(1)通过命令按钮组(含4个命令按钮)实现对数据表记录的移动。记录显示到第一条记录时,"上一条"命令按钮不可用;记录显示到最后一条记录时,"下一条"命令按钮不可用;当记录显示不是第一条记录时,"上一条"命令按钮变为可用;当记录显示不是最后一条记录时,"下一条"命令按钮变为可用。单击"第一条"或"最后一条"命令按钮时能快速移动到第一条记录或最后一条记录。

(2)在浏览数据过程中字段内容不允许修改。

（3）单击"退出"命令按钮时，结束表单的运行。

表单运行效果如图 4-16 所示。

4.9.2　原始数据

"学生成绩表.dbf"、"成绩汇总表.dbf"分别如表 4-24 和表 4-25 所示。

表 4-24　学生成绩表

学号 C(6)	姓名 C(10)	班级 C(1)	平时成绩 N(5,2)	期末考试 N(5,2)	总评 N(5,2)
060001	赵琪	1	85	72	
060002	朱小兵	1	89	78	
060003	李四顺	1	90	80	
060004	王心雨	1	75	44	
060005	刘铭	2	65	69	
060006	孙志冬	2	70	71	
060013	程永辉	2	80	65	
060024	李希	3	70	69	
060035	赵燕	3	88	83	
060036	赵春凤	4	90	88	
060042	孙琰	4	80	75	
060043	张小宇	4	50	48	

表 4-25　成绩汇总表

学号 C(6)	班级 C(1)	总评成绩 N(5,2)	全班平均 N(5,2)
060001	1		
060002	1		
060003	1		
060004	1		
060005	2		
060006	2		
060013	2		
060024	3		
060035	3		
060036	4		
060042	4		
060043	4		

4.9.3　参考答案

1. 编写程序

```
SET TALK OFF
SET SAFE OFF
CLEA
CLOS ALL
SELE 1
USE 学生成绩表
INDE ON 学号 TO XH
REPL ALL 总评 WITH 平时成绩*0.2+期末考试*0.8
SELE 2
USE 成绩汇报表
SET RELA TO 学号 INTO A
REPL ALL 总评成绩 WITH A.总评
SELE 班级,SUM(总评成绩)/COUNT(班级) AS 全班平均 FROM 成绩汇报表 GROUP BY 班级 INTO
    TABLE TEMP
CLOSE ALL
SELE 1
USE TEMP
INDE ON 班级 TO BJ
SELE 2
USE 成绩汇报表
SET RELA TO 班级 INTO A
REPL ALL 全班平均 WITH A.全班平均
LIST
SET TALK ON
SET SAFE ON
CLOSE ALL
RETU
```

2. 表单设计

（1）数据环境。添加"学生成绩表.dbf"和"成绩汇总表.dbf"，并从中拖曳"学号"、"姓名"、"班级"、"期末考试"、"总评成绩"、"全班平均"6 个字段到表单中。

（2）属性设置。

txt 学号、txt 姓名、txt 班级、txt 期末考试、txt 总评成绩、txt 全班平均的 ReadOnly 属性为". t."。

Form1 的 Caption 属性为"学生信息浏览表单"。

Label1 的 Caption 属性为"学生信息浏览"。

Commandgroup1 的 ButtonCount 属性为 4。

Commandgroup1 的 Command1 ~ Command4 的 Caption 属性分别为"第一条"、"上一条"、"下一条"、"最后一条"。

Command1 的 Caption 属性为"退出"。

（3）编写 Form1 的 Init 事件代码。

SELE 学生成绩表

（4）编写 Commandgroup1 的 Command1 的 Click 事件代码。

```
GO  TOP
THIS. ENABLED = . F.
THIS. PARENT. COMMAND2. ENABLED = . F.
THIS. PARENT. COMMAND3. ENABLED = . T.
THIS. PARENT. COMMAND4. ENABLED = . T.
THISFORM. REFRESH
```

（5）编写 Commandgroup1 的 Command2 的 Click 事件代码。

```
SKIP-1
IF  RECNO( ) = 1
    THIS. ENABLED = . F.
    THIS. PARENT. COMMAND1. ENABLED = . F.
ENDIF
THIS. PARENT. COMMAND3. ENABLED = . T.
THIS. PARENT. COMMAND4. ENABLED = . T.
THISFORM. REFRESH
```

（6）编写 Commandgroup1 的 Command3 的 Click 事件代码。

```
SKIP
IF  RECNO( ) = RECCOUNT( )
    THIS. ENABLED = . F.
    THIS. PARENT. COMMAND4. ENABLED = . F.
ENDIF
THIS. PARENT. COMMAND1. ENABLED = . T.
THIS. PARENT. COMMAND2. ENABLED = . T.
THISFORM. REFRESH
```

（7）编写 Commandgroup1 的 Command4 的 Click 事件代码。

```
GO  BOTTOM
THIS. ENABLED = . F.
THIS. PARENT. COMMAND1. ENABLED = . T.
THIS. PARENT. COMMAND2. ENABLED = . T.
THIS. PARENT. COMMAND3. ENABLED = . F.
THISFORM. REFRESH
```

（8）编写 Command1 的 Click 事件代码。

```
THISFORM. RELEASE
```

4.10　上机模拟测试题10

4.10.1　上机模拟测试题

在"考生"文件夹中已建立项目test10,在该项目中已有自由表"教师信息表.dbf"、"课时费表.dbf"、"授课信息表.dbf"。下面的程序设计与表单设计都应在该项目中完成。

1. 编写程序(文件名为"a10.prg")

编写程序实现如下功能:

(1) 计算"教师信息表.dbf"中的岗位津贴(计算公式为:岗位津贴等于课时数乘以对应职称的课时费)。

(2) 新建一个数据表(表名为"newtable"),数据表中只包含"姓名"、"系别""课时数"、"岗位津贴"4个字段。

(3) 显示所有副教授职称的个人信息,包括"姓名"、"职称""系别"、"课时数"、"课时费"、"岗位津贴"。显示内容如下:

姓名	职称	系别	A->课时数	B->课时费	岗位津贴
刘永明	副教授	电信系	52	15	780
代东风	副教授	电信系	48	15	720
王怒涛	副教授	设艺系	48	15	720

2. 表单设计(文件名为"表单10.scx")

利用"教师信息表.dbf"、"课时费表.dbf"、"授课信息表.dbf",设计一个可以浏览其中任意一个表文件的表单。设计要求:

(1) 在表单上创建1个标签控件、1个选项按钮组控件、3个表格控件(利用布局工具栏调整3个表格的位置)和1个命令按钮控件。

(2) 编写选项按钮组控件Optiongroup1的Click事件代码。当单击选项按钮组中的某项时,在表格中显示被选中表文件的数据。

(3) 编写表格控件Grid1~Grid3的Init事件代码。

(4) 编写命令按钮控件Command1的Click事件代码。

(5) 单击"退出"命令按钮时,结束表单运行。

表单运行效果如图4-17所示。

4.10.2　原始数据

"教师信息表.dbf"、"课时费表.dbf"、"授课信息表.dbf"分别如表4-26、表4-27和表4-28所示。

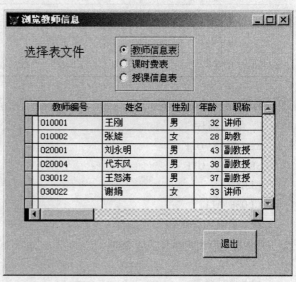

图4-17　"表单10"运行时的效果

表 4-26 教师信息表

教师编号 C(6)	姓名 C(10)	性别 C(2)	年龄 N(2)	职称 C(6)	系别 C(10)	岗位津贴 N(5)
010001	王刚	男	32	讲师	计科系	
010002	张旋	女	28	助教	计科系	
020001	刘永明	男	43	副教授	电信系	
020004	代东风	男	38	副教授	电信系	
030012	王怒涛	男	37	副教授	设艺系	
030022	谢娟	女	33	讲师	设艺系	

表 4-27 课时费表

职称 C(6)	课时费 N(5)
助教	8
讲师	10
副教授	15
教授	20

表 4-28 授课信息表

教师编号 C(6)	课程名 C(10)	课时数 N(3)
010001	数据结构	60
010002	操作系统	60
020001	信号与系统	52
020004	接口技术	48
030012	美术史	48
030022	陶艺	52

4.10.3 参考答案

1. 编写程序

```
SET TALK OFF
SET SAFE OFF
CLEAR
CLOSE ALL
USE 授课信息表
INDEX ON 教师编号 TO JSBH
SELE 2
USE 课时费表
INDE ON 职称 TO ZC
```

262

```
SELE 3
USE 教师信息表
SET RELA TO 教师编号 INTO A
SET RELA TO 职称 INTO B ADDI
REPL ALL 岗位津贴 WITH A.课时数 * B.课时费
JOIN WITH A TO NEWTABLE FIEL 姓名,系别,A.课时数,岗位津贴 FOR 教师编号＝A.教师编号
LIST ALL 姓名,职称,系别,A.课时数,B.课时费,岗位津贴 FOR 职称='副教授'
SET TALK ON
SET SAFE ON
CLOSE ALL
RETU
```

2. 表单设计

（1）数据环境。添加"教师信息表.dbf"、"课时费表.dbf"、"授课信息表.dbf"。

（2）属性设置。

Form1 的 Caption 属性为"浏览教师信息"。

Label1 的 Caption 属性为"选择表文件"，FontSize 属性为 12。

Optiongroup1 的 ButtonCount 属性为 3。

Option1 ~ Option3 的 Caption 属性分别为"教师信息表"、"课时费表"和"授课信息表"。

Grid1 ~ Grid3 的 RecordSource 属性分别为"教师信息表.dbf"、"课时费表.dbf"、"授课信息表.dbf"。

Command1 的 Caption 属性为"退出"。

（3）编写 Grid1 ~ Grid3 的 Init 事件代码。

```
THIS. VISIBLE = . F.
```

（4）编写 Optiongroup1 的 Click 事件代码。

```
X = THIS. VALUE
Y = STR(X,1)
THISFORM. GRID1. VISIBLE = . F.
THISFORM. GRID2. VISIBLE = . F.
THISFORM. GRID3. VISIBLE = . F.
THISFORM. GRID&Y. . VISIBLE = . T.
```

（5）编写 Command1 的 Click 事件代码。

```
THISFORM. TELEASE
```

参 考 文 献

[1] 杜小丹，刘容.计算机等级考试(二级 Visual FoxPro)辅导教程[M].北京:高等教育出版社,2004.

[2] 李淑华.Visual FoxPro 程序设计[M].北京:高等教育出版社,2004.

[3] 卢湘鸿.Visual FoxPro 程序设计基础[M].北京:清华大学出版社,2004.

[4] 周永恒.Visual FoxPro 基础教程[M].北京:高等教育出版社,2004.

[5] 徐辉.Visual FoxPro 数据库应用教程与实验[M].北京:清华大学出版社,2005.

[6] 郑阿奇.Visual FoxPro 教程[M].北京:清华大学出版社,2005.

[7] 崔巍，吴秋霞.Visual FoxPro 数据库应用与程序设计[M].北京:高等教育出版社,2004.

[8] 史济民，汤观全.Visual FoxPro 及其应用系统开发[M].北京:清华大学出版社,1996.

[9] 杨佩理，陶瑜.Visual FoxPro 数据库设计教程[M].北京:机械工业出版社,2005.

[10] 刘瑞新，等.Visual FoxPro 程序设计教程[M].北京:机械工业出版社,2005.

[11] 郑阿奇.Visual FoxPro 实训[M].北京:清华大学出版社,2005.

[12] 李吉梅，等.Visual FoxPro 6.0 程序设计基础习题与实验指导[M].北京:清华大学出版社,2004.

郑 重 声 明